小学館文庫

# 警視庁レッドリスト

加藤実秋



小学館

CONTENTS

CASE 1

# 赤文字リスト：退路を断たれた二人

# 1

阿久津慎《あくつしん》が机の向かい側に座っても、男は俯《うつむ》いたままだ。白髪交じりの髪を短く刈り込み、慎と同じ冬の制服を身につけている。

東葛飾《ひがしかつしか》署刑事課係長、楢崎秀一郎《ならさきしゅういちろう》。四十九歳、階級は警部補。インプットされた情報を再確認し、慎は語りかけた。

「なぜここに呼ばれたか、わかっていますね？　言いたいことがあればどうぞ」

楢崎は無言だ。俯いたまま、身動きもしない。慎は手にしたファイルから写真を一枚取り出し、机に置いた。

「東亜《とうあ》新聞社会部の記者、山野利恵《やまのりえ》さん。今年二月下旬、あなたを含む数名と葛飾区内の居酒屋で飲酒。その際あなたから肩を抱かれたり脚を触られたりするなど、セクハラ被害に遭ったと上司を通じて抗議がありました。認めますか？」

写真を指す。写っているのは、セミロングヘアの三十代前半の女性だ。

「酔っていたので覚えていません。しかし」

楢崎が言い終える前に慎はファイルから新たな写真を出し、机に置いた。料理が盛られた皿などが並んだ木製の大きなテーブルとそれを囲む四、五人の男女。俯瞰《ふかん》に近いアングルで画質は粗いが、奥の壁際に並んで座るのは、スーツ姿の楢崎と山野利恵。楢崎の右腕は山野の背中に回され、その右手は彼女の右肩をしっかりと抱いていた。

「居酒屋の防犯カメラの画像です。他にもありますが、見ますか？」

問いかけて慎が机上のファイルに手を伸ばそうとすると、楢崎は声を上げた。

「認めます！」

同時に、初めてこちらを見る。充血した小さな目に映るのは、慎とその背後に立つ数名の男。全員警視庁警務部人事第一課、通称・ヒトイチのメンバーだ。そしてここは、警視庁本部庁舎内の取調室。白い壁に囲まれた殺風景な部屋で、窓はあるがブラインドは下ろされている。

ヒトイチの中で警察組織内の違法・触法行為を取り締まるのが監察《かんさつ》係だ。そのトップは首席監察官で、階級は警視正。ナンバーツーは二名の理事官、ナンバースリーは四名の監察官で階級はどちらも警視。監察官の下が慎のポストである監察係長、階級は警部だ。

「そうですか」

慎は返し、背後に目配せをした。同僚の一人が取調室を出て行く。楢崎が言った。

「でもあの時は嫌がってなかったし、『飲みに行きましょう』と誘って来たのも彼女なんです……私は飛ばされるんですか？　まだ住宅ローンが残っているんです。息子も大学に入ったばかりで」

　さっきまでの沈黙がウソのように、楢崎は前のめりで捲《まく》し立てる。机上の写真を片付けながら、慎は表情を動かさずに答えた。

「処分については、後日通達します」

「酔った勢いで、一度だけですよ。謝れと言うなら謝りますから。お願いします！」

　腰を浮かせて頭を下げようとする楢崎を、慎の別の同僚が制止する。構わず、慎は席を立った。身を翻しドアに向かおうとすると、後ろで楢崎が叫んだ。

「助けてくれよ。同じ警察の仲間だろ！」

　黒革靴の足を止め、慎は小さく息をついた。右手の中指でメガネのブリッジを押し上げ、首を後ろに回して告げた。

「過ちは人事に忠実に反映される。それが警察という組織です」

　見開いた目をこちらに向けたまま、楢崎が固まった。慎が歩きだすと、背後で楢崎が椅子に崩れ落ちる音がした。低い呻《うめ》き声も聞こえたが、慎は構わずにドアを開けて廊下に出た。

　程なくして、楢崎には人事異動が言い渡されるはずだ。彼の自宅は東葛飾署の近くだが、異動先は東京の反対側の立川《たちかわ》市、日野《ひの》市、昭島《あきしま》市あたり。通勤は片道二時間を超えるが、家を買ってしまっていては簡単に引っ越せない。加えて部署も刑事課ではなく、恐らく地域課だ。一日四交代制の交番勤務に加え、事件対応にパトロールと五十歳を前にして激務をこなさなくてはならない。だが彼を失意のどん底に突き落とすのは、今後どのような功績をあげても出世できないという事実だ。定年まで同じ階級のまま、自宅から遠く離れた、激務が待ち構えている署に勤務し続けるのだ。これが警察流の左遷で、内部の人間には罰俸転勤《ばっぽうてんきん》と呼ばれている。処分を受けた職員の多くは耐えきれずに退職し、恐らく栖崎もそうなるだろう。

「阿久津係長」

廊下の向かいから、部下の本橋公佳《もとはしきみか》巡査部長が歩み寄って来た。立ち止まった慎の耳元に小声で告げる。

「人事情報管理係から、監察係の極秘文書の一部が抜き取られたと報告がありました」

「文書とは？」

身を引き、慎は本橋を見た。周囲を確認してから、本橋は顔を強《こわ》ばらせて答えた。

「持井《もちい》事案です」

思わず絶句した慎に、本橋はさらに告げた。

「中森《なかもり》主任と連絡が取れません」

「中森？」

中森翼《つばさ》は監察係主任で慎の直属の部下、階級は警部補だ。二日前から仕事を休んでいるが、「遅れてきたインフルエンザ」だと聞いている。

本橋は大きな瞳を揺らし、続けた。

「総務部の情報管理課が確認したところ、抜き取られた文書は中森主任の私物のUSBメモリにコピーされていたそうです」

再び絶句し、慎は本橋から目をそらした。気持ちは至って冷静だ。一方でどこか現実感に欠け、頭は猛スピードで回っているのに空転しているかのようだ。

ふと、廊下に並ぶ窓が視界に入った。太陽に雲がかかったのか、差し込んでいた春の陽光がさっと断ち切れた。

2

「ですから、どんな悩み事でも相談してもらって構いません」

そう語りかけながら、三雲《みくも》みひろは口元のマイクの位置を調節した。

「はい」

ヘッドセットのスピーカーから電話の相手の声が流れる。男性で、歳《とし》は二十二、三か。みひろの説明に納得はしたが、ためらいが残るといった様子だ。

みひろはパソコンのキーボードから両手を下ろし、口調を気持ちくだけたものに代えてさらに語りかけた。

「たとえばカラオケに行って、『お前はあの歌を唄え』みたいに強要する人がいるでしょう？　あれはカラオケハラスメントと言って、立派な嫌がらせ行為なんです。他にも飲み会で人が食べるものに干渉したり、自分のこだわりを押しつけるのもグルメハラスメントと言って嫌がらせに……そうそう。最近印象的だったのが、スメルハラスメント。体臭や香水は前にもあったけど、『隣の席の人が使ってる柔軟剤の臭いがキツすぎて、頭痛がする』という相談でした」

「ああ」

実感を含んだ声で、男性が返す。すかさず、みひろは告げた。

「柔軟剤の臭いだって、職務に支障を来しているなら職場問題です。すぐに対処して、解決したという報告も受けました。だからあなたも、遠慮なく話して下さい」

「わかりました」

意を決したように応え、男性は切り出した。

「署の先輩に度々『結婚しないのか』『いつまで独身でいるつもりだ』と言われて困っています。適当に受け流していたんですが、最近見合い話を持ちかけられるようになって。僕には付き合っている女性がいるんです。結婚を前提とした真面目な交際ですが、彼女はまだ学生なので」

「なるほど。先輩には、彼女のことは話していないんですね？」

相づちを打ちながらみひろはキーボードを叩《たた》き、相談の内容をパソコンに入力していく。同時にキーボードの奥の液晶ディスプレイを見て、入力した内容を確認する。

「ええ。話せば根掘り葉掘り聞かれて『会わせろ』と言われるし、周りに言いふらされます。プライバシーの侵害というか、ちょっとキツいかなあという感じで」

最後は「キツいかなあという感じ」と曖昧な表現でまとめたが、どんどん暗く深刻になっていく声と最後についたため息から、男性の状況が伝わってきた。キーボードを叩く手を止めず、みひろは返した。

「確かに。先輩の行為はマリッジハラスメント、通称・マリハラ。独身者に無理矢理縁談を持ちかけたり、合コンへの参加を強要する過干渉ハラスメントです」

「はい」

「問題を解決するには個人情報を含め、いくつか伺うことになります。大丈夫ですか？」

てきぱきと話を進めていくみひろに焦りを覚えたのか、男性は早口で言った。

「ええ。でも、普段はすごくいい先輩で尊敬もしているんです。結婚だって、よかれと思って勧めてくれているんでしょうし」

手を止めて、みひろは極力穏やかな声でマイクに語りかけた。

「わかりました。そういうあなたの気持ちも含めて検討し、対処します」

「ありがとう」

男性の声が和《やわ》らぐ。その後必要事項を聞いてパソコンに入力し、みひろは通話を終えた。ほっとして机の端に置いたコーヒーのアルミボトルを取ろうとすると、

「お疲れ。淹《い》れたてだよ」

という声とともに後ろから制服の腕が伸びて来て、アルミボトルの脇に白いマグカップが置かれた。マグカップから立ち上る湯気とコーヒーの芳香を確認し、みひろは振り返った。

「豆田《まめだ》係長。ありがとうございます」

「うんうん」と応えるように肉付きのいい顔を縦に振ったのは、豆田益男《ますお》。みひろの上司だ。

「丁寧かつスピーディ。さすが、相談とクレーム処理のスペシャリストだね」

「またまたあ。スペシャリストなんて、そんな大層なもんじゃないですよ」

謙遜しつつも嬉《うれ》しくなり、みひろはつい声を大きくしてしまう。立てた人差し指を口に当てた豆田に「し〜っ！」とたしなめられ、みひろは周囲を見回した。

ここは、警視庁本部庁舎十一階の警務部人事第一課制度調査係。警視庁内の全部署から寄せられる相談や意見に対応する部署で、その窓口となっているのが「職場改善ホットライン」だ。室内にはパーティションで仕切られた事務机が向かい合って三つ

並び、係員の男女が付いている。全員ヘッドセットを装着し、ホットラインにかかって来た電話に応対し、内容をパソコンに入力する。今年二十六歳になるみひろも係員の一人で、階級は巡査。豆田はみひろたちを取りまとめる係長、階級は警部だ。

「でも、『そういうあなたの気持ちも含めて検討』っていうのはやり過ぎかな。マニュアルにないし、三雲さんの私情だよね」

制服のジャケットに包まれた中年太りのお腹《なか》を撫《な》でながら、豆田はたしなめる。マグカップを机に戻し、みひろは再度首を引っ込めて頭を下げた。

「すみません。なにしろ、中途採用なので」

「論外だな」

低く固い声にみひろは顔を上げ、豆田も後ろを振り返った。髪を七三分けにした男が立ってこちらを見下ろしている。歳は五十代半ば。豆田と同世代だが、引き締まった体つきで背も高い。

「鷲尾《わしお》管理官。申し訳ありません。三雲には私からよく言い聞かせます」

恐縮する豆田を無視し、鷲尾は続けた。

「新卒採用ではなくとも、研修で相談への対応マニュアルは学んだはずだ。加えて、『中途採用』ではなく『経験者採用』」

どっちでもいいじゃない。心の中でうんざりしたみひろだったが、口では「すみません」と頭を下げる。警視である鷲尾貴信《たかのぶ》は豆田の上司で、制度調査係のトップだ。

「それから、その相談」

続けて言い、鷲尾は顎でみひろの机の液晶ディスプレイを指した。振り向き、みひろも液晶ディスプレイを見る。いま受けた相談の内容が表示されている。

「三宿《みしゅく》署地域課の小城清正《こしろきよまさ》巡査ですね。マリハラをしている先輩は、栗原光雄《くりはらみつお》巡査長だそうです。悪意はないようですし、上司に注意されればやめるんじゃないかと」

「マリハラはどうでもいい。問題は小城巡査だ。そこには『付き合っている女性がいる』とあるが、照会したところ小城巡査は交際申告書を提出していない」

「交際申告書？　なんでしたっけ？」

思わず問うと、険しい鷲尾の目がさらに険しくなった。慌てて、豆田が囁《ささや》いてきた。

「なに言ってんの。警察官は恋人ができたら相手の氏名や年齢、住所、職業等を記載した交際申告書を上司に提出するのが決まりでしょ」

「ああ。あれですか……うっかり出し忘れたんじゃないですか？　『真面目な交際』って話してたし、うるさいことを言わなくても」

「『組織に忠実であれ』。警察学校に入学して真っ先に叩き込まれるルールだ。そのルールには旅行、自家用車の購入、交際相手の申告も含まれている。マリハラについては今後精査するが、小城巡査の未申告は現時点で規律違反。懲戒処分だな」

表情は険しいままだが、顎を上げて蕩々と語る鷲尾からは、自分の言葉に酔っているような気配が漂う。勢いよく、みひろは椅子から立ち上がった。

「勇気を出して相談して来た職員を処分するんですか？　そもそも、いい大人がなんで勤め先に恋人の名前やら住所やらを」

「三雲さん！」

呼びかけられるのと同時に、腕を強く引かれた。振り向いたみひろの目に、「お願いだからやめて」と言わんばかりの表情の豆田が映り、みひろは黙る。

「どうやらきみは、警察という組織の根本を理解していないようだな……まあいい。近いうちにイヤでも理解することになる」

顔を前に戻すと鷲尾と目が合った。薄い唇を歪《ゆが》め、笑っている。どういう意味かみひろが訊ねようとした時、鷲尾はその場から歩き去っていった。

3

どさりと、みひろは抱えていた段ボール箱を机に下ろした。息をつき、周囲を見た。狭い部屋の中央に、みひろの机ともう一つの机が向かい合わせに置かれている。机上にはノートパソコンとビジネスフォンがセットされ、左右の壁際にはデジタル複合機と書類棚も置かれているが、奥の窓の前には大量の段ボール箱が積み上げられ、周りには古いホワイトボードやロッカー、折りたたまれた長机とパイプ椅子、何かのイベントで使ったと思《おぼ》しき看板や着ぐるみの頭部まであった。蛍光灯を煌々《こうこう》と点《とも》していても室内はどこか薄暗く、漂う空気は冷え冷えとして埃《ほこり》っぽい。最近まで物置として使われていたのだろう。

机に向き直り、みひろは段ボール箱を開けた。ボックスティッシュやマグカップ、膝掛けなどの私物の上に書類が一枚載っている。書類を手に取り、眺めた。

「辞令　警務部人事第一課雇用開発係職場環境改善推進室勤務を命ず」、飾り気のない文字でそう書かれている。

「部署名、長っ」

思わず口に出してしまう。と、廊下でバタバタという足音がしてドアが開いた。

「おはよう。いやはや、ここは遠いね。汗かいちゃったよ」

豆田が頭髪とは反対にふさふさで真っ黒な眉を寄せてぼやきながら、部屋に入って来た。ハンカチを持った手を汗と皮脂でテカる顔に当て、腋《わき》の下に書類のファイルを挟んでいる。ここは警視庁の敷地の端に建てられた、本部庁舎別館の四階。古く小さな建物でエレベーターはない。

「おはようございます。係長、これって左遷ですか？」

問いかけて、みひろは書類を差し出した。豆田は慌てた様子で顔を横に振った。

「なに言ってるの。違うよ」

「でも、今は六月ですよ。人事異動って四月と十月でしょ」

そう続け、部屋の奥に向けたみひろの視線を遮るように、豆田が前方に回り込んで来た。

「それはほら、いろいろ事情があって。ここは監察係の持井首席監察官が、直々に発案して開設した部署だからね。準備に時間がかかったんだよ」

「監察係って、ひいじいさんとかいう警察官の犯罪や不祥事を取り締まる部署ですよね。なんでまた」

「ひいじいさんじゃなく、非違事案《ひいじあん》。説明するから座って。守秘義務については言うまでもないと思うけど、これはトップに限りなく近いシークレットだから。いいね？」

急に真顔になり、豆田が言う。怪訝《けげん》に思いながら「はい」と答えてみひろが椅子に座ると、豆田も向かいの席に着いた。

「監察係の仕事は、いま三雲さんが言った通り。非違事案が発覚した警察官は、赤文字リストに名前を記載された上で懲戒処分。場合によっては逮捕される」

「赤文字リスト？　噂《うわさ》には聞いてたけど、本当にあるんですか」

驚いて身を乗り出したみひろを、豆田が指を口に当てて「し〜っ！」とたしなめる。

明らかに二人きりなのに室内を見回し、潜めた声でこう続けた。

「赤文字リストは実在する。僕は見たことないし、一生見る機会もないだろうけど、五百名ぐらいの名前が載ってるそうだよ。赤文字リストに名前が載ったら、免職とか降格とか明確な処分を受けなくても、僻地《へきち》や閑職に飛ばされて何度昇進試験を受けても合格できなくなる。つまり、警察官としてお終《しま》いってこと。怖いよねえ」

自分で自分を抱くようなポーズを取り、豆田は身を縮めた。

「はあ。でもお給料はもらえるし、有給も取れるんですよね？」

「なに言ってんの！　定年までず～っと同じ部署、同じ階級のままなんだよ？」

「好きな仕事で楽しい職場なら、それもありだと思いますけど」

あっけらかんと返すみひろにこれ以上やり合ってもムダだと判断したのか、豆田は話を進めた。

「監察は非違事案の重要度によって本庁の監察係が行うもの、都内に十ある方面本部の方面監察官が行うもの、所轄署の警務課と公安係が行うものに分けられているんだ。でも非違事案は増加している上に、隠蔽しようとする例も後を絶たない。加えて近年警視庁は、東京オリンピックの開催などに向けて新人警察官を増員してるから、そのモラルとコンプライアンスをどう遵守するかって課題も抱えてる。そこで、既存の部署とは違う位置づけで監察業務を行う部署を設立することになったんだ。それがここ、雇用開発係職場環境改善推進室ってわけ」

指先で机を指し、豆田は長い説明を終えた。

「もっともらしい理屈をこねてますけど、要は手伝い、または下請けですね」

「いやいやいや。それを言っちゃお終い、じゃなくて、なんでそうなるの」

勢いよく、豆田が首を横に振る。

「やっぱり左遷、むしろ私も赤文字リスト入りしてるんじゃないかなあ」

みひろの頭に鷲尾の顔が浮かび、二カ月ほど前のマリハラの相談を巡る彼とのやり取りも思い出した。

「違うってば。非違事案に該当するか最終的に判断するのは監察係だけど、身内である警察官を調査するんだよ？　赤文字リスト入りした職員にそんな重大な仕事はさせないから。むしろ、職場改善ホットラインの相談員としての実績を買われての大抜擢《だいばってき》だよ。ちなみに、調査対象の警察官にこちらの目的を知られるのは御法度だからね。あくまでも内偵。だから部署名も当たり障りのないものになってるんだ」

「まあ、クビにさえならなきゃなんでもいいんですけどね。出世にも興味ないし。それより、調査とか内偵とか私には無理ですよ。相談員の経験はあっても、捜査員はやったことないし」

思ったままを口にし、疑問を投げかけた。すると豆田は、今度は首を縦に振った。

「それなら大丈夫。調査は上司と組んでやってもらうから」

再び机を指して告げる豆田を見返し、みひろは問うた。

「えっ。そこは、豆田係長の席じゃないんですか？」

「そんなはずないでしょ。監察係とのパイプ役をおおせつかったから、顔は出すけどね。三雲さんの上司は、雇用開発係の係長兼職場環境改善推進室の室長。超やり手だよ。キャリアのほとんどを出向先の警察庁と人事第一課で過ごし、二年前に史上最年少の三十四歳で監察係の係長に就任。ノンキャリアで警部っていうのは僕と同じだけど、あちらはスーパーエリートだ」

「そのスーパーエリートがなぜここに？　監察係から新部署に異動って、どう考えても」

「それにしても、室長は遅いなあ。どうしたんだろう」

棒読みの大声でみひろの突っ込みを遮り、豆田は立ち上がった。電話をするつもりなのかドアの脇に行き、制服のポケットからスマホを取り出す。

上司は訳ありか。空いた机を見て、みひろは思った。間違いなく左遷、監察係でなにかヘマをしたのだろう。それはどうでもいいが、面倒臭そうだ。スーパーエリートなら鬼のようにプライドが高いだろうし、威張り散らした挙げ句、みひろに説教やダメ出しをしまくるかもしれない。あるいは、やさぐれてやる気ゼロ。ふて腐れた態度で、仕事を全部押しつけて来るとか。

もう逃げたい。ここに来て二十分も経《た》っていないのに、暗い気持ちになってきた。

ノックの音がしてドアが開いた。顔を上げて振り向いたみひろの目に、ダークスーツ姿の男が映る。

「室長。待っていたんですよ」

スマホを手に、豆田も振り向いた。それを無表情に見返し、

「どうも。遅くなりました」

と告げて男は部屋に入って来た。

なんか、いかにもって感じ。男を見て、みひろは思った。細身で長身。色白で卵形の顔に、スクエア型のメガネがよく似合っている。しかし切れ長の目は、奥二重で三白眼気味。鼻梁《びりょう》の細い鼻と唇の薄いやや大きめの口と相まって、頭は良さそうだが冷たく近寄りがたい印象だ。

「彼女が三雲さんです。室長の阿久津さんだよ」

振り向いて、豆田がみひろを指した。つられて男もこちらを見る。

「阿久津慎です。よろしくお願いします」

姿勢を正して微笑《ほほえ》み、慎は一礼した。目尻に二本シワが寄って口角がきゅっと上がり、別人のように無邪気で柔らかな印象になる。立ち上がり、みひろも頭を下げた。

「三雲みひろです。こちらこそよろしくお願いします」

豆田に誘《いざな》われ、慎はみひろの向かいの席に進んだ。提げていたバッグを机に置き、中からファイルを取り出す。

「豆田係長。早速ですが、今後の調査指針を作成しました。監察係で行われている手法に、公安のマニュアルも取り入れたものです。ご意見を伺えますか？」

「ご意見だなんて、そんな。すぐに目を通します」

押し頂くようにしてファイルを受け取る豆田を見て、慎はまた微笑んだ。

「異動を機に、新たな気持ちで職務に取り組もうと思っています。至らない点もあるかと思いますが、よろしくご指導下さい」

言いながら、みひろの方も見て目礼する。片腕でファイルをしっかりと抱え、感激した様子で豆田は頷いた。

「もちろんです。きっといい部署になりますよ……早速ですが、監察係から調査事案が届いています」

そう告げて、脇に挟んでいたファイルを差し出す。真顔に戻り、慎は受け取ったファイルから書類を取り出した。書類に向けられたメガネの奥の目がみるみる鋭くなり、強い光を放つのがわかった。

「なるほど」。少し鼻にかかった声で呟《つぶや》き、慎は顔を上げた。そして向かいのみひろを見る。

「行きましょう。初出動です」

4

ロッカールームで私服に着替え、慎が運転する車で本庁を出た。

「異動先ではスーツ」って言われたけど、制服の方が面倒がなくてよかったな。そんなことを考えながら、助手席で身につけたライトグレーのジャケットの襟やスカートの裾を整えていると、慎が口を開いた。

「調査対象者は日本橋《にほんばし》署交通課交通総務係の黒須文明《くろすふみあき》巡査部長、三十九歳。既婚者でありながら、署内の女性と交際している疑いがあります」

「不倫ですか。今時珍しくもないし、職務に支障を来してるとかじゃなければ、処分する必要はないと思いますけど」

「必要はあります。不倫は警視庁職員の『懲戒処分の指針』内の『その他規律に違反するもの』における『公務の信用を失墜するような不相応な借財、不適切な異性交際等の不健全な生活態度をとること』に該当し、戒告処分の対象です。ちなみに令和元年中に懲戒処分となった警察職員は、二四三名。その事由のトップが異性関係で、合計八十名。八名が免職になっています」

ハンドルを握り、フロントガラス越しに前を見て慎は語った。抑揚のない早口な上に数字ばかりで話が頭に入って来ず、みひろは「はあ」とだけ返した。慎が続ける。

「当然ながら、警察官は公務員です。原則的に解雇されることはなく、給与も安定している。一方でその給与と活動資金は国民の血税で賄われており、職務遂行において不適切な行為を行った場合は厳しい処分が下されます」

「それはわかります。でも、『職務遂行において不適切』の基準はなんなの？　って
――すみません。出過ぎたことを言いました」

鷲尾とのやり取りと季節外れの人事異動を思い出し、みひろは話を打ち切って視線を前に戻した。車内に沈黙が流れ、叱られるか嫌みを言われるかと身構えた直後、ふっと笑う声がした。反射的に、みひろは隣を見た。

「三雲さんは民間企業出身でしたね。なぜ警視庁に？」

「大卒で就活に失敗して、フリーターをしていたんです。あちこちで働いたんですけど、その一つが通販会社のカスタマーセンターのオペレーターで、苦情と質問に対応しているうちにお客様のグチや悩みも聞くようになりました。お年寄りとか、『三雲さんを指名で』って電話をくれるようになったんですけど、会社に『人生相談の窓口じゃない』ってクビにされちゃって。どうしようと思っていたら、どこかで私のこと

を聞いたらしい警察の人が『職員向けの電話相談員をやらないか』って誘ってくれたんです。働きだして、間もなく一年になります」

これまでに何度もした説明なので、すらすらと話せる。警視庁が新卒以外で採用するのは基本的に化学や財務、コンピュータ等の専門知識や資格を持つ者だけで、みひろは異例だ。

「とは言っても心理学やカウンセリングの勉強をした訳じゃないし、なんの資格も持っていないんです。だからよく『なんで?』って訊《き》かれるんですけど、『誘われたから』としか答えられないんですよね」

みひろがそう続けると前方の信号が赤になり、慎は車を停《と》めた。車は東京駅の八重《やえ》洲《す》口に差しかかっている。スーツ姿のサラリーマンやキャリーバッグを引いた老夫婦などが歩道を行き来し、傘を手にしている人も多い。空には灰色の雲が立ちこめ、間もなく東京も梅雨入りするはずだ。

微笑んだまま、慎は返した。

「知識や資格があるからといって、的確なアドバイスができるとは限りません。相手の顔が見えない電話相談なら、なおさらです。三雲さんには、人の話を聞いて心に寄り添う才能があるんでしょう。新しい職務に不安があるかもしれませんが、きっとその才能が役に立ちますよ」

「ありがとうございます」

みひろが会釈すると、慎は頷いてハンドルを握り直した。

阿久津室長って見た目はいかにもだけど、中身は思ってたのと違うな。そう感じ、少しだけ気が楽になった。

5

日本橋署は、日本橋人形町《にんぎょうちょう》、地下鉄水天宮前《すいてんぐうまえ》駅の近くにあった。駐車場に車を停め、鉄筋四階建ての署に入る。一階の受付で慎が名乗ると、奥の署長室に通された。

「伺っておりますよ。職場環境改善推進室は、持井首席監察官の肝いりで設立されたとか……持井さんはお元気ですか？」

満面の笑みを真顔に戻して訊ね、署長の滝見《たきみ》は応接セットのソファから身を乗り出した。

「はい。お陰様で」

向かいのソファに座った慎が頷くと滝見は、

「それはなにより。よろしくお伝え下さい」

と満足そうに返し、ソファの背もたれに小柄で小太りな体を預けた。歳は五十過ぎだろうか。隣には中背で痩せ型の交通課長の古屋《ふるや》が座り、その脇には大柄で角刈りの警務課長の梅谷《うめたに》が立っている。歳はどちらも四十代前半か。三人とも制服姿だが、滝見だけが濃紺のスーツにネクタイの冬服で、他の二人は肩章付きのスカイブルーのシャツに濃紺のスラックスという夏服だ。

「本庁または所轄署の中から一部署を無作為に選んで聞き取り調査を行い、よりよい職場環境づくりに役立てます。人事第一課の調査と言われると緊張したり、不安になったりする職員も多いと思いますが、我々の目的は、それぞれの職場の状況を把握することです。リラックスして質問に答えていただき、希望や意見があれば聞かせて下さい。無論、調査結果は本来の目的のためだけに使用し、人事には反映されません」

流れるような口調で、慎は古屋に語りかけた。「その通りです」の意思表示のつもりでみひろも笑みを作り、向かいを見る。調査対象者及び周辺職員に対しての表向きの説明と接し方は、ここに来る車の中で慎に指示された。

「わかりました。調査に協力するように、課員に伝えます」

そう応えた古屋を振り向き、滝見が言う。

「阿久津室長は、持井さんの元部下で人事第一課長の信頼も厚かった人だ。きみたちも学べることが多いはずだぞ」

持井や人事第一課長のありがたさを強調するのに夢中で、慎に対しての「元部下」

「信頼も厚かった」発言の意味合いには気づいていない様子だ。

地域警察の顔とも言える署長の職責は重く、経歴・人格ともに優れた者でなくてはならない。ゆえに候補になった時点で人事第一課の監察の対象となり、尾行や張り込みなどを含めた厳しい行動確認が行われる。これをクリアして署長に就任しても、職務中の行動は配属先の警察署員によって逐一チェックされ、人事第一課監察係に報告される。つまり警察署長にとって監察係は畏怖の念を抱き、配慮する相手なのだ。

組織内のそういう構造は知識としては頭にあったみひろだが、直接的な言動を目の当たりにするのは初めてで、「本当なんだ」と物珍しいのと同時にしらけた気持ちになった。それとは別に慎の反応が気になって横目で見ると、整った白い顔は古屋に向けられたままで表情に変化はない。

「それに、うちの交通課は模範的な職員ばかりだ。誰になにを聞いてもらっても、心配ないだろう」

滝見はさらに言い、古屋は首を大きく縦に振った。

「それはもう……調査には協力しますので、なんでもおっしゃって下さい」

「私にも、本庁の警務部から連絡がありました。お役に立てることがあればどうぞ」

ソファの脇の梅谷も口を開き、慎とみひろに会釈をする。慎とともに会釈を返し、みひろが「ありがとうございます」と言うと滝見がこちらを見た。

「あなた、三雲さんでしたっけ？　大抜擢だと聞いているし、期待していますよ。こういうフレッシュな人材を起用するのも、さすがは持井さんだな」

最後のワンフレーズは独り言のように言い、滝見は顎を上げて笑った。古屋と梅谷も笑ったが、内心では慎とみひろの来署に戸惑い、煙たく思っているはずだ。

フレッシュな人材。オヤジ臭い、ていうか死語。うんざりしつつ、なるほど、これからはこういう反応をされるのか、とみひろは思った。

その後、古屋の案内で一階の交通課に移動した。日本橋署の交通課は交通安全運動や運転免許事務、車庫証明、道路使用許可などを行う交通総務係、交通取り締まりを行う交通指導係、交通事故を捜査する交通捜査係に分かれている。

署の玄関を入ってすぐの場所に、交通総務係の運転免許更新とその他の業務のためのカウンターがあり、係員が大勢の市民に応対していた。係員はカウンターの奥にもいて、総勢十名といったところか。半数が女性で、男性は四十代、五十代が多い。

会議室の一つを借り、交通総務係の係員から順番に話を聞いた。ディテールに違いはあるが、返ってくる答えは「仕事は地味だが、責任とやり甲斐《がい》を感じる」「ベテランが多く、アットホームな雰囲気で働きやすい」「強いて不満を言うなら、女性が多いので結婚などで人の出入りが多く、引き継ぎや指導が大変」といった当たり障りのないものばかりだった。調査対象者以外の職員への面談は形だけとわかっていても、みひろは本音を聞き出したくなるのを、ぐっと堪《こら》えた。

黒須文明巡査部長が会議室に入って来たのは、聞き取り調査を始めて四十分ほど経った頃だった。

「どうぞお座り下さい」

慎に促され、黒須はパイプ椅子を引いて長机の向かいに座った。いよいよだ。慎の隣でみひろが気を引き締めると、黒須がちらりとこちらを見た。中背だががっちりした体格で、日焼けしている。

「黒須さんは、平成十五年に警視庁に入庁。卒業配置で北千住《きたせんじゅ》署地域課に配属。三年後に巡査部長を任じられ、以後会計課、警務課と事務方の業務についていらっしゃいますね。仕事は正確で丁寧、人柄も快活かつ堅実と伺っています。素晴らしいですね」

手にしたファイルに目を落とし、慎は面談を始めた。黒須は鼻が高くエラが張り気味の鋭角的な顔をこちらに向け、「ありがとうございます」と応えた。みひろも同じファイルに目を向けた。

身上調査票には氏名、住所などのほか異動と賞罰歴、警察学校での成績順位や拳銃操作法、逮捕術等の級位、家族構成や交際相手の有無、預金・借金の額、保有車両の種類、飲酒喫煙の状況、果てはＳＮＳの利用状況まで記載されている。これによると黒須は、二十年ローンで江東区《こうとう》の東陽町《とうようちょう》に買ったマンションで三歳年下の妻と中学一年生の長女、小学四年生の長男と暮らす。趣味は野球。地元の草野球チームでは、副キャプテンをつとめている。賞罰ともに記録はなく、成績と級位は中の上。つまり目立った問題はないが、特筆すべき実績もない。この状態を、「正確で丁寧」「快活かつ堅実」と言い換えるのか。みひろが感心していると、慎は質問を始めた。

「現在は、交通安全運動の企画を担当されていますね。いかがですか？　ここで伺ったことは外部には漏らしませんので、忌憚《きたん》のない意見をおっしゃって下さい」

「高齢の運転者への対応ですね。事故の発生数などを考えると、完全に後手に回っていると思います。免許の返納を呼びかけるだけでなく、定年制の導入も視野に入れるべきではないでしょうか」

これまた当たり障りのない内容だが、語り口は堂々としている。

「なるほど。では、職場についてはどうでしょう。女性と先輩に囲まれて、居心地が良いような悪いようなといった印象ですが」

慎がさらに問う。真顔だが、最後のワンフレーズは冗談めかしている。反応し、黒須は「確かに」と頬を緩めた。唇の薄い口元から、白い歯が覗《のぞ》く。

「頼りにされる時とスルーされる時の差が大きいですね。でも家でもそういう扱いなので、もう慣れました」

家の話が出た。自分の出番だ。そう閃《ひらめ》き、みひろも口を開いた。

「事務方とはいえ、警察官は特殊な職業です。ご家族の反応はいかがですか？」

「警察の寮にいた頃は妻がご近所付き合いに苦労していたようですが、今の家に越してからは楽しくやっています。妻とは幼なじみで僕が子どもの頃から警察官に憧れていたのを知っているので、応援してくれています」

「いいですね。素敵な奥様じゃないですか」

「ええ。感謝しています」

黒須は即答した。笑顔もキープしたままだが、くっきりした二重の大きな目がこちらの顔、スーツのジャケットを着た胸、また顔と素早く動く。嫌悪感を覚え、みひろはとっさに開いたファイルを胸の前に持ち上げた。

黒須一人に時間をかけると怪しまれるので、そろそろ切り上げなくてはならない。最後にもう一つと、みひろは問いかけた。

「困ったり悩んだりしていることはありませんか？　職務や私生活に変化があった、でも構いません」

「腹回りの贅肉《ぜいにく》が落ちにくくなったことぐらいですね。とくにありません」

制服の上からお腹をさすって答え、最後に真顔に戻る。

「そうですか。わかりました」

みひろは返し、慎に目配せをした。「ありがとうございました。調査にはしばらくかかるので、追加でお話を聞かせていただくかもしれません」と慎が告げると黒須は「わかりました。お疲れ様です」と一礼し、会議室を出て行った。

次に五十代の男性の話を聞き、その次は二十代の女性だった。小柄で細身、長い髪を後ろで無造作に束ねている。慎が「お座り下さい」と言うと、正面ではなくドアに近い位置の椅子に座った。

「星井愛実《ほしいまなみ》巡査。平成三十年入庁、二十四歳。仕事に慣れて、警察や警察官というものがわかって来た時期ですね。貴重な意見が聞けそうで楽しみです」

慎は微笑みかけたが、星井は「いえ、そんな」と目を伏せて固い動きで首を横に振った。小作りの整った顔立ちで、メイクに気合いを入れたら別人のように華やかな美女になりそうだ。

「担当は、運転免許更新の窓口業務。いろいろな方が来るから、大変でしょう」

星井がかなり緊張している様子なので、ここは女同士、とみひろは語りかけた。しかし星井は視線を落としたまま、さらに固い動きで首を横に振った。

「いえ。仕事ですから」

そう言われると、話が終わっちゃうんだけど。心の中で突っ込み、みひろは向かいを眺めた。身を縮めて俯きながらも、星井はピンクベージュのグロスを塗った唇を擦りあわせるように絶えず前後に動かしている。

緊張っていうより、焦って怯《おび》えてる？　そう感じ、みひろは横目で隣を見た。慎は前を向いたまま無表情。しかしその後星井に投げかけた質問は、他の係員に対してのものよりさらに当たり障りのないものだった。みひろ同様なにかを感じ、星井に警戒されないようにしたのだろう。豆田に渡された資料によると、黒須の不倫相手はこの星井巡査だ。


昼過ぎには聞き取り調査を終え、日本橋署を出た。車に乗り込み署から離れたのを確認し、みひろは話しかけた。

「星井さんは、わかりやすく挙動不審でしたね。隠し事か悩み事があるんでしょう」

「ええ。同感です」

ハンドルを握りながら、慎も言う。みひろは続けた。

「黒須さんは押し出しがいいっていうか、同性のウケはよさそうですね。でもちょっとギラついたところがあって、女性は好き嫌いが分かれるタイプかな」

「そうですか。僕も体育会系のノリだなとは思いました」

「あとは奥さんの話題に対しての反応が、ちょっととわざとらしかった気がします」

「と言うと？」

「カスタマーセンターのオペレーター時代に、『旦那の口癖が〈嫁さん一筋〉だったから安心してたら、ずっと愛人がいた』という女性の相談に乗りました。人間って、後ろめたかったり隠したかったりすることほど強調しちゃうんですよね」

「なるほど。僕も監察係で、浮気をしていながら外では奥さんの自慢や愛妻家のアピールをしていた男性職員の事案を担当しました。三雲さん、すごいですね」

こちらに目を向け、慎が微笑む。しかし「すごいですね」という発言に「思ったより」「予想外に」のニュアンスを感じ取り、釈然としない気持ちになる。それでも「ありがとうございます」と返すと、慎は視線を前に戻した。

「明日から行動確認を始めましょう。星井は警戒心が強くなっているようなので気をつけて下さい。それと、内通者にも注意が必要です」

「内通者？」

「内部通報者。密告またはタレコミとも言いますが。今回の調査は職場改善ホットラインへの、『日本橋署の黒須巡査部長は星井巡査と不倫している』という電話がきっかけです。非違事案のほとんどが、警察内部からの通報で発覚するというのは知っているでしょう？」

「ええまあ」

知ってはいたし、その手の電話を受けたこともある。しかし元の職場が密告の窓口扱いされたようで不愉快になり、みひろは曖昧に答えた。

「今回は匿名でしたが、内通者は女性で電話の発信元は日本橋署の近くの公衆電話です。恐らく交通総務係の係員の誰かですが、当然その人物にも我々の目的を知られてはなりません。くれぐれも慎重に行動して下さい」

前を向いたまま、慎が告げる。その滑舌よくてきぱきした口調と使命感に燃えた眼《まな》差《ざ》しに、みひろはさらにもやもやし、不愉快さが増すのも感じた。しかし口に出すのははばかられ、

「はい」

とだけ答えて膝に載せたバッグを両手で抱えた。

6

「ガーリックトーストと、ナンドッグちょうだい」

片手を挙げてみひろが言うと、カウンターの向こうの摩耶《まや》ママは醒《さ》めた声で返した。

「うちはパン屋か。酒を飲みなさいよ」

「だって、おいしいんだもん。お酒だって飲んでるし。ほら」

下げた手で、中身が半分残ったハイボールのグラスを持ち上げた。

「あんた、来てすぐにホットドッグも食べてたけど……エミリちゃん。よろしく」

無表情に煙草《タバコ》をふかし、ママは横を見た。「はあい」と力の抜けた返事をして、エミリがカウンターの端の厨房《ちゅうぼう》に向かった。みひろと同年代。ライトブラウンにカラーリングした長い髪の先を巻き、胸元が開いた花柄のドレスを着ている。

「次、みひろちゃんの番。なにを歌う？　aiko？　それともPerfumeか」

呼ばれて、みひろは後ろを振り向いた。深紅のベルベット張りのソファとローテーブルが置かれたボックス席があり、ソファの中央に腰掛けたジャージ姿の中年男がカラオケのリモコンを掲げている。中年男の隣には、アロハシャツを着た初老の男・森《もり》尾《お》と白いドレスを着た若い女・ハルナも座っていた。

「パス。吉武《よしたけ》さん、先に歌っていいよ」

みひろが答えると吉武は「了解」と返し、背中を向けた。ソファの向かいにはカラオケ用の小さなステージが設《しつら》えられ、傍らの壁に歌詞字幕の映像用の液晶ディスプレイが取り付けられている。

スナック流詩哀《ルシア》、それがこの店の名前だ。みひろが暮らす警視庁の独身寮にほど近い商店街にあり、ランチ営業をしていたので入ってみたところおいしく、ママとも気が合ったので仕事帰りに立ち寄るようになった。今では常連で、近隣の商店主が中心の他の常連客とも顔なじみだ。店内は五人座るといっぱいのカウンター席と、ボックス席が一つ。壁には演歌歌手のポスターが貼られ、人工大理石のカウンターの上には胡蝶蘭《こちょうらん》の鉢植えとお湯割り用のポット、タワー状に積まれた灰皿とボックスティッシュが置かれている。

「で、どこまで話したんだっけ？」

前に向き直り、みひろは問うた。ママの後ろには、酒のボトルが並んだ棚がある。

「公務員は、規則が厳しくて自由がないってグチ。もう何十回も聞かされてるけど」

表情を動かさずに、ママは答えた。エミリ同様ロングの巻き髪だが、鋭角的に整えられた細眉とごってり塗られたワサビ色のアイシャドーに時代を感じる。シワとたるみの目立つ四角い顔には、ファンデーションが白浮きするほど厚く塗られていた。

「そうそう、そうなの。あれはダメ、これは禁止って締め付けるくせに勤務時間は不規則、サービス残業当たり前。給料だってよくはないし、部署によっては危険もある。ブラックもいいところよ」

みひろは訴え、片手でグラスを口に運んでもう片方の手でカウンターをばしんと叩いた。鼻から煙草のけむりを吐き、ママは言った。

「でも、異動になったんでしょ？　新しい部署はどうなのよ」

「微妙。しかも、よりによって――なんでもない」

口を閉ざし、グラスをテーブルに戻す。

ちょっとした言葉や仕草から相手の気持ちと状況を読み取り、役に立って気が楽になるアドバイスをする。それは好きだし、地味で平凡な自分に与えられた貴重な能力なのかもとは思う。しかしその能力を、常日頃鬱陶しく感じていた警察の規則のために使うのは躊躇《ちゅうちょ》するし、釈然としない。と、全部ぶちまけてしまいたいのだが、それこそ守秘義務という重大な規則に違反することになる。

「だからって、辞めようなんて考えちゃダメよ。三流大学出のフリーターが区役所の正規職員に、なんて今どき夢みたいな話なんだから。規則ならその辺の会社にだってあるんだし、適当に合わせておけばいいのよ」

「そうだけど。でも、その辺の会社は」

「不倫の疑いぐらいで、相手ともども身辺調査なんかされないでしょ」とこれまたぶちまけたいが、もちろんできない。この店に通い始めた一年ほど前、ママに「仕事は何してるの？」と訊かれた。正直に答えると面倒なので「公務員」とだけ返したところ、いつの間にか区役所の職員ということになり、店の女の子と常連客もそう思い込んでいるようだ。

「ところで、班長だか室長だかいう男はどうなの？　独身？」

ヒョウ柄のドレスに包まれた小柄で小太りの体を乗り出し、ママが訊ねた。みひろはカウンターに頰杖《ほおづえ》をつき、「知らない。結婚指輪はしてなかったけど」と返した。

大して飲んでいないのに、呂律《ろれつ》が上手《うま》く回らない。異動初日から慣れない仕事をした上、署に戻ってからその仕事の報告書を書かされ、慎に提出すると丁寧かつ冷静に手直しの指示をされ、何度も書き直しをしたので、もうぐったりだ。

「ていうか、十歳も上のおじさんだし。思ってたよりは感じのいい人だけど、いまいち摑《つか》み所がないっていうか。なにげに上から目線だし」

そう続けて口を尖《とが》らせると、ママは鼻を鳴らして身を引いた。

「上司なんだから、上から目線で当たり前じゃない。エリートなんでしょ？」

「元エリート。あれは訳ありだね。絶対そう」

「三十六年生きてりゃ、訳の一つや二つあるわよ。それにあんただって、あっという間に三十六よ。悪いこと言わないからその元エリート、ぱくっと捕まえちゃいなさい」

「なんでそうなるのよ」

みひろが返すとやり取りが聞こえていたらしく、エミリが厨房から顔を出した。

「みひろちゃんがいらないならその元エリート、私がもらう」

食パンにナイフでガーリックバターを塗りながら告げ、それに反応してボックス席の男たちが、

「元エリートって、俺のこと？」

「いや、俺だろ。もらってくれるの？　妻子持ちだけど」

と騒ぐ。脱力するのと同時に明日からのことを考えると気が重くなり、みひろはグラスに手を伸ばしてハイボールを飲み干した。

## 7

翌朝。みひろは再び慎と日本橋署に向かい、会議室で交通総務係の係員の勤務状況に関する書類に目を通した。古屋には係員全員の書類を用意してもらったが、念入りにチェックしたのは黒須と星井の分だけ。また、二人と付き合いのある他部署の職員からも適当な口実で話を聞いた。結果、二人とも勤務態度に問題はなく、付き合いのある職員の評判も黒須は「明るく兄貴肌」、星井は「真面目で穏やか」と上々。また星井は交際申告書を提出しておらず、付き合いのある職員も「彼氏はいないと聞いている」と話した。

午後五時前。みひろは慎と車に乗って日本橋署を出た。しかし本庁には戻らず、署の近くの路上に停車した。

「行動確認って、張り込みのことですか」

みひろは言い、腰を浮かせて助手席に座り直した。

「そうとは限りません。尾行、聞き込み、SNSのチェック、場合によっては防犯カメラの画像解析なども行います」

運転席の窓越しに通りの先を見て、慎が返す。車は、日本橋署の通用門が見える場所に停まっている。

「はあ。なんか刑事課の捜査員みたいですね」

「ある意味正しいですね。人事第一課を『警察の中の警察』と呼ぶ人もいますし。刑事課と違うのは調べる対象が警察官、つまり身内ということです」

「警察の中の警察ねえ」

複雑な気持ちでみひろが言うと、慎は通用門に目を向けたまま言った。

「三雲さんは監察の職務、ひいては警察の規律に疑問を抱いているようですね。入庁以来、度々そのような発言をしていますし」

私のことも、あれこれ調べた訳ね。鼻白みながら、みひろは返した。

「いえ。反社会勢力との癒着とか不正経理とかはどんどん告発して、厳しく処分するべきだと思います。でも、不倫だの借金だの酒ぐせだのまで調べ上げて取り締まる意味があるんでしょうか。しかも、それが発覚するきっかけのほとんどが内部からの密告って異常ですよ」

「なるほど。民間企業出身ならではの意見ですね」

頷いて、慎が薄く微笑む。嫌みや当てこすりのニュアンスは感じられなかったがイラッと来てみひろが言い返そうとすると、慎は振り返ってこちらを見た。

「我々警察官は、民間企業の従業員にはない権限を与えられています。武器の使用や職務質問、犯罪捜査のための差し押さえ、他人の家屋や土地への立ち入りなどなど。権限を行使するには強い責任感と自制心が必要ですが、警視庁の警察官は約四万人。権限を正しく行使できない者は、必ず現れます。加えて、権限を所持していればそれを利用しようと近づいて来る者もいます。反社会勢力はもちろん、民間企業、個人まで枚挙にいとまがない。第三者による見守りや調査、報告は不可欠です。法の番人である我々が規律を守れずして、公共の安全と秩序は維持できません」

真顔に戻り、メガネのレンズ越しに切れ長・奥二重の目をまっすぐにこちらに向ける。「『見守り』じゃなく、監視でしょ」という突っ込みは浮かんだが、正論中の正論なので言い返す気は失《う》せた。

「阿久津室長って中学か高校の頃は、風紀委員だったんじゃないですか？　で、生活指導の先生と仲良し」

みひろが問うと、慎はきょとんとし、右手の中指でメガネのブリッジを押し上げて答えた。

「いえ。中学は給食委員、高校はアルバム委員ですけど」

「あっそう」

脱力し、思わずタメ口になってしまう。と、慎が前方に向き直った。

「来ました」

女性が三人、署の通用門を出て来る。全員交通総務係の係員で、一人は星井愛実だ。春物の白いニットに暖色系のチェックのフレアスカートという格好で、肩に黒いバッグをかけている。星井は、徒歩十分ほどの場所にある独身寮住まいだ。

ぱしゃりという音に隣を見ると、慎がスマホのカメラで星井を撮影していた。「星井を尾行して」と命じられるかとみひろは身構えたが、その気配を感じ取ったように慎は告げた。

「まずは黒須です」

「わかりました」

やり取りしているうちに、星井たちが車に近づいて来た。歩道と車道には少し距離があるが慎はスマホを下ろし、運転席の下に落としたものを拾うふりで身をかがめ、みひろは星井たちとは反対側に顔を背けた。こちらに気づく様子はなく、星井は他の二人と談笑しながら車の脇を通り過ぎていった。

黒須が通用門から出て来たのは、陽《ひ》がとっぷり暮れた午後七時過ぎ。連れはおらず、スカイブルーのシャツにベージュのスラックスという格好で手にビジネスバッグを提げ、街灯が照らす歩道を歩きだす。その姿をカメラに収め、黒須が車の脇を通り過ぎるのを待った。

「行きましょう」

スマホをジャケットのポケットにしまい、慎は車のドアを開けた。みひろもバッグを抱えて車を降りる。

人通りが減ったので距離を取り、黒須の後ろを歩きだした。

「調査対象者の頭や背中を凝視しないように。履いている靴を覚えて見るといいですよ。調査対象者が店や病院など靴を脱ぐ場所に入った時も、すぐに見つけられます」

慎が指示した。小声だがリラックスしていて、歩き方も自然だ。みひろは「はい」と返したものの、黒須の靴を見るために視線を落として歩いていたら、向かいから来た人とぶつかりそうになった。なかなか難しい。

少し歩くと、前方に水天宮前駅に通じる階段が見えて来た。しかし黒須は階段の脇を抜け、歩道をさらに進んだ。どうするつもりかとみひろが戸惑った時、黒須は足を止めて傍らのコンビニに入った。みひろたちは小走りでコンビニに近づき、ガラス張りの壁から中の様子を窺《うかが》った。

「夕食を買ってるみたいですね。署に戻るのかも」

しばらくして黒須がレジにサンドイッチと缶コーヒーを持っていくのを確認し、みひろが呟くと、慎が返す。

「署に戻るのなら、バッグは持って行かないでしょう。注意して下さい」

会計を終えた黒須がコンビニの出入口に向かったので、急いで慎と隣のビルの玄関先に移動した。

バッグとコンビニのレジ袋を提げた黒須は、歩道に戻ると再び歩きだした。しかし前方ではなく車道に向かい、端に立って手を上げる。走って来たタクシーが停車し、後部座席のドアが開いた。身をかがめ、黒須はタクシーに乗り込んだ。ドアが閉まり、タクシーが走りだす。

「どうしましょう」

みひろは焦ったが、慎はこの展開を予想していたらしく、足早にビルの玄関先を出て車道に向かった。後から来たタクシーを停め、乗り込む。慌てて、みひろも続いた。

「前のタクシーを追って下さい」

慎がドライバーに告げる。テレビドラマや映画でお馴染《なじ》みのこの台詞《せりふ》を、現実に聞くことになるとは思わなかった。

黒須を乗せたタクシーは通りを二十分ほど走り、地下鉄浅草《あさくさ》駅の裏手で停まった。みひろたちもタクシーを降りる。

黒須は繁華街を抜け、裏通りを進んだ。さっきよりさらに早歩きになり、何度も後ろを振り返る。その都度、みひろたちは飲食店の看板や飲み物の自販機に身を隠し、尾行を続けた。

五分後、辿《たど》り着いたのは小さなホテルと旅館が並ぶ通りだった。黒須は俯き加減だが慣れた足取りで通りを進み、一軒のホテルに入った。建物の大きさの割に窓が小さく、一階には出入口のドアが外から見えないように、コンクリートの塀が設えられている。典型的なラブホテルで、明かりを点したピンク色の看板には白い文字で、

「HOTEL ANEMONE」と書かれている。

「二十時二十八分、吸い出し。ホテル『アネモネ』」

潜めた声で慎が言う。手にはスマホ。ラブホテル街に入った時から、前を行く黒須を動画で撮影している。

「監察用語で調査対象者が外出先に到着することを『吸い出し』、反対に自宅や署に戻ることを『送り込み』といいます」

「内通は本当だったってことですか？　あ、でも風俗の女性を呼ぶのかも。それも規律違反なんでしたっけ？」

みひろがアネモネの玄関を覗いたり建物を見上げたりしていると、慎に「静かに」と手招きをされた。見ると、慎は向かいのラブホテルの玄関先に移動していた。入るつもりかとフリーズしたみひろに、慎は無表情に告げた。

「黒須の相手を確認します」

「ですよね」

納得するのと同時に恥ずかしくなり、みひろは笑ってごまかして慎の隣に立った。

その後しばらく、裏通りの人通りは途絶えた。

「さっき買った夕食は、ホテルで食べるためだったんですね……奥さんとは幼なじみで、気心が知れているぶんマンネリ。刺激とスリルを求めて浮気ってところかなあ。慣れてて悪びれる様子もないし、浮気は初めてじゃないのかも」

昨日の調査で自分の顔と胸に向けられた黒須の視線を思い出し、みひろは言った。

「黒須の心理分析ですか。鋭いですね」

「全然。いかにもなパターンで、ベタ中のベタじゃないですか」

「しかし、実際にいかにもでベタなパターンが多いのも事実です」

メガネにかかった前髪を指先で払い、慎が返す。クールでエリート然とした言動と、ラブホテルの玄関先に身を潜めるという状況のギャップがすごい。通りを歩いて来た若いカップルが、不審そうにこちらを見ていった。

さらに五分ほど経過した時、通りをこつこつとヒールの音が近づいて来た。緊張し、みひろは玄関先の塀にへばりつくようにして身を隠しながら前方を注視した。と、みひろの目に小柄細身、ロングヘアの女性が映った。さっきのニットとスカートから黒いワンピースに着替えているが、星井愛実だ。

「マジ？」

思わず呟き、俯き加減に自分と慎の前を通り過ぎて行く星井を見つめる。

「記録。三雲さんも撮影して下さい」

早口の小声で隣から囁かれ、みひろは慌ててスマホを出してカメラを起動させた。慎は既に撮影を始めており、玄関先から上半身を乗り出している。

動画の録画ボタンをタップしてスマホを構え、みひろも通りに身を乗り出した。スマホの画面に映る星井は、身を固くして足早にアネモネの敷地の中に入って行った。

「二十時三十七分。星井愛実、吸い出し完了。ホテル『アネモネ』」

斜め上から、慎の呟く声が聞こえた。


一週間後、午前九時過ぎ。みひろと慎は日本橋署の会議室にいた。向かいには、黒須文明巡査部長。

「では、星井愛実巡査と不倫関係にあると認めますね？」

机に両肘をついて顔の前で軽く手を組み、慎は問いかけた。

「はい」

黒須が頷く。さっき呼び出されて、慎に「職場環境改善の調査を行っていたところ、偶然判明した」と不倫について告げられた時、黒須は強く否定し怒りを露《あら》わにした。だが慎が行動確認の結果を伝え、証拠写真を突きつけると絶句した。写真は慎とみひろが撮影した動画と写真をプリントアウトしたもので、アネモネを出入りする黒須と星井が写っている。

最初に黒須を尾行した夜は、星井がアネモネに入った後も張り込んでいると、二時間後に星井、十五分ほどして黒須が出て来た。翌日以降も尾行を続けた結果、黒須たちは今日までに二回密会していた。どちらも場所はアネモネで、先に黒須がチェックインし、少し遅れて星井が来るというパターンだ。帰る時は逆で、先に星井がアネモネを出て、時間差で黒須が出たが、一度だけ二人一緒に出て来た時があり、その姿を収めた写真が動かぬ証拠となった。

「関係はいつから？　きっかけはなんですか？」

続けて問いかけながら、慎は机上のノートパソコンを開いて両手をキーボードに乗せた。数秒の沈黙の後、黒須は答えた。

「二カ月ぐらい前です。交通総務係の飲み会があって、たまたま星井さんが隣の席に座ったんです。ちゃんと話すのは初めてだったんですけど、盛り上がってLINEを交換しました。それから食事に行ったり飲みに行ったりするようになって」

声はしっかりしているが、表情は呆然《ぼうぜん》。日焼けした頬が強ばっている。「そうですか」と返し、慎はキーボードを叩いて黒須の返答をパソコンに入力していった。

「どれぐらいの頻度で会っていましたか？　会う場所はいつもホテル？」

「始めは週に一度ぐらいでしたけど、最近は二、三回。いつもここです」

「ここ」と言う時には机上の写真に虚《うつ》ろな目を向け、黒須は答えた。慎が無言で頷き、重たく張り詰めた空気が漂う室内に、彼がキーボードを叩く音が響く。

「星井巡査との関係を知っている者は？　誰かに話したり、目撃されたりしていませんか？」

「いないと思います。魔が差したっていうか、いけないことだとはわかってたんですけど」

　顔を上げて、黒須が話しだそうとした。が、慎はそれを遮り、質問を続けた。

「最初に肉体関係を持った際、誘ったのはどちらですか？　行為は合意の上？」

「ちょっと！」

　ド直球と言うよりデリカシーの欠片《かけら》もない言葉に、みひろは思わず声を上げた。手を止め、慎が怪訝そうにこちらを見た。黒須は表情を強ばらせて固まっている。身を乗り出し、みひろは黒須の顔を覗いた。

「この前、奥様に感謝していると言っていましたよね？　なぜ星井さんと？」

　強ばったままの顔で、黒須がみひろを見た。その眼差しをしっかり受け止め返すと、黒須は口を開いた。

「妻に感謝しているのは本当です。でも付き合いが長くて気心が知れているぶん、お互いに空気みたいな存在になってて。そんな時に星井さんと親しくなって、一緒にいると楽しくて、どんどん深みにはまって。そういう仲になったのは合意の上ですけど、彼女はすぐに後悔して『別れたい』と言いました。僕も必ずバレるしヤバいと思ったけど、どうしても別れられなくて無理矢理呼び出して会ってもらっていたんです」

不倫に至る心情は、ほぼみひろの予想通り。いかにもなパターンで、ベタ中のベタ。加えて、黒須の熱を帯びた口調と眼差しに星井への執着を感じた。質問者が慎に戻る。

「無理矢理というのが事実なら、あなたの一方的な希望で関係を続けている、星井巡査に不倫関係を強要しているということになります。事実ですか？」

黒須が慎を見返し、それからみひろを見た。大きな目は不安と絶望で揺れている。が、それとは違うものも感じ、みひろははっとした。すると黒須は慎に視線を戻して告げた。

「はい。事実です」

みひろが言葉をかけようとした矢先、黒須は態度を一変させ、おろおろとして身を乗り出した。

「僕は処分されるんでしょうか。マンションのローンがあるんです。田舎の父も具合が悪くて」

「処分については、追って通達します。仕事に戻って下さい」

冷たくとりつく島もない口調で告げ、慎はキーボードを叩き始めた。気圧《けお》された様子で、黒須は席を立った。最後に何か、とみひろが言葉を探しているうちに黒須は「失礼します」と頭を下げ、会議室を出て行った。

落ち着かず不満も感じ、みひろは隣を見た。しかし言葉を発する前に慎に、

「星井を呼んで下さい」

と、これまたとりつく島もない口調で命じられた。

続いて星井にも証拠写真を見せ、話を聞いた。呼び出された時点で察しがついていたらしく、星井は黒須との関係をすぐに認めて泣きだした。みひろが慰めて詳細を訊くと、不倫関係になるまでのいきさつは黒須の話とほぼ同じ。加えて、「『かわいい』『好きだ』と言われて舞い上がってしまった。深い関係になって後悔して別れようとしたけど、しつこく誘われて仕方なく会っていた」とも語り、最後に「職場や奥さんにバレるのではとびくびくし通しで、すごく辛《つら》かった」とほっとしたように告げてハンカチで涙を拭った。

# 8

「非違事案報告書
発生部署：警視庁第一方面日本橋署交通課交通総務係
当事者の氏名：黒須文明　性別：男　年齢：39　階級：巡査部長
非違事案の行為区分：私生活上の行為（不適切異性交際）
発覚の端緒：職場改善ホットラインへの内部通報。聞き取り調査の後、日本橋人形町一丁目路上にて行動調査に着手。以後、日本橋署交通課交通総務係・星井愛実巡査とのラブホテル『アネモネ』に於《お》ける複数回の接触を確認。黒須、星井への聴取の結果、事実関係を是認」

そこまで書いて手を止め、慎は報告書を見直した。記入漏れも誤字脱字もない。報告書は表になっていて、他に「当事者の動機」「発生から報告までの経過」「被害状況」「逮捕・告訴の必要性の有無」「非違事案が防止できなかった管理上の問題点」等々の項目が並んでいる。

再びキーボードを叩き始めようとして、ふと慎の目がノートパソコンの液晶ディスプレイの一カ所に止まった。打ち込んだ文字列の、「日本橋人形町」という住所だけが浮き上がって見える。同時に胸が騒ぎ緊張も覚え、慎は液晶ディスプレイを凝視しながら脳をフル回転させた。

見逃しがある。重要事項の何かだ。緊張はさらに強まり、慎は右手の中指でメガネのブリッジを押し上げた。記憶を探り、浮上した事柄を精査していった。

わかった。重要事項ではなく、最重要事項だ。閃き、頭の中が輝くように明るくなったのも束《つか》の間《ま》、焦燥感と後悔にかられる。

異動に伴う些末《さまつ》な業務が重なり、チェックに抜かりがあった。いや、言い訳より善後策だ。今からでも処置は可能か、あるいは——。

「なんだかなあ」

ため息交じりで力の抜けた、それでいて独り言というにはボリュームが大きすぎる声に慎の思考は中断された。顔を上げ、向かいの机に問いかけた。

「どうかしましたか？」

すると三雲みひろも顔を上げ、こちらを見た。

「あれ。私、声に出しちゃってました？」

「ええ。はっきり」

「すみません。なんか、あれこれ考えちゃって」

眉根を寄せて会釈をしたが、さしてすまなくは思ってなさそうだ。その証拠に、みひろの机の上にもノートパソコンが載っているが、さっきからキーボードを叩く音はほとんど聞こえてこない。つまり、報告書の作成は進んでいないということだ。警視庁本部庁舎別館四階の職場環境改善推進室、時刻は午後二時前。今朝日本橋署で黒須、星井と話した後ここに戻り、直ちに監察係に提出する報告書の作成に取りかかった。

「黒須たちが気になりますか」

笑みを作って問いかけると、みひろは「はい」と頷いた。一緒に厚めの前髪を眉の上で切り揃《そろ》えた黒い髪も揺れる。ショートボブというのか、似たようなヘアスタイルの女性を街中《まちなか》で見かけるが、小柄で童顔のみひろは昭和の小学生に見えなくもない。

「二人は、この後どうなるんでしょうか」

黒目がちの丸い目をこちらに向け、みひろが訊ねた。慎は即答する。

「懲戒処分は確実です。懲戒処分には免職、停職、減給、戒告の四ランクがあり、星井は戒告で済む可能性が高いですが、黒須は不倫に加えてその関係の強要、すなわちセクシャルハラスメント行為も認めているので減給、または停職でしょう」

「二人とも赤文字リスト入り？」

「もちろん。加えて、罰俸転勤です」

慎が首を大きく縦に振ると、みひろは前のめりになって喋《しゃべ》りだした。

「黒須は当然の結果だし、星井さんは気の毒だけど、関係が断ち切れるのはよかったと思います。でも、気になることがあって。関係が始まってすぐに後悔して、星井さんは嫌々黒須と会っていたんですよね？　その割に、二人が会う頻度は増えていたんです。黒須が『始めは週に一度ぐらいだったけど、最近は二、三回』って言っていたでしょう。矛盾していませんか？」

「回数は問題ではありません。一度でも規律に反する行為を行えば、処分の対象になります」

「他にもあるんです。室長に不倫の強要は事実か訊かれた時の、黒須の目。怯えたり絶望したりしていた一方で、腹が決まってるっていうか、覚悟みたいなものが感じられたんです。おかしくないですか？」

　問いかけには答えず、慎は横を向いてメガネにかかった前髪を掻《か》き上げた。

「異動先には部下が一人」と聞いた時、能力はあるが働かない、いわゆる「ゴンゾウ」と呼ばれる職員だと思った。ところが現実は二十代の女性巡査で、職場改善ホットラインの優秀な相談員。身上調査票によると、「死にたい」と電話をして来た職員からその原因が上司の言葉の暴力だと聞き出し、自殺も思いとどまらせたという。だが組んで仕事をしてみれば感情論や主観ばかりを訴え、一年近く勤務しながら警察という組織の根本を理解していない。これならゴンゾウの方がマシだったと思わなくもないが、やるべきことをやるだけで、慎の職務への熱意と義務感は変わらない。

こちらが醸し出す空気に気づいたのか、「生意気言ってすみません」と頭を下げたみひろだったが、「でも」と言ってこう続けた。

「調査対象者にもう少し気を遣うっていうか、話ぐらい聞いてあげてもいいんじゃないですか。黒須は犯罪者じゃありませんよ」

「犯罪者ではありませんが、規律違反者です」

すかさず慎が返すと、みひろは元の勢いに戻って話しだした。

「なら、話を聞かなくてもいいんですか？　室長は規律違反者の気持ちには関心がないんですか？　なぜ規律を破るに至ったのか、知りたいとは思いませんか？」

「思いません。いかなる心情を以《もっ》てしても、規律の遵守を免除される理由にはならないからです」

「お疲れ～。調子はどうかな」

ノックと同時にドアが開き、豆田が部屋に入って来た。緊迫した空気と、それぞれの席に着いて深刻な顔で相対する慎たちに、たちまち豆田がうろたえる。

「えっ。どうしたの？　この空気、なに？」

机に歩み寄り、慎とみひろの顔を交互に見た。手には差し入れのつもりか、大福《だいふく》らしき菓子折を持っている。豆田を無視し、みひろは言った。

「『なぜ』『どうして』を理解しなければ、また同じ規律違反が起こります。取り締まって赤文字リストに名前を載せて排除するだけでは、根本的な解決にはなりません。失敗に学ぶというのは人としての基本だと思うんですけど、それは元監察係員としての沽券《こけん》に関わるんでしょうか」

「元監察係員」を強調された気がして、慎はとっさに言葉を失う。豆田が言った。

「三雲さん。あなたにそんなことを言う資格はないよ。身の程を知りなさい。ちなみに、上司の職務上の命令を厳守するのも『警察職員の職務倫理及び服務に関する規則』に定められたルールだからね」

と、勢いよくみひろが立ち上がった。ぎょっとして、豆田が後ずさる。強い目で豆田、慎の順に見てみひろは言った。

「わかりました。申し訳ありません。でも警察って規律はすごく大事にするけど、人の気持ちを無視するのは平気なんですね」

それからもう一度「すみません」と言って頭を下げ、部屋を出て行った。

その日の夕方、慎は警視庁本部庁舎の十一階にいた。異動に伴う手続きのために、人事第一課の庶務係を訪ねたのだ。

用事が済み、慎は庶務係を出てエレベーターホールに通じる長い廊下を進んだ。少し前までは、監察係の係長として幾度となく行き来した廊下だ。しんとして張り詰めた空気にも、傍らの窓の外に広がる霞《かすみ》が関《せき》のビル群にも変わりはない。と、廊下の先から四、五人の男女が歩いて来た。全員制服姿で、先頭を行くのは小柄だが眼光が鋭く、身のこなしにも隙のない五十代前半の男。監察係の首席監察官・持井亮司《りょうじ》だ。持井は斜め後方を歩く部下が差し出す書類に目を通し、なにか指示している。

持井たちと接近し、慎は立ち止まって廊下の隅に避《よ》けた。背筋を伸ばして頭を下げ、持井を待つ。どやどやという足音とともに、男女が慎の前にやって来た。

「阿久津じゃないか。どうだ、職場環境改善推進室は」

足を止め、持井がこちらを振り向く気配があった。長い名前をすらすらと口にできるのは、慎を異動させるために自分で作った部署だからだろう。

「お陰様で順調です。やり甲斐のある職務を与えていただき、御礼申し上げます」

頭を下げたまま、慎は返した。視界に、持井の左胸に光る警視正の階級章が映る。

「それはなによりだ。きみなら、必要不可欠な部署に育ててくれるはずだ。なあ？」

問いかけて、持井は後ろを振り返った。「はい」「もちろんです」、そう賛同して頷くのは、慎のかつての同僚と部下。明るく力強い声の裏に戸惑いと気まずさ、憐憫《れんびん》の情が感じ取れた。

「ありがとうございます」と再度礼を言い、慎は話を変えた。

「その後、中森の捜索はいかがですか？　捜査一課《ソウイチ》に協力をあおいで特命追跡チームが結成されたと聞きました。データが抜き取られるまでの経緯は」

「その件なら、きみの心配には及ばない。すべてこちらで対処し、解決する」

威圧感を含んだよく通る声で、持井は告げた。慎は口をつぐみ、場の空気が緊張する。と、持井は口調を和らげてこう続けた。

「優秀な監察官であるきみに、部下の犯罪の責任を問うのは辛かった。しかしそれが我々のルールであり、きみはそれに従った。中森の件は我々に任せて、新たな道を歩んでくれ。部下もできたんだろ？　型破りの、なかなかユニークな女性らしいじゃないか。『失敗に学ぶのは、元監察係の沽券に関わるのか』と迫ったとか。きみと名コンビになること間違いなしだな」

顎を上げる気配があり、持井はいかにも楽しげに笑った。廊下にその声が響き、慎のかつての同僚と部下たちの乾いた笑いも重なる。

無言のまま慎が頭を下げ続けていると、「では」と言って持井は歩きだした。かつての同僚と部下も続く。と、最後尾の一人が立ち止まり、こちらを振り向いたのがわかった。視界の端に、黒いパンプスが映る。本橋公佳巡査部長だ。

躊躇するように体を動かした後、本橋は慎に向かってぺこりと頭を下げた。それから身を翻し、慌ただしく持井たちを追いかけて行った。

持井たちの気配が消えるのを待ち、慎は体を起こした。中森に関するやり取りは想定内で、心は静かだった。みひろを揶揄《やゆ》した「型破りの、なかなかユニークな女性」もその通りで、これといった感想はない。「失敗に学ぶ〜」云々《うんぬん》も豆田から聞いたのだろう。しかし話に出たせいで、さっきのみひろの言葉を思い出した。

「星井さんは嫌々黒須と会っていたんですよね？　その割に、二人が会う頻度は増えていたんです」「矛盾していませんか？」「黒須の目」「腹が決まってるっていうか、覚悟みたいなものが感じられたんです」。ふと、慎は胸に違和感を覚えた。続いて関係を強要したのかという自分の問いかけに「事実です」と答えた時の黒須の眼差しと、「すごく辛かった」と涙ぐみながらも安堵する星井の姿も脳内に再生される。違和感はさらに膨らみ、それを具現化するために勝手に頭が回り出す。

緊張と興奮を覚え、慎はエレベーターホールに向かった。早歩きだったのが小走りになり、鼓動が速まるのがわかった。

9

お腹が鳴りそうになり、みひろはバッグからミネラルウォーターのペットボトルを出して飲んだ。二日酔いで朝から食欲がなく、吐き気と頭痛もあったのだが、夕方になって快復してきたようだ。ほっとしながらも情けなくなり、みひろはペットボトルをバッグに戻した。ついでに横目で運転席を見たが、慎は無言無表情で白く整った横顔を車の窓の外に向けている。

昨日は慎とやり合って職場環境改善推進室を出たら、追いかけて来た豆田に「上司に対してあるまじき態度」「警察とか規律とか以前の常識の問題」と説教され、最後には「頼むよ。定年まで五年、波風立てずにやり過ごさせて」とすがりつくような目で見られた。言われたことはもっともなので部屋に戻って謝罪し、大人しく報告書を書いていたら、慎は「ちょっと庶務係に」と告げて出て行った。十五分ほどで戻って来たのはいいが、慌ただしくパソコンを操作したり、どこかに電話をかけたりし始めた。訳がわからなかったが午後五時になったので、みひろは「お疲れ様です」と言って退庁した。それからスナック流詩哀に行き、摩耶ママを相手にグチを言いながら飲んだくれたのだ。今日は「外回り」と連絡があった慎は夕方近くになって現れ、みひろに「出動です」と告げた。そして午後五時を回った今、みひろは日本橋署近くに停まった警察車両の白いセダンの助手席にいる。

先週張り込みをした時同様、今日も大勢の人が歩道を行き来していた。しかし少し前に小雨が降りだしたので、みんな傘をさしたりパーカーのフードをかぶったりしている。数日前に梅雨入りし、空には灰色の雲がたちこめて気温は低いが湿度が高い。

「ひょっとして、黒須たちの不倫を職場改善ホットラインに報《しら》せてきた人を捜すんですか？ そこまでが調査の対象とか？」

閃いて、みひろは問いかけた。黒須の行動確認は終了したはずなのに、ここに来た理由がわからない。

「いえ。違います」

メガネのレンズ越しに日本橋署の通用門を見たまま、慎は返した。昨日みひろが謝罪した時は「わかりました」とだけ応えたが、実は怒っているのかもしれない。

警察って組織に不満や疑問はあっても、人の役に立ってる、市民を助ける警察官を裏で支えてるという自負があるから一年近くやってこられた。でも、今度の仕事は正反対。一生懸命やればやるほど、警察の仲間を追い込んで苦しめる。このまま続けていいの？ それ以前に、続けていける自信がないんだけど。ぐるぐる考えていると、

「来ました」

と慎の声がして我に返った。「はい」と返し、みひろは身を乗り出す。日本橋署の通用門から、女性が出て来る。赤と緑のチェックの傘をさしているので顔は見えないが、体型と黒いバッグで誰かわかった。

「星井さん？」

「行きましょう」

そう告げて、慎は運転席のドアを開けた。訳がわからないまま、みひろも続く。

慎は黒、みひろは紺地に白の水玉模様の折りたたみ傘をさし、歩道を進んだ。前方には星井。今日は一人だ。

「尾行してどうするんですか？　不倫は認めたし、彼女はむしろ被害者でしょう」

「後で説明します」

前を見たまま、少し強めの口調で慎が答えた。みひろは黙り、二人で歩道を進んだ。

水天宮前駅の出入口に差しかかると星井は傘を閉じ、階段を降りて行った。

あれ？　寮に帰らないんだ。処分を待っている身なのに、よく出かける気になるな。いや、病院とかやむを得ない事情があるのかも。口に出すと叱られそうなので、みひろは心の中で呟いた。みひろたちも階段を降り、駅に向かう。

星井はホームに行き、到着した押上《おしあげ》方面行きの電車に乗った。距離を空けてちらちらと見たが、星井はホームでも車内でも人目を避けるように俯いて隅に立っていた。

落ち込んでるんだな。どのみち黒須とは長続きしなかっただろうし、私たちが表沙汰にしなければ、誰もキズつかずに済んだのかも。みひろがまた仕事への疑問を感じている間に電車は錦糸町《きんしちょう》駅に到着し、星井は降車した。

駅を出ると人と車で混雑したロータリーを抜け、小さなビルに入った。遅れること二十秒、みひろたちもビルに入った。エントランスに小さなエレベーターホールがあり、エレベーターは上昇中だ。壁の階数表示パネルを見守っていると、五階で停まった。壁の反対側に取り付けられたテナントの案内板を確認したところ、美容院だった。

「気分転換でしょう。気持ちはわかります」

ついかばうような口調になる。慎は無言。腕時計を覗いてから「外で待ちましょう」とみひろを促し、ビルを出た。

斜め向かいのカフェで待っていると、星井は一時間ほどでビルから出て来た。

「えっ⁉」

みひろは口に運びかけていたコーヒーカップをソーサーに戻した。

カフェの窓越しに確認した星井は、さっきまで無造作に後ろで束ねていた長い髪を下ろしていた。それはいいのだが毛先五センチほどをきつくカールさせ、後頭部の髪を大きく膨らませている。いわゆる盛り髪というやつで、気分転換にしてはかなり過激。しかもナチュラルメイクで服装も地味なブラウスとスカートなので、ヘアスタイルとのギャップがすごい。

慎に促され、みひろはカフェを出た。星井は駅前の繁華街を進み、別のビルに入った。後からみひろたちも入ったが、今度はエレベーターに乗った形跡はない。では一階の店かと確認すると、ドアが一つ。黒いガラス製で、目の高さに金色の塗料で「CLUB G-RUSH」と書かれている。傍らの壁には、派手なメイクに盛り髪の女の顔写真が「有紗《ありさ》」「くるみ」「星里奈《せりな》」といった源氏名入りで並んだ看板が取り付けられていた。

うろたえ、みひろは看板と慎を交互に見た。

「ここっていわゆる」

「キャバクラですね。ちょうど開店時間です。入りましょう」

「はい!?」

みひろは再び声を上げたが、慎は構わず金属製のバーを摑んで店のドアを開けた。

「いらっしゃいませ」

ワイシャツに蝶《ちょう》ネクタイ、黒いベスト姿の若い男が笑顔で進み出て来た。

「二名です。できるだけ奥の席に。ここは女性客も大丈夫ですよね?」

「はい。どうぞこちらへ」

慎の問いかけに男は頷き、みひろにも会釈して店の奥に進んだ。

光量を落としたシャンデリアが照らす店内は複数のコーナーに区切られ、それぞれに黒い人工皮革のソファとテーブル、その向かいに丸椅子が置かれている。他に客はおらずがらんとして、ボリュームが大きめのJ-POPが流れていた。

流詩哀のゴージャス版って感じ? 出入口近くにカウンターバーもあるのを確認しながら、男と慎の後ろを進んだ。

奥まった席に案内され、慎とみひろはソファに座った。ダークスーツ姿の別の男が寄って来てメニューのようなものを差し出そうとしたが、それより早く慎は告げた。

「取りあえず一セット、ビールで。指名はないので、女性はお任せします」

「かしこまりました」

貼り付けたような笑みで会釈し、男たちは席を離れた。

「星井さんは、この店に入ったんですよね？　飲みに来たんじゃないとしたら」

店内を見回し、みひろは問うた。スラックスの長い脚を組み、慎が返す。

「働いているんでしょう。星井は夜勤の日以外は、ほぼ毎日定時の午後五時に日本橋署を退署しています。しかし独身寮の玄関の防犯カメラを確認したところ、半年ほど前から帰寮は門限の午前零時ぎりぎり。しかも明らかに酔っていたり、派手な髪型や化粧をしていることが多かった」

「バイト、または副業でキャバクラ嬢をしているんですか？　あんなに真面目で清純そうなのに」

「いらっしゃいませ。雅《みやび》で～す！」

「こんばんは～。ティアラです」

明るく媚《こ》びを含んだ声とともに、ソファに若い女が二人近づいて来た。どちらも派手なメイクに盛り髪、露出度の高いドレス姿だ。

みひろが返事をする間もなく、雅とティアラは「やだ。イケメン！」「彼女さんですか？　羨ましい～」とハイテンションで語りかけ、みひろと慎の隣に座った。ウェイターも来て、テーブルにビールの瓶とグラス、おしぼりなどを並べる。

慎は雅たちに「自分たちは職場の上司と部下。彼女の社会勉強のためにここに来た」と説明し、みひろもそれに調子を合わせた。四人でどうでもいい話をしながらビールを飲み、追加で頼んだ焼酎のソーダ割りと生ハムとチーズの盛り合わせなどを飲み食いしているうちに他の客も来て、店内は賑《にぎ》やかになった。そして四十分ほど経った頃、店の奥から星井が出て来た。カールした毛先と盛り髪はさっき見た通りだが、オフショルダーのミニ丈の白いドレスに着替え、メイクも他のキャバクラ嬢と似たようなものに変わっている。みひろは呆然としつつ、最初に面談した時の、メイクに気合いを入れたら別人のように華やかな美女になりそうという自分の読みは間違っていなかったと確信した。

「彼女は？」

客に笑顔で挨拶をしながら少し離れた席に着く星井を指し、慎が訊ねる。振り向いて、雅は答えた。

「心愛《ここあ》ちゃん。お客さん、ああいう子がタイプ？」

「いえ。いつから働いているんですか？」

「半年ぐらい前かな。でも毎日じゃなく、週に二、三日。最近は休んでばっかりで、辞めたのかと思ってたけど……ちょっと。うちらじゃ不満なの？　あり得なくない？」

　顔をしかめ、雅が慎の肩を叩く。「ホントホント」とティアラが同意し、つられてみひろも頷いた。「そういうことではなく」と真顔で否定してから、慎は続けた。

「知人が夢中になっているキャバクラ嬢に、似ているんです。ちなみにこれが知人」

　言うが早いかスマホを出して操作し、画面を雅とティアラに見せる。みひろの視界にも入り、それが黒須の顔写真だとわかった。

「やだ。クロちゃんじゃん！」

　まず雅が声を上げ、ティアラも「ホントだ」と目を見開いた。慎はさらに問うた。

「ご存じですか。ここの常連？」

「少し前はほとんど毎日来てたけど、最近は全然。そういやクロちゃんが来なくなった頃から、心愛ちゃんの休みが増えた。えっ、なんで？　あの二人なんかあるの？」

　好奇心で目を輝かせた雅が慎に問い返した時、「失礼します」とスーツの男がやって来て雅になにか囁いた。「ちょっとごめんなさい」と雅が席を立ち、スーツの男はティアラの耳元にもなにか言う。その隙に、みひろは慎に小声で問いかけた。

「いまいち飲み込めないんですけど、思わぬ事態になってます？　でも室長は、こういう事態になるのを予想してましたよね？」

「はい」

「それなら早く言って下さいよ。私にも、心構えってものが」

「僕は、予想や憶測でものを言わない主義なんです」

すました顔で返し、慎はスマホを持ち上げて前方にかざした。心愛こと星井の姿を撮影するのだろう。

「そうっすか」

みひろは、投げやりに返してテーブルの上のグラスを取り、焼酎のソーダ割りをごくりと飲んだ。

## 10

翌日、午前九時。みひろと慎は日本橋署の会議室にいた。長机の向かいには、星井巡査。

「これって昨夜《ゆうべ》？　来てたんですか？　全然気がつかなかった」

机上の写真を見るなり、星井は慎が投げかけた質問を無視して訊ねた。写真には白いドレス姿でソファに座り、客と話したり酒を飲んだりする星井が写っている。

ノートパソコンのキーボードを叩く手を止め、慎は質問を繰り返した。

「あなたは半年前から退署後、墨田《すみだ》区錦糸町のキャバクラ『CLUB G-RUSH』で働いていますね？」

「はい」

顔を上げ、星井は答えた。こちらをまっすぐに見る眼差しと低く落ち着いた声は、最初の面談や一昨日の聴取とも、昨夜の店での様子とも違う。驚きながらも、みひろは今が本来の星井なんだなと感じた。

「警視庁の職員が無許可で副業を行った場合、地方公務員法第三十八条・営利企業への従事等の制限に違反し、処分の対象となります。それを知った上で働いていたんですか？」

「ええ」

「不倫に加えて副業。事態は一変ですね。厳重な処分を覚悟して下さい」

「わかりました」

動じないのを通り越しふてぶてしさすら感じさせる星井だが、やけになっているのかもしれない。みひろは問いかけた。

「なぜ副業を始めたんですか？」

「欲しいバッグがあったんです。買ったら辞めるつもりだったんですけど、黒須さんに見つかっちゃって。二カ月ぐらい前に偶然、草野球チームの人と店に来たんです」

ああ、そういうこと。合点がいき、みひろはさらに問うた。

「それで、『署にバラすぞ』って関係を強要されたの？　『仕方なく会っていた』ってそういうこと？」

「違う違う」。みひろに合わせてタメロになり、星井は首を横に振った。

「黒須さんは『別人みたい。すごく綺麗《きれい》』って私を気に入って、店に通い詰めて指名してくれました。で、同伴とかアフターとか行ってるうちにそういう関係になって。そうしたら黒須さんは『嫁と別れるから、店を辞めて俺と結婚して』って言いだしたんです。もちろん、こっちはそんな気ないから断ったんですけど、黒須さんから毎日『会いたい』『来るまでホテルで待ってる』ってメールや電話が来るようになりました。なんかもう、怖くなっちゃって」

それで会う頻度が増えたのか。ピンと来て、不倫の強要について答えた時の黒須の目も浮かんで腑《ふ》に落ち、みひろは「ああ」と頷いた。それを自分への理解または同情と受け取ったのか、星井はさらに言った。

「何度『別れたい』って言っても聞いてくれないし、普通に話し合っても絶対に無理。誰かになんとかしてもらわなきゃダメだと思って」

「ひょっとして、職場改善ホットラインに電話をしたのはあなた？　自分で自分の不倫を通報したの？」

閃くのと同時に訊ねていた。「はい」と星井は即答した。みひろは絶句し、慎も驚いた様子で顔を上げる。二人の視線を受け、星井は自慢のニュアンスの感じられる口調で返した。

「『それどころじゃない』って状況にならないと、黒須さんがストーカー化するのは確実だったから。でも、怖くて困っていたのは本当なんです。すみませんでした」

最後に頭を下げる。気づけば、ここに来て星井が謝罪の言葉を口にしたのは初めてだった。しかも、さして罪の意識を感じていないのは明らかだ。

「『厳重な処分』って、クビですか？　赤文字リストに名前が載るんですよね」

あっけらかんと、星井が問うた。急に赤文字リストを持ち出されてみひろはぎょっとし、慎もとっさに言葉を返せない。目を輝かせ、星井はみひろと慎を交互に見た。

「えっ。赤文字リストって本当にあるんですか？　最後に教えて下さいよ」

早口だったが星井がわずかに「最後」を強調したのに、みひろは気づいた。

私と室長に会うのは、って意味？　それとも……。改めて向かいを見て、みひろは訊き返した。

「星井さん。始めから警察を辞めるつもりだったでしょう？　辞めた後、黒須さんにつきまとわれるのを避けるために、監察係に処分させようと考えて内通したのね」

そう考えれば、これまでの星井の言動も今の態度も納得がいく。規律違反がバレてやけになったのではなく、始めから警察という職場に見切りを付け、職務への熱意も責任感も棄《す》てていたのだ。みひろは確信を得、同時に理不尽さと怒りを覚えた。しかし星井は首を傾《かし》げ、素っ気なく答えた。

「さあ。どのみちいなくなるんだし、関係なくないですか？」

「関係なくなくない訳ないでしょ！」

みひろは立ち上がった。星井が目を見開き、慎もこちらを振り向くのがわかった。

「辞めるのは勝手だけど、どれだけ迷惑をかけるのよ。自分でしたことの尻拭いを、人にやらせるな。しかもあれもこれも、使ったのは国民の血税だ。断じて許せない。公務員とか警察官とか以前の問題。あんたなんか、どんな仕事に就いたってダメ。一生『プロ』にはなれない！」

後半は演説口調になって捲し立て、向かいを指して断言した。星井は啞然《あぜん》。しかし最後の一フレーズに反応し、ダークブラウンのアイブロウで描かれた眉がわずかに上がったのをみひろは見逃さなかった。

「お説ごもっともですが、その辺で」

咳払《せきばら》いとともに慎に制され、みひろは「すみません」と椅子に腰を戻した。間違ったことを言ったとは思わないが、このざわめいて収まりの悪い空気をどうするのか。みひろが焦ると、慎は星井に顔を向けた。

「いつどんな辞め方をしたにせよ、職員の記録は警視庁内に残ります。今後もし、あなたが何らかの犯罪に巻き込まれ警察に助けを求めた場合、対応した警察官がその記録を照会するかもしれません。だからといって保護や捜査が疎《おろそ》かになる可能性は皆無ですが、彼らも人間だということは覚えておいて下さい」

よく通る声で表情をぴくりとも動かさず、一気に告げた。反対に星井はうろたえた。

「なんですか、それ。脅し？　そんなこと言って――」

「『脅し』？　とんでもない。僕は『覚えておいて下さい』とお願いしただけです」

きっぱりと言い、慎は右手の中指でメガネのブリッジを押し上げた。レンズの奥の目はみひろがびくりとするほど冷たく、星井の顔もみるみる強ばっていった。室内の空気のざわめきは消え、張り詰めて冷え冷えとしたものに変わった。

11

水天宮は、みひろが思っていたより狭かった。ビルとビルの間にあり、縦長の敷地に屋根が銅板葺《どうばんぶき》の本殿や朱色に塗られた柱や階段が印象的な弁財天、その脇には安産の祈禱《きとう》を受けに来た人のための待合室もある。最近建て替えられたらしく、建物も参道も新しい。境内を一回りして、お産の予定はないが子宝いぬと安産子育河童の銅像を撫でたら、気持ちが少し収まった。

星井の次に黒須を会議室に呼び、改めて話を聞いた。過去にもその場限りの浮気の経験はあった黒須だが星井には本気で入れ込み、歯止めが利かなくなっていたらしい。慎が星井が副業を認めたと伝えると黒須は、「彼女を守りたい一心で副業を隠し、自分が関係を強要したと話しました」とうなだれて話した。その後みひろたちは日本橋署を出たが、慎は「小用があります」と車を停め、どこかに行ってしまった。目の前に水天宮があるのに気づき、みひろも車を降りて入ってみた。

ついでにお守りか絵馬でも買おうかと思っていると、「三雲さん」と呼ばれた。振り向いたみひろの視界に、出入口の方から歩み寄って来る慎の姿が映る。買い物をしたのか、手に白いレジ袋を提げていた。

「ここにいたんですか。お待たせしてすみません」

「いえ。今度こそ調査終了だし、次にいつこの街に来るかわからないので、入ってみました……真相が明らかになっても、黒須の処分は変わらないんですよね」

本殿の前の参道に立ち、みひろは慎を見上げた。頷き、慎は返す。

「ええ。規律は規律ですから。むしろ、星井をかばったことで処分が重たくなる可能性があります」

「じゃあ、星井は？　赤文字リストに名前が載っても、退職してしまえばお咎《とが》めなしですよね」

「そうなりますね。納得できませんか？」

「はい。でもそれ以上に、自分の至らなさっていうか認識不足を痛感しています」

「と言うと？」

メガネの奥の目を動かし、慎がこちらを見下ろす。促され、みひろはさっきから抱えていた思いを一気に言葉にした。

「規律で職員をがんじがらめにした上、行動を監視したり行き過ぎた処分をしたりする警察の体制に、疑問と不満を抱いていました。でも、そういう体制を逆手に取って自分の目的を果たそうとする職員がいるなんて、考えてもみませんでした。腹が立つし、悔しいし、怖いです」

「規律は守られているかだけではなく、その守られ方が正しいかを見定めなくてはなりません。そのために監察、ひいては我々の存在が必要なんです。背後で目を光らせている者がいるからこそ、警察の職員は緊張感とモチベーションを維持し、社会悪と対峙《たいじ》できるのです。それが、一昨日の三雲さんの『警察って規律は大事にするけど、人の気持ちを無視するのは平気なんですね』という言葉への答えです」

「はい」

警察組織への疑問と不満が消えた訳ではないが、今回の調査を振り返れば慎の言うとおりだ。みひろが素直に頷いたのに気を良くしたのか、慎はさらに続けた。

「それに、そう卑下する必要はありません。三雲さんは行動確認においては初心者で、圧倒的に経験値が足りない。至らないのも認識不足も当然で、職務に励み研鑽《けんさん》を重ねれば自《おの》ずと解決されます。加えて、今回の調査。星井の副業に気づいたのは僕ですが、きっかけは一昨日の三雲さんの発言です」

「えっ。本当ですか?」

「ええ。三雲さんには人の話を聞いて心に寄り添う才能があり、それは我々の仕事に役立つ。先日僕が言った通りでしたね」

そう話をまとめて微笑み、慎は前髪を掻き上げた。

結局自慢? キザ全開だし。上から目線の割に、なんでいつまでも敬語なの? 突っ込みが浮かんだが褒められたのは嬉しく、みひろは返した。

「ありがとうございます。正直、この仕事を続けていけるか自信はないです。でも、このまま終わるのはしゃくだし、次は納得のいく仕事をしたいと思います」

「その意気です……ところで、本庁に戻る前にこれを食べませんか?」

慎は言い、レジ袋から何かを取りだした。見ると、ラップフィルムにくるまれたホットドッグ用のパン。中央の切れ込みの中に、ちくわが丸々一本挟まれている。

「ちくわパンだ! そうか。これを売ってるお店って、この近くにあるんですよね」

「よく知っていますね。グルメサイトによると、『ちくわとツナマヨネーズソース、ふわふわのパンの食感のハーモニーが最高』だそうです。僕はパンに目がなく情報収集も完璧なんですが、今回はうっかりしていました。報告書の作成中に日本橋人形町という住所にピンと来なければ、食べ損ねるところでした」

「すごい偶然。私も大のパン好きです。休みの日に、あちこち食べ歩くのが趣味で」

驚いて語りだしたみひろをスルーし、慎は歩きだした。ほっそりとした白く長い指で、ちくわパンのラップフィルムを剝がす。

「えっ。それ、私にくれるんじゃないんですか？」

問いかけながら、みひろも歩きだした。ちくわパンに向けられた慎の顔はこれまでになく輝き、活《い》き活きとしている。

この人、変。やっぱり訳ありだ。でも威張り散らさないし、やさぐれてやる気ゼロでもない。今はそれでよしとして、次の調査事案を待とう。じきにボーナスも出るし。

そう思い、気持ちが明るくなるのを感じながらみひろは慎のダークスーツの背中を追った。

## 12

排気ガスの臭いと湿ってまとわりつくような空気に息苦しさを覚え、慎は咳払いをしてネクタイを少し緩めた。腕時計を覗くと、午後九時過ぎ。今日はみひろと水天宮から本庁に戻った後報告書を作成し、豆田に提出した。ここは警視庁から二キロほど離れたオフィス街の地下駐車場だ。天井に等間隔で並んだ蛍光灯が照らし出す場内は昼間のように明るいが、車が並んでいるだけで他に人影はない。

エンジン音がして、通路を銀色のセダンが近づいて来た。セダンが駐車スペースの一つに入るのを確認し、慎は柱の陰から出た。周囲を確認してから、助手席のドアを開けてセダンに乗り込む。

「待たせたな」

エンジンを止め、運転席の佐原皓介《さはらこうすけ》が言った。小柄だが引き締まった体つきで、目つきも鋭い。ダークスーツのジャケットの襟には、「S1S mpd」という金文字が入った赤く丸いバッジ。警視庁刑事部捜査第一課の捜査員だけが装着できるものだ。

「SSBCの動きは?」

挨拶抜きで問いかけ、慎はもう一度周囲を確認した。SSBCとは警視庁刑事部の捜査支援分析センターの通称で、防犯カメラやパソコンなど電子機器の情報解析と犯罪者のプロファイリングなどを行っている。

「三次元顔画像識別システムで中森の関係先と全国の主要ターミナル駅、空港などの防犯カメラの画像を解析したが、収穫なしだ。中森は持井事案のデータを抜き取った日に警視庁を出て、桜田《さくらだ》通りを徒歩で虎《とら》ノ門《もん》方向に移動。以後の足取りは不明だ」

「都内に潜伏しているのか。共犯者《レツ》がいるのかもな。失踪前の交友関係は？」

「お前の方が詳しいんじゃないのか。直属の部下だろ」

慎はまず「元部下だ」と訂正し、佐原が呆《あき》れたようにこちらを見るのを感じながら続けた。

「失踪前、中森は体調不良による欠勤や早退が増えていた。『風邪が治りきらない』と言い、だるそうにしたり薬を飲んだりする姿も見たので信用していたが、実際は心療内科に通院していた。主治医には、『苦しい』『なにもかも滅茶苦茶《めちゃくちゃ》にしたくなる衝動にかられる』と話していたらしい。その片鱗《へんりん》は事件前の中森の言動にも表れていたはずだが、俺は見逃した」

「だから責任を感じて中森を追っているのか？　持井さんに『新部署への異動と赤文字リスト入りのどちらかを選べ』と突きつけられて、新部署を選んだんだろ？　赤文字リスト入りして飛ばされれば、事件を嗅ぎ回れなくなるからな」

佐原は薄笑いを浮かべた。慎とは同期入庁で警察学校でもともに学んだ。しかし学科、実技、武道と常に首席だった慎を卒業まで一度も抜くことができず、いまだに根に持っている。

慎が黙っていると、佐原はさらに続けた。

「しかし責任感だけでそこまでやるか？　ああ、市民への罪悪感もあるのか。持井事案の内容が公になれば、大騒ぎになるからな。何しろあれは」

　ふいに言葉が途切れた。振り向いた慎が腕を伸ばし、佐原のジャケットの襟を摑んで引き寄せたからだ。顎を引き、佐原は目を見開いた。それを見返し、慎は告げた。

「お前の姉の息子。高校でいじめに遭って以来、引きこもり状態らしいな。最近じゃ、姉やその夫に暴力を振るうようになったそうじゃないか。捜査一課《ソウイチ》の管理官目前の身としては、是が非でも隠し通したい醜聞だな」

「それをどこで……脅すつもりか？　お前、どうしちまったんだ。そこまでして、あのデータを守りたいのか？」

　怯えや焦りよりも戸惑いの色の濃い眼差しを、佐原が慎に向ける。目をそらさず、慎は即答した。

「誤解するな。俺は責任感も罪悪感も抱いちゃいないし、データなんかどうだっていい。ただ、自分にふさわしいポストに戻りたいだけだ。何が何でも、監察官として返り咲いてみせる。そのために新部署での仕事は完璧にこなすし、お世辞や作り笑顔もお手のものだ」

　顔を強ばらせ、佐原は「わかった」と頷いた。慎は彼を解放し、今後も中森の追跡捜査で動きがあれば報告することを約束させ、セダンを降りた。セダンは走り去り、慎もコンクリートの通路を出入口に向かって歩きだした。

俺は必ず、這《は》い上がってみせる。そして俺を陥れた者たちよりも高い場所に立つ。

心の中で呟くと、脳裏にみひろと豆田の顔が浮かんだ。しかし胸を突き上げる強く激しく、同時に氷のように冷たい想《おも》いの前に二人の顔は一瞬で、なんの躊躇も感じずに消し去られた。

まっすぐ前だけを見て迷いのない足取りで、慎は通路を進んで行った。

CASE 2

# ローン、アローン：借金警察官の涙

# 1

深く下げていた頭を上げ、監察係首席監察官の持井亮司は身を翻した。部下の柳原《やなぎはら》喜一《よしかず》理事官が開けたドアから警視総監室を出て廊下を歩きだす。

「射撃訓練の時期と重なっていなかったのが、不幸中の幸いでしたね」

警視総監室から十分離れた頃合いを見計らい、後ろから柳原が語りかけてきた。

「ああ」

前を向いたまま、持井は返した。折田晴一《おりたせいいち》警視総監と相対した緊張感が、まだ残っている。持井と柳原が警視庁本部庁舎十一階の警視総監室に入ったのは、二十分ほど前。部下である中森翼警部補のデータ抜き取りと失踪事件の現状報告のためだ。自席に着いた折田の傍らには人事一課長の日山真之介《ひやましんのすけ》もおり、主に発言したのは彼だった。日山が最も気にしていたのが、今はごく一部の関係者しか知らない中森の事件が外部、とくにマスコミへ露呈することだ。

警察組織の中では事務方の監察係だが、一年に一回実包射撃訓練が義務づけられている。通知を受けた係員は警護課の金庫室で自分の拳銃と弾丸を受け取り、江東区新《しん》木場《きば》にある警視庁術科《じゅっか》センター内の射撃場で訓練を行う。事件がこの訓練と重なり、中森が拳銃と実弾を所持したまま失踪していれば市民に危険が及び、公表は避けられなかった。監察実務の現場を仕切るのは持井だが、部署の顔は、警察庁から出向したキャリア官僚で警視長の人事一課長。よって非違事案《ひいじあん》発表会見が開かれれば記者たちの追及を受けることとなり、これを恐れる日山は常日頃から身内の不祥事は極力穏便に、可能な限り表沙汰にせずに済むよう腐心している。

「くれぐれも、二階に動きを気取られるな。広報課にも目を光らせるように伝えろ」

持井が命じ、柳原は「はい」と頷《うなず》く。

新聞社や通信社の記者が詰める通称・警視庁記者クラブは警視庁本部庁舎の二階にあり、同じフロアに広報課も入っている。記者たちが目当ての捜査員や係官の経歴や自宅の場所を知っているように、広報課の課員も記者たちの学歴、職歴、犯罪歴、学生運動歴、趣味などを把握している。報道発表やイベントの企画、警察音楽隊の運用などのイメージが強い広報課だが、最大の職務は記者クラブの監視とコントロールだ。

「警視総監も案じておられましたが、中森の目論見《もくろみ》が読めませんね。事件発生当時はネットへの流出と拡散かと思いましたが、今のところWinny、WikiLeaksなどのネットワークにそれらしき気配はありません」

深刻な口調で、柳原は続けた。恐らく表情も深刻で、将棋の駒を思わせる四角い顔の眉間には深いシワが刻まれているのだろう。間もなく五十歳を迎える柳原だが、短く刈り込んだ髪は半分以上が白くなっている。歩き続けながら、持井は返した。

「加えて、事件発生から二カ月以上経《た》つが犯行声明、金銭の要求といったアクションもない。別の計画があり、データの抜き取りはその一部という可能性もあるな……外事三課に行くぞ。海外の情報機関との連携状況を聞く」

「はい」

柳原が再度頷く気配があり、二人は足を速めた。公安部外事三課は国際テロ犯罪を扱う部署で、本部庁舎の十五階にある。時刻は午前十時前だ。

エレベーターホールに着き、柳原が上りのボタンを押した。持井が外事三課との合議事項をシミュレーションしようとした時、

「そうそう。今どき恋愛禁止なんて会社、あり得ないって」

と、後ろで声がした。振り向くと、廊下を女が近づいて来る。歳《とし》は二十代半ばだろうか。淡いグレーのスーツを着て片手に茶封筒、もう片方の手にスマホを持って耳に当てている。

「人間の感情は止められないじゃない。それに、恋愛ってダメと言われれば言われるほど燃えるのがお約束だし……やだ。『萌《も》える』じゃなくて『燃える』だってば」

なにがおかしいのか顎を上げてけらけらと笑い、女は持井たちの隣で立ち止まった。小柄で細身、黒い髪を襟足の長さで切り揃《そろ》えている。

「そもそも規則を振りかざすのは、何も考えてない証拠よ。見直したり、止《や》めたり、変えるのが怖くて、続けることが正義ってすり替えてごまかしてるだけ。ルールを守るのは大切だけど、時と場合ってものがあるでしょ。車が一台も通らない真夜中の横断歩道の赤信号を、延々待ってる。律儀と取るか、間抜けと取るか。微妙だよね」

テンポよく語り、また顎を上げて笑う。その態度より話の内容が看過できず、持井は女に向き直った。ジャケットの胸にIDカードを付けているので警視庁の職員には違いないが、茶封筒で隠れて氏名や部署名は確認できない。持井の表情を読み、柳原がうろたえだす。なにも気づかず、女はさらに言った。

「それに、規則で人を縛り付けるやり方なんて長続きしないから。そんなのちょっと考えればわかるんだけど、わからないのがいかにもオヤジ、バブル世代って感じ？　定年退職した翌年の正月に届いた年賀状の激減ぶりで、初めて己を知る訳よ」

「オヤジ」「バブル世代」が自分と合致することもあり、持井は黙っていられなくなった。焦った柳原が先に女に何か言おうとした矢先、チャイムが鳴ってエレベーターが到着した。

「あ、切らなきゃ。じゃあまたね」

ドアが開くと女はあっさり電話を切り、エレベーターに乗り込んだ。勢いをそがれた形になりながら、持井と柳原も後に続く。

ドアが閉まりエレベーターが動きだすと、持井は奥の壁際に立つ女に問いかけた。

「きみ。名前は？　部署はどこだ？」

弄《いじ》っていたスマホから顔を上げ、女が初めてこちらを見た。小顔に作りの小さなパーツ。髪型といい、子どものようだ。

「職場環境改善推進室の三雲みひろ巡査です」

きょとんとしている女に代わり、柳原が早口で答える。もろもろ合点がいき、持井は首を縦に振った。

「きみが例の。なるほど」

言いながら胸に優越感と蔑みの気持ちが湧き、口元が緩むのを感じた。きょとんとしたままの女に、柳原が戒めの口調で告げる。

「こちらは、監察係首席監察官の持井警視正だ」

「監察係？」

訊《き》き返してから何かに気づいたように「ああ」と呟《つぶや》き、女は、

「失礼しました。三雲です」

と一礼した。それを見下ろし、持井は話しだした。

「型破りだとは聞いていたが、それ以上だな……今のきみの電話だが、聞き捨てならない。赤信号を待つのは律儀だからでも間抜けだからでもなく、規則だからだ。道路

交通法第七条に『道路を通行する歩行者又は車両等は、信号機の表示する信号又は警察官等の手信号等に従わなければならない』と明記されている」

「すみません。友だちの相談に乗っていて、つい。以後気をつけます」

恐縮してみひろは再度頭を下げたが、持井はさらに続けた。

「きみは規則について一家言あるようだな。友だち相手とはいえ、庁舎内で就業時間中に堂々と語っていたんだ。『何も考えてない』だの『すり替えてごまかしてる』だのは、警察組織に対してのきみの考えと判断されても仕方がないぞ」

知らず、圧をかけるような口調と眼差《まなざ》しになる。「申し訳ありません」と俯《うつむ》いたみひろだったが、次の瞬間顔を上げてこう返した。

「警察が『何も考えてない』とも『すり替えてごまかしてる』とも思いません。でも、『規則で人を縛り付けるやり方は長続きしない』と感じることはあります」

こちらに向けられた眼差しにためらいはなく、自信と信念に溢《あふ》れている。持井は話を変えた。

「職場環境改善推進室は開設早々結果を出しているようだな。日本橋署の非違事案の報告書は、私も読んだ。大活躍だったそうじゃないか」

「その件ですが、三雲巡査というより、阿久津の機転で」

なんのつもりか元部下のフォローを試みた柳原を遮り、持井は続けた。

「部署の発案者として心強い。これからも職務に励んでくれ……ところで、きみは何階に行くつもりだ？」

「えっ？」

訊き返し、みひろは視線をドアに向けた。やり取りしているうちにエレベーターは十五階に到着し、ドアは開いている。

「一階ですけど、このエレベーターは上りだったんですね。すみません」

みひろが言い、持井と柳原はエレベーターを降りた。ドアが閉まり、エレベーターは降りて行った。

「大変申し訳ございません。出過ぎた発言でした」

流れる沈黙を怒りと受け取ったのか、柳原が頭を下げた。しかしそちらには目を向けず、持井は呟いた。

「『規則で人を縛り付けるやり方は長続きしない』だと？　あの上司にして、この部下ありだな」

再び、胸に優越感と蔑みの気持ちが湧いた。が、同時に中森の事件に関する阿久津への憤りと怨嗟《えんさ》も蘇《よみがえ》りそうになり、持井は口を引き結んで自分を鎮めた。

「三雲みひろ。要注意だな」

呟きが聞こえたのか柳原が顔を上げ、こちらの表情を確認するなり怯《おび》えたようにまた頭を下げた。

## 2

みひろが職場環境改善推進室に戻ると、慎はノートパソコンに向かっていた。表情のない顔も、絶え間なく流れるキーボードを叩《たた》く音も、三十分前に部屋を出た時と変わらない。

「お帰りなさい。制度調査係はどうでしたか？」

手を止めず、ノートパソコンの液晶ディスプレイに目を向けたまま慎が問うた。椅子を引いて向かいの席に座り、みひろは返した。

「遅くなりました。みんな元気で変わりなく――そう言えば、エレベーターで」

伝えようとして、持井とのやり取りが蘇った。高圧的な態度と説教は「ザ・警察幹部」という感じだったが、みひろが慎の部下だと知るなり浮かべた意味深な笑みと、こちらを評価もしているようなことを言いながら、慎の名前を一度も口にしなかったのが気になる。慎が監察係から飛ばされた理由と関係しているんだろうなとは思ったが、面倒臭そうなので話題を変えた。

「いいえ、なんでもないです。それより、制度調査係に呼ばれた理由。何かと思ったら、これですよ」

言いながら、抱えていた茶封筒から長方形の台紙を取り出す。扉を開いて薄い和紙を捲《めく》り、台紙に収められた縦二十五センチ、横二十センチほどの写真を向かいに見せた。写っているのは、スーツ姿の三十代前半の男。小太りで髪を角刈りにしている。

「お見合いですか」

手を止めてメガネのレンズ越しに写真を見て、慎が言う。

「ええ。『結婚なんてまだ考えてない』って言ったんですけど、無理矢理渡されちゃって。かわいがってもらっていた先輩の旦那さんの後輩で、会計課の人だそうです。いい人っぽいけど、今どき角刈りって」

「これからもお見合いや縁談を勧められますよ。警視庁の女性警察官の割合は、九・八パーセント。うち何パーセントが独身かは不明ですが、貴重な存在なのは間違いありません」

表情を動かさず、淡々と語る。みひろは写真を引っ込め、扉を閉じた。

「そう言えば、警察官って職場結婚が多いですよね。しかも上司や先輩からの紹介ってパターンが多くて、職場ぐるみで奨励してる感じ」

「同業者だと、職務に理解を得やすくなります。警察職員なら身元も確かですし」

「警察職員以外の相手は、身辺調査をするんですよね。本人だけじゃなく、親族に前科や特定政党・宗教とのつながりがある人がいても『結婚するな。したければ退職しろ』って言われるとか。あと、外国人もNGらしいとも聞きました。そういう規律なんですか？」

「いえ。結婚に関する規律はありません。身辺調査は事実ですし、相手のバックボーンに職務に支障を来す要素があると判断した場合は再考を促します。とはいえ強制力はないので、いま三雲さんが挙げたような相手と結婚した職員もいますよ」

「でも、赤文字リスト入りですよね？」

勢い込んで迫ったが、慎は「そうですね」と当然のように頷く。鼻を鳴らし、みひろは胸の前で腕を組んだ。

「規律がないのは、支障の根拠を証明できないからでしょう？　それなのに圧力をかけて従わないと制裁を下すって、規律で縛るより問題なんじゃないかなあ。で、その問題の象徴が、赤文字リストっていう……本当に赤い文字で書いてあるんですか？　表紙も赤くて、白で『RED LIST』って書いてあるとか」

ため息をつき、慎は目を伏せて右手の中指でメガネのブリッジを押し上げた。

「『DEATH NOTE』に影響されすぎですね。まあ確かに、マンガも映画もよく出来ていましたが」

「室長、マンガを読むんですか？　でも、『よく出来て』ってなにげに上から目線」

みひろが問いかけつつ突っ込んだ時、ノックの音がしてドアが開いた。

「おはようございます。いや～、暑いね。梅雨も明けたし、夏本番だ」

ハンカチで汗を拭き拭き捲《まく》し立て、豆田益男が部屋に入って来た。七月に入り、気温三十度に迫る日が続いている。この部屋もエアコンを入れていても暑く、みひろは私物の卓上扇風機をフル稼働させている。加えて湿気もすごいので部屋のあちこちに大きさと形の違う除湿剤が置かれていて、それを見た豆田は「魔除《まよ》けか呪いの儀式みたいだね」とコメントした。

みひろと慎が挨拶を返す中、豆田は机に近づいて来た。

「また監察係から調査事案が届きました。第一自動車警ら隊の用賀分駐所《ようがぶんちゅうしょ》」

そう告げて、慎にファイルを差し出す。受け取った慎はファイルから書類を出し、読み始める。みひろは訊《たず》ねた。

「自動車警ら隊っていうと、『警察24時』ことテレビの警察密着番組でお馴染《なじ》みの？」

「なにそれ」

豆田が脱力し、書類に目を落としたまま慎は言った。

「警察職員としていかがなものかと思いますが、イメージ的には間違っていません。三雲さん、出動です」

「はい」

見合い写真を放り出し、みひろは急いで身支度を始めた。

## 3

第一自動車警ら隊用賀分駐所は、警視庁用賀署内にあった。みひろと慎は署長と分駐所のトップである中隊長に会い、訪問の趣旨を説明して隊員への聞き取り調査の許可を得た。その後、今回の調査対象者がパトロールに行っていると聞き、みひろたちも分駐所を出た。

車を環状八号線の道の端に寄せ、慎はエンジンを止めた。助手席のシートベルトを外して窓の外に目を向け、みひろは言った。

「やってますねえ」

中央分離帯を挟んだ反対車線の歩道寄りに、車が二台停《と》まっている。環状八号線を行き交う車の間から見ると一台は黒いミニバンで、もう一台はパトカーだ。ミニバンの向こうに見える歩道には、タンクトップにハーフパンツ姿の若い男と警察官が話している。もう一人の警察官は、ミニバンの荷室を調べていた。職務質問、警察用語で言う「バンかけ」だ。パトカーが今回の調査対象者が乗車しているものであることは、屋根に記された「135」の番号でさっき確認した。この番号は「対空表示」と呼ばれ、パトカーのフロントガラスとリヤウィンドウにも記されている。対空表示にはいくつかの種類があるが、自動車警ら隊、通称・自ら隊の場合は所属する隊と車両の通し番号の組み合わせだ。つまり「135」は、第一自ら隊の三十五番目のパトカーということになる。歩道の奥の砧《きぬた》公園は緑が広がり、遊歩道なども見える。

「窓にスモークフィルムを貼った改造車。運転している人は平日の真っ昼間にあの恰《かっ》好《こう》で、金髪メッシュ。私でも職質したくなりますけど、実際に薬物とか、持ってちゃダメなものが見つかって検挙できる割合ってどれぐらいなんでしょうね」

男とミニバンを眺め、みひろは問うた。男は所持品検査を受けている様子で、ふて腐れた顔で警察官に財布を渡している。運転席から同じ方向を見て、慎が返す。

「平成二十九年中の職務質問による検挙数は、約四万件。そのうち自動車警ら中の検挙は約一万五千件と、トップです」

「へえ。さすが、『警察24時』に取材されるだけありますね」

「『警察24時』の何が『さすが』かはさておき、薬物以外にも『持ってちゃダメなもの』はあり、最近増えているのがナイフやハサミなどの刃物です。銃刀法で定められた長さを超えるものは検挙の対象となりますが、所持に対する正当な理由があれば問題ありません。逆にマイナスドライバーや大量のヘアピンなど、法規制の除外物でも正当な理由なく所持していると、署に任意同行を求められる可能性があります」

「なんでマイナス限定？ プラスドライバーならOKなんですか？ あと、ヘアピンでできる犯罪って」

「どちらもピッキング犯罪に使われるんです。所持品検査では、偽造クレジットカードや振り込め詐欺で奪われたキャッシュカードが発見されるケースも増えています」

「なるほど。室長って、警察に滅茶苦茶《めちゃくちゃ》詳しいですね。そんなに好きなんですか？」

感心しつつ訊ねると慎は呆《あき》れた様子で「好き嫌いではなく、職務上の常識です」と答え、話を変えた。

「調査対象者は、男と話している方です。里見洋希《さとみひろき》巡査長、二十八歳。『職場の仲間から度々金を借り、返済が滞っている』と内通がありました」

「借金ですか。内通者はお金を貸した人かも。自分で『返して』って言えばいいのに……言えない理由があるってことか」

「早速分析ですか。頼もしいですね」

やり取りしながら、二人で里見に目を向けた。ひょろりとして、黒縁のメガネをかけている。身につけているのは、半袖のスカイブルーのワイシャツに濃紺のベストとスラックスという制服。通称・活動服の夏服で、制帽も夏用だ。ミニバンの荷室を調べている方は三十代半ばで、小柄だががっしりした体つきをしている。

所持品検査と車内検査では何も見つからなかったらしく、里見たちは男を解放した。不機嫌そうにミニバンに乗り込んで走り去る男を、脱帽し頭を下げて見送る里見が印象的だった。

続いて里見たちは、歩道を通りかかった中年男に声をかけた。ミニバンの男とは逆に長袖長ズボン姿で、痩せていて顔色が悪い。薬物の所持を疑ったのだろう。里見たちは「背中のデイパックの中を見せて欲しい」と乞うたようだが、男は怒りを露《あら》わにして首を横に振った。たちまち押し問答になったが、よく見ると里見が所持品検査を求め続ける一方、小柄な警察官は笑顔で男の訴えを聞き、なだめている。いわゆる「良い警官と悪い警官」という役割分担で、職質の現場でも行われていたとは驚きだ。

二十分以上ゴネてから男は所持品検査に応じたが、里見がデイパックを調べている間中、小柄な警察官は男と話し続けていた。男の返事の仕方や顔色、目の動きなどで薬物の隠し場所や中毒の有無などをチェックしたのだろう。

しかしまたもや何も見つからず、里見たちは男を解放するとパトカーに乗り込み、走り去った。

「行っちゃいましたよ」

みひろは告げたが慎はあっさり、

「大丈夫。じきに戻って来ます」

と返した。

その自信の根拠はなに？　訝《いぶか》しみ、みひろが通りを眺めていると、本当に五分ほどで里見たちのパトカーは戻って来た。反対車線の歩道側をのろのろ走っては停まり、を繰り返している。

「なんで？　こんな公園じゃなく、駅前の繁華街とか怪しい人がいそうな場所に行けばいいのに」

パトカーを目で追いながら、みひろは疑問を呈した。慎が答える。

「そういう場所は、別の隊員がパトロールしていますよ。それに公園の近くというのは、一見治安がよさそうでも実は駐車場が多い。長時間車を停めていたり、うろうろしていても怪しまれないなど、犯罪の温床になりやすいんです」

「確かに。でもそれなら、私服で覆面パトカーの方が検挙しやすくないですか？」

「逆です。制服とパトカーは、挙動不審者を浮上させる最強のアイテムです。普通は『ああ。警察だな』と思うだけですが、後ろめたいことのある者は目をそらす、車のスピードを上げるなど不自然な反応をします。それを運転中でも見逃さないのが自動車警ら隊で、いわばバンかけのスペシャリストです。地域課や交通課の警察官・パトカーと混同されがちですが、配属されるのは、人を見抜く目と運転技術の双方に長《た》けた者だけです」

「つまり、すごい精鋭部隊ってことですね。そんな人が、なんで借金なんか……そろそろ里見に声をかけませんか？」

疑問と興味を胸に覚えみひろは促したが、慎は前を向いたまま素っ気なく返した。

「我々が行かずとも、向こうから来てくれますよ」

意味がわからず訊き返そうとした時、みひろたちの車の後ろにパトカーが停まった。驚く間もなくパトカーのドアが開き、里見と小柄な警察官が降車する。みひろたちの車に歩み寄って来た里見が、こんこんと運転席の窓をノックした。助手席の外には小柄な警察官が立つ。慎が運転席の窓を開けると、里見は身をかがめた。

「こんにちは。どうしました？　ずっと停まったままですよね」

明るく問いかけつつも、メガネの奥の細い目は慎、みひろ、ダッシュボードと動く。小柄な警察官も、頭を低くしてこちらを窺《うかが》っているのがわかった。

「失敬。こういう者です」

涼しい顔で告げ、慎はスーツの胸ポケットから警察手帳を出して開いた。下にバッジ、上に顔写真と階級、職員番号が記されたカードが収められている。階級の「警部」を確認したらしく、里見はたちまち神妙な顔になって身を引き、

「失礼致しました！」

と敬礼をした。小柄な警察官も警察手帳を確認したようで敬礼し、「お疲れ様です。

本庁の方ですか？」と訊いてきた。

「はい。人事第一課です」

慎の返答に里見の顔色が変わり、小柄な警察官も黙る。二人に微笑《ほほえ》み、慎は続けた。

「そう警戒しなくとも。人事第一課ですが、監察係ではなく雇用開発係の職場環境改善推進室です。よりよい職場の環境づくりのための聞き取り調査に協力していただくと、聞いていませんか？」

「ああ。さっき中隊長から無線で聞きました」

小柄な警察官が表情を緩め、里見もわかりやすくほっとする。

借金疑惑のある里見はともかく、もう一人までこんなに態度が変わるなんて、人事第一課ってどんだけ恐れられてるのよ。呆れる一方、自分たちが見張るのと同時に、里見たちも反対車線からこっちをマークしていたんだなと感心する。目が合ったので、

「よろしくお願いします」

と極力明るく微笑むと、里見も笑顔になって会釈した。

4

正午を過ぎ、里見たちは休憩のために用賀分駐所に戻った。みひろたちも一緒に戻

り、会議室を借りて聞き取り調査を始めた。

警視庁は都内の警察署を十の方面に区分けしており、四隊ある自ら隊もそれぞれ担当区域が違う。第一自動車警ら隊の担当は第一方面から第三方面で、これをさらに三つの分駐所で担当分けしている。用賀分駐所の担当は世田谷区《せたがや》、目黒区《めぐろ》、渋谷区《しぶや》で、ここにある警察署の管区全域がパトロールの対象となる。隊員は二人ひと組でパトカーに乗り、午前八時半から午後五時十五分までの日勤、午後二時半から翌日午前九時半までの当番、休日に当たる非番という勤務を繰り返す。当然、事件や事故が発生すれば終業時間になっても帰宅できず、非番に呼び出されるのも日常茶飯事。車両整備や書類作成などもあり、他の多くの警察官同様、激務だ。

最初に話を聞いたのはさっきの小柄な警察官で、川口武一《かわぐちたけいち》巡査部長、三十六歳。自ら隊五年目のベテランで、職務質問のエキスパートにのみ与えられる職務質問技能指導員の資格を持ち、検挙数の多さで度々表彰されている。職場環境を「職質に特化した部署で、意思が統一されている。一方検挙数を巡ってはライバルで、良い意味で緊張感もある」と評し、「長くパトロールをしていると、服装や動きが人と違う、その場にそぐわないなど不審者が浮き上がって見えるようになる」と蘊蓄《うんちく》も語ってくれた。よく笑うエネルギッシュな人で、里見については「若手のエース。礼儀正しく、義理堅い」と話した。

二人目は、前島肇《まえじまはじめ》巡査だった。二十六歳で、用賀分駐所の最年少隊員だ。

「失礼します！」

大声と共に、前島は会議室に入って来た。みひろたちの向かい側にある机の前に立ち、背筋を伸ばして頭を下げず、視線をこちらに向けたまま上体を十五度に傾けた。左右の指は、制服のスラックスの縫い目にぴったりと添えられている。警察官の立ち振る舞いなどを定めた規則・警察礼式に載っている「室内の敬礼」そのままのポーズで、みひろは警視庁入庁時に受けた研修で映像を見せられたが、実際にする人を見たのは初めてだ。

みひろが驚いていると、

「どうぞ。座って下さい」

と慎が告げ、前島は「はい！」と応え、固くオーバーアクション気味に椅子を引いて座った。

「前島巡査は、半年前にこちらに配属されたんですね」

口角を上げて微笑みかけつつ、慎はノートパソコンのキーボードに両手を乗せた。隣のみひろも手元のファイルに収められた前島の身上調査票を見て、語りかけた。

「入庁四年目で自ら隊ですか。優秀なんですね」

「はい。阿久津警部、光栄であります！」

細長い顔を紅潮させ、前島が返す。目も鼻も口も小さく地味な中、眉毛だけが太く黒々として存在感がすごい。

褒めたのは私なんだけど。声もデカすぎだし。みひろは心の中で突っ込んだが、慎は微笑みをキープしたままキーボードを叩き、質問を続けた。

「周りは全員先輩で、常に誰かとパトカーで二人きり。職務以上に環境がストレス因子になるのではと見受けますが、いかがでしょう」

「いえ。そのようなことはありません。先輩方から時に優しく、時に厳しく、職質技術と自ら隊員としての心構えを学ばせていただいております！」

背筋をぴんと伸ばし、つばを飛ばさんばかりの勢いで前島が捲し立てる。

卒業式の呼びかけか。なんか、あらかじめ訊かれることを予想して答えを考えた感じ。職場環境の調査に、どうしてそこまで……ああ、そうか。閃《ひらめ》くものがあり、みひろはファイルを机に戻して顔を上げた。

「でも、職場の上下関係をプライベートに持ち込まれたりはしていませんか？　先輩に借金を申し込まれ、貸したのはいいけど返済してもらえないとか」

「いえ。そのようなことは」

同じ答えを繰り返そうとした前島だが声のボリュームと勢いは半分になり、途中で口ごもってしまった。

やっぱりか。手応えを覚え、みひろは横目で慎に合図をした。

さっき慎から里見の借金疑惑を聞いた時、内通者はお金を貸した人で、自分で「返して」とは言えない事情があると感じた。そして里見は、用賀分駐所では前島に次いで若い。つまり、里見が先輩として強い態度に出られるのは前島だけということだ。

「ならいいんですが、もし心当たりがあったら話して下さい。私たちも人事第一課の一員ですから、監察係といい形で連携を取って問題解決に努めます」

監察係から飛ばされた上司と、今朝監察係のトップに説教されたばかりの部下のコンビの何が「いい形」か。自分で自分に突っ込みたくなったが、ものは言い様だし、「連携を取って問題解決」はウソではない。案の定、前島はそわそわし始めた。ダメ押しで、みひろは言った。

「大丈夫。私たちは、よりよい職場の環境づくりのために来ました。目的に反するようなことはしません」

「……本当ですか？」

小さな目をみひろの隣に向け、前島は問うた。ノートパソコンを閉じ、慎も前島を見た。

「本当です。隊員の誰かにお金を貸していますね。たとえば、里見巡査長」

はっとしてから、前島は頷いた。

「はい。二ヵ月ぐらい前から休憩中や更衣室にいる時に度々『細かいのがない』『財布を忘れた』と言われて千円、二千円と貸しているうちに、二万円以上になっていました。他の隊員にも同じように借りていて、それは少しは返しているみたいですが、僕には全く。このままだと、一生返してもらえないんじゃないかって」

目を伏せて、落ち着きなく体を動かしながら訴える。声のボリュームと勢いは、最初の三分の一ほどになっていた。

「わかりました……今のやり取りはなかったことにしましょう。あなたは何も言っていないし、我々も何も聞いていない。いいですね？」

慎は穏やかにゆっくりと語りかけ、「いいですね？」と問う時だけ強い目で前島を見た。前島はこくこくと首を縦に振ってから立ち上がり、

「了解であります！」

と答え、また「室内の敬礼」をした。その勢いとうるささにうんざりし、みひろは息をついて横を向いた。

前島のあと別の隊員を挟み、里見を呼んだ。「先ほどは失礼しました」とにこやかだった里見だが、慎が借金の件を「調査中にたまたま耳にした」と告げると顔色を変え、「事実です」とうなだれた。慎は誰にいくら借りているのかを訊ね、里見は前島の他に「同じ巡査長の隊員二名と付き合いのある用賀署の署員三名、別の署の友人五

名から合計約三十万円を借りています」と答えた。前島の話と同様、顔を合わせた時に持ち合わせがない風を装って借りるのを繰り返すという方法だ。飲み物の自販機の前で五百円、千円と借りたこともあるという。

「自販機の前って……でも、上手《うま》いやり方ですね。一回の額が少ないと相手も『お金を貸した』って認識しにくいし、そもそも五百円なんて忘れる可能性も高い」

感心し、ついみひろは語りかけてしまう。里見はどう答えていいのかわからない様子で俯き、慎はキーボードを叩く手を止め、咳払《せきばら》いで先を促した。「すみません」と隣に頭を下げ、みひろは改めて里見を見た。

「借金の理由を教えて下さい」

「生活費です。僕は今年の二月に結婚したんですが、いろいろ物入りで。警察共済組合や消費者金融からは既にたくさん借りてるし、つい身内に頼ってしまいました」

俯いたままだがはっきりと答え、手のひらで額の汗を拭った。みひろはその手に真新しいプラチナの結婚指輪が輝いているのを確認してから、ファイルの身上調査票に目を落とした。確かに里見は、警察共済組合と銀行、消費者金融から住宅ローンや家財道具の購入目的で四千万円近く借り入れている。

警察共済組合とはその名の通り警察職員のための共済組合で、健康保険と年金の給付金の支給、住宅や車の購入、子どもの教育等のための資金貸し付けのほか生命保険や学資保険などの制度保険の提供、保養所の運営管理、加えて家具や家電、警察グッズ等の通信販売も行っている。もちろん買い物や旅行などのための、いわゆるキャッシングのような貸し付けも行っていて、金利は一・九八パーセント。大手消費者金融の貸付金利が三パーセントからだと考えればかなり安い。ただし、所属部署の共済組合担当者に申し出て借り入れの手続きをするシステムなので、誰がいくら借りたか職場で筒抜けになる可能性が高い。

また巷《ちまた》には「警察官が消費者金融を利用するのは禁じられている」という噂《うわさ》があるが、これは間違いで該当する規則はなく、むしろ公務員という職業上、借り入れ審査に通りやすい。しかし警察官には身上指導の名のもと上司に借金を申告する義務があり、これを怠ったり、分不相応な借り入れをしたり、ヤミ金のような違法業者を利用した場合は非違事案となり、処分の対象になる。

「わかりました。借りた三十万円は、どうするつもりですか？」

ノートパソコン越しに里見を見て、慎は問うた。里見は即答した。

「返します。全員に、すぐ」

「どうやって？」

「持ち物など、売れるものを売ります。もっと早くそうするべきでした。申し訳ありません」

縦に広く横に狭い背中を丸め、里見は頭を下げた。天然パーマなのか、黒々とした髪はくせが強く量が多い。

「わかりました」

慎は視線を液晶ディスプレイに戻し、キーボードを叩き始めた。それを見返し、里見は何か言おうとした。が、慎は、

「処分については、追って通達します。仕事に戻って下さい」

と、事務的に告げた。口をつぐみ、里見はみひろを見た。

気が休まるようなことを言ってやりたかったが、これから彼がどうなるのかはわからない。やむなくみひろは無言で頷いて見せたが、里見はそれでも少しほっとした顔になり、立ち上がってこちらに一礼し、会議室を出て行った。

## 5

エレベーターを降り、慎は居酒屋に向かった。しかし出入口の引き戸の前には、スマホを耳に当てた若い男が立っている。

「失礼」

声をかけたが、男は通話に夢中だ。Tシャツにジーンズ姿で、酔いで耳まで真っ赤

になっている。

「すみません」

再度声をかけると男は脇に避《よ》けたものの、こちらに目も向けない。引き戸を開け、慎は店内に入った。

「いらっしゃいませ～」

威勢はいいが間延びした店員の声とボリュームが大きめのJ-POPに出迎えられ、店内を進んだ。ここは渋谷センター街の大手チェーンの居酒屋で、時刻は午後八時過ぎ。客は若者のグループばかりで、客席も団体客用の掘りごたつ式のものが並んでいる。

「こっちだ」

その声に振り向くと、奥のカウンター席に佐原皓介がいた。歩み寄り、慎は佐原の隣に腰掛けた。ダークスーツ姿の慎たちは明らかに異質だが、五人ほどしか座れないカウンター席には他に客はおらず、騒いで飲み食いするのに夢中な若者たちはこちらを見向きもしない。人に聞かれたくない話をするにはうってつけで、佐原はこうした店をいくつか知っているのだろう。

カウンターの中の店員にビールを注文し、念のため周囲を確認してから慎は問うた。

「データが抜き取られた経緯はわかったか？」

「ああ」と返し、佐原はチューハイのグラスを口に運んだ。少し前からここにいるらしく、カウンターには食べかけの刺身や焼き鳥などが並んでいる。

「お前が言ったとおり、データはヒトイチと公安部公安総務課が『けいしWAN』で管理していた。当然、中森にデータへのアクセス権はない」

けいしWANとは警視庁と各所轄署共通の情報ネットワークで、電子メールの送受信や電子掲示板の閲覧、文書管理などを行っている。警視庁職員がけいしWANを利用する場合にはユーザーアカウントとパスワードの入力が必要で、アクセスできるデータは担当業務と階級ごとに厳しく制限されている。アクセスの履歴はすべて記録・管理され、不正アクセスはもちろん、補助記憶装置を接続しただけでアラームが鳴る。

「では、どうやって？　中森はUSBメモリでデータをコピーしたんだぞ」

「わからない。だが、持井事案に関して新情報がある。ヒトイチと公安総務課でデータへのアクセス権を持っていたのは、理事官以上の幹部だけだ。しかし洗い直したところ、意外なところにデータが流れていたとわかった」

もったい付けるように言葉を切り、佐原は振り向いた。しかし慎が平然と前を向いたままなのを見て、不機嫌そうに顔を背けた。そこにビールが運ばれて来て、慎は渇いた喉を潤した。自分も再びグラスを口に運び、佐原は言った。

「警備部警備第一課だよ」

ごくりと喉が鳴るのを感じながら、慎はビールを飲み込みグラスを置いた。表には出さなかったものの、驚いていた。

　公安は道府県警察では警備部内の一部署だが、警視庁だけは警視庁公安部として独立している。そのため警視庁警備部は警備や警護、災害救助に特化しており、警備第一課は治安警備の計画と実施、情報収集、機動隊や特殊部隊・SATの管理などを行っている。

「警備第一課の何係だ？」

　訊ねながら、第一課長、警備企画係長、警備実施係長、警備情報係長と思いつく限りの顔と名前を頭に浮かべる。が、佐原は首を横に振った。

「特定中だが、警備第一課にはけいしWANに接続されていないパソコンがあった。急いでいる時やユーザーアカウントなどの入力が面倒な時には、複数の職員がそのパソコンをワープロ代わりに使っていたらしい。個人用のパソコンの持ち込みは規律違反だが、古いもので持ち主は不明。そこに流れたデータが、中森の標的になったんだ」

「しかしなぜ警備部に持井事案が？　あれは基本要綱《ようこう》で、現場に情報が下りるのは早すぎる。それに、中森とのつながりも」

　ふいに、慎の頭にこれまで浮かんでいたものとは全く違う人物の顔が浮かんだ。同時に脳がフルスピードで回転し、記憶が次々と蘇っては結びついて一つの形をなした。

「どうした？」

佐原が顔を覗《のぞ》き込んできた。何も答えず、慎は立ち上がって財布から千円札を一枚抜き取り、カウンターに置いた。そして佐原に、

「また何かわかったら報《しら》せろ」

と告げて出入口に向かった。

エレベーターに乗り、居酒屋の入ったビルを出た。これからやるべきことをシミュレーションしつつ、タクシーを拾える通りに向かおうとすると、声をかけられた。

「室長」

足を止め、振り向いた先に女がいた。ヒョウ柄のベレー帽をかぶってレンズが巨大な赤いサングラスをかけ、身につけているのは前面にユニオンジャックがデカデカとプリントされたTシャツと、赤地に黒の水玉のミニスカート。くすんだピンクの膝上ソックスには、光沢の強い銀色のスニーカーを合わせている。声でみひろだとはわかったが、恰好に目を奪われて言葉が出ない。

「こんばんは。偶然ですね。どうしたんですか？」

サングラスを額に押し上げ、みひろは歩み寄って来た。驚いたように見開いた丸い目が自分の顔と体、背後に動くのを感じ、慎は冷静さを取り戻した。

「これを買いに来ました。急に食べたくなって」

笑顔で返し、慎はビジネスバッグと一緒に提げていたレジ袋から中身を取り出した。

半透明のビニール袋の中に、直径十センチほどの丸いパンが入っている。表面はこんがりと茶色く、絞り出したカスタードクリームでスマイルマークが描かれている。

「知ってる！　クリームパンですよね。かわいいし、カスタードクリームにコクがあっておいしいの。大好物です」

声を張り上げ、みひろはビニール袋越しにクリームパンを見つめた。慎は返した。

「よければどうぞ。二個買ったので」

「いいんですか⁉　ありがとうございます」

会釈して、みひろは慎の手からクリームパンを取った。

このクリームパンは慎の大好物でもあり、佐原から呼び出されて渋谷に来るとすぐ店に行って買った。本当は一個しか買っておらず、惜しいと思うがみひろの関心をそらすためだ。

「三雲さんはどうしたんですか？」

興味はないが訊かれた手前、慎も問うた。大事そうに両手でクリームパンを持ち、みひろはこちらを見た。

「一旦寮に帰ったんですけど、里見のことが気になって」

里見洋希巡査長と話したのは一昨日で、今朝豆田から「里見は昨日分駐所の仲間ほか全員にお金を返したそうですが、処分は免れませんね」と報告を受けた。

「と言うと？」

「処分は仕方がないし、前島さんたちにお金が返って来たのはよかったと思います。でも、借金がバレた翌日に全員に全額って早すぎませんか？　『売れるものを売ります』と言ってたけど、そんなに早く換金できるんでしょうか」

「なるほど」

会話の流れで打った相づちだったが、慎の同意を得たと思ったのか、みひろはさらに言った。

「借金そのものも不自然なんですよ。新婚が物入りなのはみんなわかるし、普通に頼めば三十万ぐらい貸してもらえたはずです。なのに、なんであんな方法？　何か隠してるんじゃないの？　とか考えだしたら止まらなくなって。資料の勤務表に里見は今夜渋谷でパトロールと載っていたので、つい来ちゃいました」

話し終えて息をつき、肩にかけたバッグを揺すり上げる。見れば、バッグは職務中に使っている黒革の地味なものだ。

「つまり三雲さんは、里見は虚偽の証言をした。調査を続行すべきだと考えているんですね？」

「はい」

力強く、みひろが頷く。メガネのレンズにかかった前髪を払い、慎は考えた。

みひろの言い分には一理あるが、監察係が報告書を受理した時点でこの事案は終了しており、自分にはやることがある。一方で、慎が監察官として返り咲くためには、職場環境改善推進室の職務も完璧であるべきだと考えている。

黙り込む慎に何を思ったのか、みひろは訴えた。

「お願いします。今度こそ、納得のいく仕事をしたいんです。迷惑はかけませんから

——まずい」

最後の一言は通りの奥を見て呟き、慎の腕を引っ張って歩きだした。通りを横切り、ドラッグストアに入る。

「何ごとですか？」

みひろに商品棚の陰に押し込まれ、慎は訊ねた。振り向いたみひろはサングラスをかけ、通りを指している。見ると、行き交う若者の中に制帽に活動服姿の里見がいた。隣には、用賀分駐所の別の隊員。鋭い目で左右を見回しながら、二人で通りを渋谷駅方面に歩いて行く。

「『行かずとも向こうから来てくれる』って、本当ですね。でも、自ら隊がパトカーを離れるって珍しくないですか？」

みひろに囁《ささや》かれ、慎はつい、

「バンかけしようとした相手に逃げられたんでしょう。あるいは、所轄から応援を要

請されたとか」

　と答えてしまう。ふんふんと頷き、みひろはドラッグストアから通りに戻った。里見たちを追い、渋谷駅方面に歩きだす。店員に不審の目を向けられているのに気づき、仕方なく慎もドラッグストアを出てみひろに続いた。なし崩し的に尾行が始まり、慎は観念した。

　追っていた相手を見失ったのか、里見たちは渋谷駅前のガード下を東側に抜けたところに停めてあったパトカーに戻った。移動するかと思ったが、パトカーは動かない。歩道や宮益坂《みやますざか》下の交差点を行き来する人を見張っているのだろう。

「質問してもいいですか？」

　十分ほどして、慎は訊ねた。「はい」と前方のパトカーを見たまま、みひろが頷く。二人でガード下の、歩道と車道を隔てるフェンスの前に立っている。

「その恰好は変装ですか？　あるいは、何かのカモフラージュ？」

「いえ。おしゃれです」

　あっさりと、みひろが返す。答えになっていないと感じ、慎はさらに問うた。

「つまり、私服？」

　みひろは「ええ」と再度頷き、振り向いてサングラスのレンズ越しに慎を見た。

「今夜の里見の担当が、渋谷でよかったですよ。私服でも普通に溶け込むし」

全然溶け込んでない。慎は心の中で突っ込んだが、みひろは平然と肩にかけたバッグを開けて中を探り始めた。

ガード下にはカレーやラーメンなどの飲食店が並び、その匂いが立ちこめる歩道を大勢の人が歩いている。ほとんどが十代二十代の若者だが、みひろを見て怪訝《けげん》そうな顔をしたり、仲間と囁き合って笑う人もいた。川口巡査部長の「服装や動きが人と違う、その場にそぐわないなど不審者が浮き上がって見える」という話を思い出す。

上司として指導すべきか。しかしセクハラと受け取られる恐れがあり、しかも三雲は前部署の職務でハラスメント事案に精通している。逡巡《しゅんじゅん》する慎をよそにみひろはバッグを引っかき回し、ファイルを出して開いた。

「里見は優秀な警察官なんですね。警察学校の成績は上々で、素行もこれまでは問題なし」

「ええ。今年の一月にはバンかけした男の車から合成麻薬を発見し、それがきっかけで違法薬物の密売グループを検挙できたので表彰されています……ファイルはしまいましょう。知っているかと思いますが、警察の秘密文書には『極秘』『秘』の二区分があり、身上調査票は秘文書に当たります」

これには迷わず指導すると、みひろはしれっと「あ、すみません」と言ってファイルをバッグに戻した。

「結婚するし、里見は張り切っていたんでしょうね。それなのに……借金と言っても少額だし、すぐに返した割には処分が重すぎませんか？」

「いいえ、妥当です。今回の里見の行為は『その他規律に違反するもの』の『公務の信用を失墜するような不相応な借財』に該当し、処分は『戒告』と定められています。ちなみに戒告は四ランクある懲戒処分のうち、一番軽いものです」

「でも懲戒処分の対象になって赤文字リスト入りした時点で、警察官としてはお終《しま》いでしょう？　将来有望な職員だし、内規の『訓告』か『本部長注意』で済ませてもいいんじゃないでしょうか」

　警察には国家公務員法または地方公務員法に基づいた懲戒処分の他に、各警察署独自の内部規定、通称「内規」がある。内規違反の処分には「訓告」「本部長注意」「厳重注意」「所属長注意」の四ランクがあるが異動や人事にはほとんど影響せず、赤文字リストに名前が載ることもない。

　勉強したのか。前回の一件がよほど悔しかったんだな。意外と職務に前向き、いや、負けず嫌いなだけか。頭の隅で考えつつ、慎はきっぱりと告げた。

「警察職員の懲戒処分は警視総監または本部長の命を受けた懲戒審査委員会が審査し、その議決によって決定します。個人の感情や主観だけでは組織は動かず、決定した事項が覆ることもありません」

みひろは無言。目はサングラスで見えないが、小さな口は不服そうに引き結ばれている。

「わかりました」

低い声で返し、みひろは慎に背中を向けて見張りに戻った。

# 6

「あのマンション、築二十年ぐらいですよね」

沈黙を破り、みひろは口を開いた。運転席で資料を読んでいた慎が顔を上げ、フロントガラス越しに前を見た。三十メートルほど離れた場所に、マンションがある。六階建てで戸数は二十ほどだ。

「ええ」

慎が頷き、みひろはさらに言った。

「里見が警察共済組合で組んだ住宅ローンって、三千五百万円でしょう？　いくら中古とはいえ、ここは世田谷区。窓の数と大きさからして六十平米ぐらいの２ＬＤＫだから、四千五百万円はするはずですよ。どうやって……ああ。親に頭金を出してもらったパターンか」

「また分析ですか」

「いえ。ただの邪推です」

「いずれにしろ、発想と着眼点がいいですね」

淀《よど》みなく返答し、慎は書類に目を戻した。微笑んではいるが、内心では発想も着眼点も「どうでも」いいと思っていそうだ。「はあ」と言って助手席で伸びをしたらあくびが出て、みひろは慌てて口を押さえた。

渋谷で慎と会い、里見の行動確認を再開して五日になる。毎日変わる勤務形態とパトロール先に合わせて尾行したが、里見は勤勉そのもの。懲戒処分と罰俸転勤《ばっぽうてんきん》が待っているのはわかっているはずなのに、態度に変化はない。勤務後もやけ酒を飲みに行ったりはせず、まっすぐ分駐所から徒歩二十分のこの自宅マンションに戻っていた。当番明けの今日も午前十時前に帰宅し、今は午後一時だ。

里見の処分を巡って慎に言い渡されたことは、納得はいかないが正論だ。じゃあ、感情や主観だけじゃない真相を突き止めて、と尾行や情報収集をしているが手がかりはない。さっき慎に「今日結果が出なければ、行動確認は終了」と告げられ、これまた納得いかなかったが何も言い返せず、沈黙が流れる車内にエンジンのアイドリングとエアコンの音が流れていた。

「里見はパソコンやカメラ、服をフリマアプリで売っていたんですよね。でも今年の三月から四月のことで、仲間からお金を借りる前。消費者金融などから新たな借金をした形跡もないし、三十万円の出所は謎のままです。じゃあ、家族から？　と確認したけど、それもなし。里見は父親も警察官なんですね」

糸口を求め、みひろはバッグからファイルを出した。中には豆田からもらった資料と里見の身上調査票の他に、この五日間で集めた情報が収められている。

「ええ。群馬県警交通部の調査官、警部です。祖父も元警察官なので、いわゆる警察一家ですね」

周囲を確認し、慎が言う。閑静な住宅街なので長時間駐車していると不審に思われるため、時々車を出しては前と違う場所に停まる、を繰り返している。顔を上げ、みひろは問うた。

「そのパターン、多いですよね。自営業の跡取りとかならわかりますけど、なんでわざわざ親と同じ職業に就くんでしょう」

「祖父と父親の背中を見て育ち、同じような警察官になりたいと入庁した、というような話をよく聞きます。親や警察の採用担当者に勧められて、という人もいますね。職員の家族なら身元は確かですし、職場結婚と同じでしょう」

「家族を尊敬して憧れて、ってすごく素敵だと思いますけど、息が詰まったりしないのかなあ。比較されるだろうし、仕事ぶりは筒抜けでしょう？」

「比較されるのはモチベーションになるし、筒抜けになってまずいことをしなければいいのでは？」

間髪を入れず、慎が問い返してきた。また正論か。しかもこっちが、「ちょっと変なこと言ってる」みたいな顔してるし。うんざりしつつも口には出せず、みひろは返事の代わりに問いかけた。

「ひょっとして室長も、警察一家出身ですか？」

「いいえ。違います」

目をそらし、慎は前を向いた。相手を遮断するような口調は初めてではないが、どこか頑《かたく》ななものを感じた。が、みひろはすぐにファイルに視線を戻した。

二時間後、マンションのエントランスから里見が出て来た。隣にはチュニックワンピースにレギンス、素足にサンダル姿の小柄でぽっちゃりした女。妻の亜子《あこ》、二十五歳だ。買い物に行くらしく、亜子は花柄のエコバッグを提げている。二人が通りを反対側に歩きだすのを確認し、みひろたちは車を降りた。距離を空け、尾行を開始する。今日も晴天で日射《ひざ》しは強く、みひろはジャケットを脱いだ。

五分ほど歩くと、亜子は里見の腕に手をからめた。自分より三十センチ近く背の高い里見を甘えた眼差しで見上げ、話しかける。Tシャツにジーンズ、スニーカーという恰好の里見も少し眠たそうで後頭部の髪の寝ぐせはひどいが、笑顔で応えていた。

「里見はともかく、奥さんの屈託のなさはすごいですね。新婚早々旦那さんが左遷されて、定年まで昇進できなくなっちゃうんですよ。よく、あんな風に笑えるなあ」

慎の後に付いて住宅の塀や路上駐車している車の陰に隠れて歩きながら、みひろは言った。前方を注視しつつ、慎が返す。

「里見亜子も元警察官ですから。懲戒処分にならずとも左遷されることはあるし、覚悟の上だったのでは？　職場結婚ならではですね」

また職場結婚を肯定？　室長って実は既婚者で、奥さんは警察官？　いや、正論に基づいた教育的指導ってやつか。やっぱり警察が大好きなんだな。再びうんざりしながらも気持ちを立て直し、みひろは返した。

「でも、あの奥さんの様子は覚悟って感じじゃ……ひょっとして、何も知らないんじゃないですか？　里見は処分のことも借金のことも、奥さんに話していないのかも」

みひろが閃いたことを言葉にしている間に、里見たちは住宅街から商店街に出た。二人が通り沿いのスーパーマーケットに入ったので、みひろたちも続いた。

「なぜ話していないんでしょう？」

出入口に積まれたプラスチック製のカゴの一つを手に取り、慎は訊ねた。エアコンの冷気にほっとしながらみひろもカゴを取り、

「心配をかけたくない、または失望されたくない。あるいは、他に話せない理由があ

るとか」

と答えた。弁当と惣菜《そうざい》の売り場に行き、商品をカゴに入れる。もし里見に見つかっても、買い物に来て偶然会ったと装えるからだ。みひろも慎もおにぎりではなく、サンドイッチやハンバーガーなどを手に取ってしまうのはパン好きゆえだ。

「理由とは？」

「私にばっかり答えさせないで、室長も考えて下さいよ」

口を尖《とが》らせて訴えたみひろに慎は、

「僕は予想や憶測でものを言わない主義だと、先日言ったはずですが」

と平然と告げる。うんざりを通り越してやけになり、「でしたね～」と笑顔で返し、みひろは続けた。

「わかりませんけど、借金の理由が結婚や生活費なら、奥さんが知らないのは不自然ですよね……そう言えば、奥さんの父親も警察官ですね。警視で第八方面の副本部長」

「第八方面？」

飲み物の棚に伸ばした手を止め、慎が振り向いた。第八方面は昭島市、立川市、府《ふ》中《ちゅう》市、武蔵野《むさしの》市、調布《ちょうふ》市など多摩《たま》地域中部の警察署の担当だ。警視庁が区分する各方面には本面本部という拠点が設置されていて、第八方面は立川署の近くにある。トップの方面本部長は警視長か警視正で、ほとんどがいわゆるキャリア組だ。

「ええ。違ったかな」

バッグから資料を出して確認しようとしたみひろを、慎は手を上げて止めた。

「いえ、違っていません。その通りです」

「両家とも父親は警察官だけど、新郎側は道府県警察の警部で新婦側は本庁の警視。格差というか、新郎側は複雑そう。でも、里見が挙式前に表彰されたのはラッキーでしたね。披露宴の新郎新婦のプロフィール紹介で、ここぞとばかりにアピールしたんだろうな」

「そうですね」

相づちを打った慎だが、どこか上の空だ。怪訝に思い白く整った横顔を見ると、慎はすぐそれに気づき、棚からミネラルウォーターのボトルを取ってカゴに入れた。

「里見を捜しに行きましょう。恐らく生鮮食品売り場です」

言うが早いか、通路を進み出す。「はい」と頷いてみひろも棚から缶コーヒーを取り、後に続いた。


里見たちはスーパーマーケットのあとドラッグストアとクリーニング店に立ち寄り、一時間ほどで自宅に戻った。みひろたちも車に戻り、スーパーマーケットで買ったパンで遅い昼食を摂《と》った。

行動確認を再開した翌日も里見は非番で、夕方亜子と買い物に出た以外の外出はなかった。今日も同じなら手がかりなしで行動確認は終了し、里見の戒告処分は決定的だ。午後六時前。陽《ひ》が傾くのと同時にみひろの焦りも増した。

「もう一度里見から話を聞きましょう。こちらの考えを伝えれば、隠していることを打ち明けてくれるかも」

「それはどうでしょう」

スーツの胸の前で軽く腕を組み、慎は返した。

「だってこのままじゃ処分されちゃうんですよ。自ら隊の仕事も、奥さんのことも本当に好きみたいなのに」

「監察係で取り調べる対象者の多くは、口を閉ざすか虚偽の証言をしようとします。理由は二つ。一つはこちらを信用していない。もう一つは、真実を語ることで事態がさらに悪化する。借金の真相によっては、里見の処分はさらに重たくなるんですよ」

「あ、そうか」

みひろがはっとすると慎は、「やっぱり気がついていなかったか」とでも言いたげにため息をついた。焦り慌てながらも返す言葉を探すみひろに、慎はこう続けた。

「それに里見が『隠していること』など始めから存在せず、先日の聴取の内容がすべてだったら？　行動確認だけならともかく、再聴取を行ったにもかかわらず『なにも出ませんでした』などという事態は監察係の手前回避すべき、いえ、絶対にあってはなりません」

自分の推測をさくっと否定されたショックより、話が進むほどに慎のテンションが上がり、所信表明のようになったのに驚き、みひろは慎の顔に見入った。と、前髪を掻《か》き上げて慎が振り向いた。

「失敬。僕は経験に基づいた事実と可能性を述べただけで——誰か来ましたね」

メガネのレンズ越しの視線が、みひろの肩越しの窓外に動く。振り向いたみひろの視界に、里見のマンションに入って行く二人の男が映った。一人は二十代前半で、もう一人は三十代半ば。どちらもスーツにノーネクタイだ。

みひろと慎は車を降り、周りに注意しながらマンションに近づいてガラスのドアからエントランスを窺った。男たちはオートロックのパネルの前にかがみ込み、インターフォンで住人の誰かと話している。間もなく話を終えたので訪問先に向かうのかと思いきや動かないので訝しく思っていると、エントランスの奥のドアが開いて里見が出て来た。男たちと落ち合い、三人でこちらに来るのが見えたので、みひろと慎は急いでマンションから離れて自分たちの車の陰に隠れた。

三人はマンションから少し離れた場所で止まり、小声で何か話しだした。里見は三時間前と同じTシャツにジーンズ姿だが笑顔はなく、背中を丸めて俯いている。ぼそ

ぼそとしたやり取りがしばらく続いた後、急に二十代前半の男が、

「里見さん、頼みますよ。さ・と・み・さ〜ん！」

と大声を出した。顎を上げ、マンションの方に身を乗り出している。その前に立ちはだかり、里見が慌てた様子で「やめて下さい」と乞う。三十代半ばの男は「やめろ」と言うように二十代前半の男の肩を叩いたが、本気で止める気はなさそうだ。

二人ともスーツと髪型は地味だけど、目つきが鋭い。なにより、全身から漂うその筋臭がすご過ぎ。みひろが思った時、通りの先から人影が近づいて来た。小柄だががっしりした体格の男、川口武一巡査部長だ。白いポロシャツにベージュのチノパンという恰好で片手にビジネスバッグ、もう片方の手に酒の量販店の名前が入ったレジ袋を提げている。レジ袋は大きく重たそうで、六缶パックのビールかチューハイが複数入っているのが透けて見えた。

「里見。どうした？」

気づくなり問いかけ、川口は三人の元に向かった。川口の自宅は世田谷区の隣の狛《こま》江《え》市なので、仕事帰りに寄ったのだろう。川口と男たちには面識があるようで、四人で話しだす。みひろは車の陰から首を突き出し耳も澄ませたが、話の内容は不明だ。

ほどなく、四人は会話をやめて歩きだした。マンションの前まで行くと里見と川口がエントランスに進み、男たちは通りを元来た方向に歩きだした。

「行きましょう」

慎は告げ、車の陰から出て男たちの後を追った。みひろも通りに戻ったが里見たちが気になり、エントランスのドア越しに目をこらした。里見が手にしたカギでオートロックを解除し、川口と奥のドアに進んで行く。川口は里見の背中に手を当てて何か言い、里見はこくこくと頷いている。二つの背中が開いたドアの向こうに消えるのを見届け、みひろは身を翻して慎を追いかけた。

7

里見のマンションを後にした男たちは、通りの先に停めてあった黒いセダンに乗り込んだ。

慎はみひろを促して通りを戻り、車に乗った。男たちのセダンが走りだしたのを確認し、慎も車を出した。

五分後。セダンは用賀駅前の繁華街で停まった。降車した男たちは、一軒の雑居ビルに入って行く。慎たちも通りの先に車を停め、ビルに向かった。

エントランスに入りエレベーターが三階で止まっているのは確認したが、壁のテナントの案内板に会社名などは記されていない。慎はエレベーターを呼び、みひろと乗り込んだ。

三階に到着し、開いたドアからエレベーターを降りた。狭く短い廊下があり、突き当たりに曇りガラスのドアがあった。近づいて見るとドアには飾り気のない金色の文字で、「株式会社フォレストファイナンス」と書かれている。廊下に人気はなく、耳を澄ませても物音は聞こえない。ドアの写真を撮ってから、みひろが囁いてきた。

「これって、マンガやドラマでお馴染みの」

「登録詐称業者。通称・ヤミ金融ですね」

ドアの脇にベタベタと貼られたチラシに目を走らせながら、慎は言った。「即日融資」「無審査」「他店で断られた方も諦めずにご連絡下さい！」等々の文字が並び、下端に記された番号は携帯電話のものだ。チラシも撮影し、みひろはさらに囁いてきた。

「やっぱり。どうします？　入って話を聞きますか？」

「いえ。相手はプロです。証拠もなしに、『はい。そうです』とは言いませんよ」

「でも」

言いかけたみひろを「続きは外で」と促し、慎は通路を戻った。

ビルを出て、停めた車に向かった。午後七時近くなってようやくあたりは薄暗くなり、看板に明かりを点《とも》した飲食店の前を、サラリーマンや若者が行き来している。

「里見は三十万円をあの業者から借りていて、さっきの男たちは取り立て屋ってことですよね？」

車の前まで行くと、みひろが口を開いた。足を止め、慎は頷いた。

「ええ。先ほどのマンション前での様子からしても、間違いないでしょう」

「なんでヤミ金なんかに。警察共済組合や消費者金融は限度額いっぱいまで借りていて無理だとしても、家族がいるでしょう」

「借りられない理由があるからです。先ほど三雲さんの推測を否定するような発言をしましたが、撤回します。里見は何か隠しています。それが職場の仲間とヤミ金から借金をした理由と関係しているのは明らかです」

「でも、川口さんは事情を知ってるみたいでしたよね。彼が来たら男たちは立ち去ったし……川口さんって、里見がお金を借りたメンバーに入っていましたっけ？」

「いいえ。入っていません」

「里見さんに目をかけている様子で、借金絡みの事情も知ってる。にもかかわらず、救いの手は差し伸べていない。なぜかというと、差し伸べられない理由が——ああ、もう。理由理由って何なの⁉」

混乱した様子で声を大きくし、みひろは眉根を寄せた。一方慎は頭の回転速度がさらに増し、それに連れて気持ちはどんどん冷静になり、研ぎ澄まされていった。

「里見が挙式前に表彰されたのはラッキーでしたね。披露宴の新郎新婦のプロフィール紹介で、ここぞとばかりにアピールしたんだろうな」。ふいに、さっきのみひろの言葉が蘇った。続いて大きく重たそうな酒の量販店のレジ袋を提げた川口の姿が浮かび、彼が里見や男たちと話す情景も再生される。そこにかつて監察係で調査したいくつかの事案の書類と証拠写真、対象者の顔が重なり、一つの結論が導き出される。

「里見が表彰につながる検挙をした時、一緒にパトカーに乗っていた隊員は？」

緊張と興奮を抑え、慎は問うた。「えっ!?」と面食らい、みひろは肩からバッグを下ろし、中を引っかき回した。

「確かここに、里見の過去の勤務表が。でも、なんで」

そう言って手を止めかけたので慎は、

「口ではなく、手を動かして下さい」

と、つい子どもにするような注意をしてしまう。が、みひろは「はい！」と姿勢を正し、手を動かしだした。そんな二人を、通行人が怪訝そうに眺めて行く。

8

「なので、僕はその車を見送ろうとしました。しかし里見巡査長が『絶対に怪しい』と言うので、停車させてバンかけしたんです」

みひろが手にしたスマホから川口の声が流れ、画面に顔が映し出された。披露宴が始まってからそう経っていないはずだが、川口は既に呂律《ろれつ》が怪しく顔も真っ赤だ。

「そのあと里見巡査長がどんな大手柄を上げて栄誉を受けたかは、みなさんもよくご存じでしょう」

マイクに向かって語りかけ、礼服姿の川口は横を向いた。一緒に映像も動き、画面に高砂《たかさご》席に座る里見夫妻が映し出される。里見は金色の肩章とモールの付いた警察官の礼服・儀礼服を身につけ、亜子は肩と腕を露出させたウェディングドレス姿だ。

里見がかしこまって川口に一礼すると映像はさらに動き、会場にずらりと並んだ円テーブルと、そこに座る招待客を映す。目をこらし、みひろは客たちに見入った。端や後ろの円テーブルには新郎新婦の同僚や友人らしき若者がいるが、高砂の向かいに座っているのは、軒並み五十代以上のおじさんだ。

里見と奥さんの父親つながりの警察幹部だな。ぴっちり横分けに銀縁メガネばっかりで、見分けがつかない。クローン？　いや、体格は微妙に違うからマトリョーシカだ。これが警察一家の職場結婚か。

「民間企業の職場結婚でも、似たような状況になり得るでしょう」

隣から言われ、みひろはぎょっとして映像を止めた。

「えっ。私、声に出してました？」

「ええ。しっかり」

「どこから？」

「『ぴっちり横分け』あたりから」

　フロントガラス越しに前方を見ている慎にクールに返され、みひろの胸に恥ずかしさと気まずさが押し寄せる。

「すみません。映像を確認していたら、つい。でもプロフィール紹介だけじゃなく、里見の上司や同僚も表彰の件をアピールしまくってますね」

　慌てて捲し立てたが慎は呆れているのか、

「ええ」

　とだけ返し、口をつぐんだ。

　取り立て屋の男たちを追い、ヤミ金のビルに行って三日。あの後みひろが勤務表を確認し、「里見が表彰された時、一緒にパトカーに乗っていたのは川口」と伝えると慎は意味深に頷き、「本庁に戻ります」と告げて歩きだした。その後、何度事情説明を求めても返ってくる答えは「僕は予想や憶測でものを言わない主義」だけだったが、今朝になって慎は「出動です」とみひろに告げ、二人で用賀分駐所に来た。

　終日パトロールに出た川口を見張り、用賀分駐所に戻ったのが午後四時過ぎ。それから分駐所の隊員たちも使う用賀署の通用門前で張り込みを始めたところ、慎は急に

「適当な口実で撮影した同僚から入手しました」と里見の結婚式のビデオ映像をみひろのスマホに送って来た。すぐに確認したのはいいが、今つい声に出してしまった感想以外は浮かばず、慎の思惑はさっぱりわからない。

「張り込みの目的を教えて下さい。それは状況説明で、予想や憶測じゃないでしょう?」

スマホをジャケットのポケットにしまい、みひろは問うた。慎は「確かに」と頷き、こう答えた。

「証拠を摑《つか》むためです」

「川口が何かするってことですか?」

「はい。今日は給料日ですから」

「給料日? それがどう」

言いかけてこれ以上訊いてもムダだと気づき、みひろは息をついた。

訊かなきゃよかった。口に出さないように注意しながら心の中でぼやいた時、慎が、

「来ました」

と言って身を乗り出した。見ると、用賀署の通用門から川口が出て来るところだった。白いワイシャツにネイビーブルーのスラックス姿の川口はビジネスバッグを提げ、一人で通りを歩きだす。慎は素早く車を降り、みひろもバッグにファイルを突っ込ん

で後に続いた。そのまま尾行を開始する。

川口に周りを気にする様子はなく、落ち着いた足取りで通りを進んだ。用賀駅から自宅に向かうのかと思いきや、駅を通り越して銀行のATMコーナーに入った。

「さっきの『給料日ですから』って、このことですか？」

銀行の向かいの不動産店に立てられた幟《のぼり》で顔と上半身を隠し、みひろは訊いた。隣で同じように幟で顔と上半身を隠して慎が答える。

「そうとも言えるし、そうでないとも言えます」

「つまり、答える気はないんですね」

イラッとして慎を睨《にら》もうとすると銀行のドアが開き、川口が出て来た。と、みひろたちの前を人影が横切り、川口に歩み寄った。スーツ姿の男が二人、フォレストファイナンスの取り立て屋だ。驚く間もなく隣から、

「動画を撮影して下さい」

と潜めた声で指示され、みひろは急いでスマホを出してカメラを起動させた。幟の脇からスマホを突き出して向かいの三人にレンズを向け、録画ボタンをタップする。画面の中で取り立て屋の男たちは川口を囲むようにして立ち、何か言った。表情を険しくした川口だったが、短く返事をして通りの先に向かった。男たちが付いて行き、みひろと慎も後を追う。

川口と男たちは、銀行の脇の小径《こみち》に入り足を止めた。みひろは一旦小径の前を通り過ぎてから傍らの洋食店の前にあったスタンド看板を抱え上げ、小径の入口に置いた。そしてうずくまって看板の陰に隠れ、脇から顔とスマホを持った手を突き出した。

「何するんですか」

後ろから洋食店の店員らしい女性と、それに応対する慎の声が聞こえた。

小径では川口と男たちが、こちらに横顔を向けて立っている。三人で短くやり取りした後、川口はスラックスのポケットから何かを出して三十代半ばの方の男に差し出した。緊張と同時に強い興奮を覚え、みひろはカメラのズーム機能を使って川口の手元をアップにした。

川口が差し出したのは、二つ折りにした銀行の封筒。男はそのままわざとらしく頭を下げてそれを受け取り、中を確認した。一万円札が三、四枚はある。三十代半ばの方の男が封筒をジャケットのポケットに入れ、三人がこちらに歩きだした。みひろは急いでスマホをしまって看板を抱え、洋食店の前に戻った。通りに背中を向けて看板を地面に下ろし、「もうちょっとこっちかな」と呟きながら位置を直すふりをする。慎も通りに背中を向け、店員の女性と話し続けているようだ。みひろと慎の後ろを川口が通り過ぎ、男たちは通りを反対側に歩いて行く。

「行きましょう」

息をつく間もなく慎の次の指示が飛び、みひろは看板を下ろして振り向いた。が、慎は川口ではなく男たちに付いて行く。

「あれ。そっち？」

戸惑いながらも店員の女性に「すみませんでした」と謝り、慎を追った。

三十メートルほど進んだところで、慎は男たちに追いついて声をかけた。

「失礼。こういう者です」

そう告げて警察手帳を差し出す。たちまち二十代前半の方の男が眉をつり上げて何か言おうとしたが、三十代半ばの方の男は仕草でそれを制した。

慎は男たちを道の端に誘導し、みひろも続いた。四人で向き合うと慎は言った。

「フォレストファイナンスの方ですね？　今あちらで川口武一から受け取った金について、質問があります」

首を傾《かし》げ、三十代半ばの方の男が答える。

「さあ。知らねえなあ」

「川口？　誰だ、それ」

二十代前半の方の男も加わり、とぼける。予想していたリアクションらしく、慎は、

「そうですか。では、証拠を」

と続けてみひろを振り返った。意味がわからずぽかんとすると、「動画のことで

す」と冷ややかに指摘されたので、みひろは急いでスマホを出して動画を再生し、男たちに見せた。数分前の自分たちと川口の姿を見せられ、二十代前半の方の男は表情を強《こわ》ばらせたが、三十代半ばの方の男にはまだ余裕がある。

「何を訊かれても答えねえよ。貸金業には、守秘義務ってもんがあるんだ」

肩をすくめて見せた三十代半ばの方に、慎はこう返した。

「貸金業を名乗るには都道府県知事または内閣総理大臣の登録が必要と、貸金業法第三条で定められています。しかし登録貸金業者のリストには、フォレストファイナンスの名前はありません。つまり無登録営業となり、貸金業法違反で十年以下の懲役、または三千万円以下、法人の場合は一億円以下の罰金に処されます。加えて、取り立て行為に関しても貸金業法の規制が……まだ続けますか？」

舌打ちして、三十代半ばの方の男は顔を背けた。二十代前半の方の男は呆気《あっけ》に取られ、慎を見返している。その反応にみひろは慎を頼もしく感じる反面、「ちょっとウザい」とも思った。

メガネにかかった前髪を払い、慎は改めて男たちに向き直った。

「とはいえ、我々の目的は無登録営業の摘発ではありません。質問に答え、今後一切フォレストファイナンスに関わらないと誓約するなら、考慮の余地はあります」

え、なに。裏取引ってやつ？　本当にやるんだ。ていうか、私たちにそんな権限あるの？　緊張と興奮に焦りも加わり、みひろは慎と三十代半ばの方の男を交互に見た。つられて、二十代前半の方の男も視線を動かす。

しばらく沈黙があって、三十代の男は息をついた。

「わかったよ。何を知りたい？」

無言で頷いた慎だが、俯いてメガネのブリッジを押し上げる一瞬、冷たく勝ち誇ったような笑みを浮かべたのを、みひろは見逃さなかった。

9

翌日の午前十時過ぎ。みひろは慎と用賀分駐所の会議室にいた。長机を挟み、向かいには里見が座っている。

「本当に川口巡査部長は、全部話したんですか？」

背中を丸め首を突き出すようにこちらを見て、里見は訊ねた。パトロールに出る途中に呼ばれて来たので、活動服姿で机の端に制帽を置いている。

「はい。先ほど、自らとあなたの借金の真相を告白しました」

ノートパソコンのキーボードをリズミカルに叩きながら慎が答えた。「そうですか」と呟き、里見は目を伏せた。

昨日の動画を見せて取り立て屋の男たちから聞いた話を伝えると、川口は「その通りです」と認めた。

酔い潰れる、大声で騒ぐなどもともと飲酒行動に問題があった川口だが、上司や同僚のフォローで大きなトラブルにならずにいた。しかし四カ月前。用賀駅近くのバーで酔って暴れ、店や備品を壊してバーテンダーにケガをさせてしまう。バーのバックには地元の暴力団がおり、「職場にバラされたくなければ修理代と治療費を払え」と大金を請求された。だが川口は自宅や車の購入で多額のローンを背負っていて、金を用意できない。

すると暴力団が関わるフォレストファイナンスを紹介され、仕方なく金を借りて修理代と治療費を支払ったがすぐに返済が滞り、追い詰められた川口は里見に助けを求めた。ところがその里見もローンを背負う身。貯金を下ろして渡したが「足りない」と言われ、やむを得ず職場の仲間たちから少額の借金を繰り返しては川口に渡していた。すると前島に内部通報され、みひろたちが来て借金が明るみに出てしまう。慌てて里見もフォレストファイナンスから三十万円を借りて仲間たちに金を返したがフォレストファイナンスへの返済は滞り、男たちの取り立てが始まったのだ。

「表彰につながった今年一月の検挙ですが、職務質問の対象者の車を停めたのも、車内から合成麻薬を発見したのも、実はあなたではなく川口だったそうですね」

手を止めず、ノートパソコンの液晶ディスプレイを見たまま慎は質問を始めた。目を伏せたまま、里見は「はい。すみません」と返した。

「謝罪には及びません。検挙を同僚や後輩に譲るのは警察内の他部署でも行われており、禁止する規律はありません。とくに結婚を控えた警察官に対しては仲間が、『祝儀代わり』『花を持たせる』という意味合いで検挙数を稼がせることが多いようです。あなたの場合も同じでしょう」

「その通りです」

里見が頷く。みひろも口を開いた。

「検挙を譲ってもらったことが、川口の頼みを断れなかった理由ですか？」

「はい。実は妻の両親は、『不釣り合いだ』と結婚に反対でした。でも表彰が決まったら態度を変えてくれて。僕らが結婚できたのは、川口さんのお陰なんです」

「なるほど」

それは断れないわ。心の中で言って納得し、みひろはさらに訊ねた。

「じゃあ、奥さんと両親に相談しなかったのもそのせい？　相談すると川口の頼みを断れない理由、つまり検挙を譲ってもらったことがバレると思ったんですか？」

だが里見は質問には答えず、暗い声で言った。

「僕は父と祖父に『立派な警察官になりたければ、正しいことをしろ。人に弱みを見せるな』と言われて育ちました。だから親の言いつけや学校の規則を守り、ずるをしたりウソをついたりもせずにやってきたんです。検挙を譲ってもらったのだって、本当は断りたかった。でもどうしても妻と結婚したかったし、川口さんに『みんなやってる』と言われて」

話しているうちに気持ちが高ぶったのか、里見は顔を上げた。

「何度も相談しようとしたんです。でも、できなかった。だって相談するというのは、人に弱みを見せることでしょう？」

みひろが黙ると、里見は再び俯いた。追い詰められたように、両手で頭を抱え込む。一方慎はこちらのやり取りには構わず、キーボードを叩き続けている。その事務的で無機質な音がみひろを落ち着かせ、返すべき言葉を思い出させた。

「里見さんは、自分の中にルールや決めごとをたくさん作って生きてきたんですね。それはすごいし、並大抵の覚悟ではできません。でも、ルールは絶対じゃない。その証拠に、里見さんは自分の弱みは見せないけど、人の弱みには敏感で寛容です。川口さんの頼みを聞いたのは、結婚できた恩があるからだけじゃない。あなたが優しい人だからです」

そこにつけ込まれたんだけどね。最後のフレーズは胸の中に留《とど》め、みひろは里見を見た。頭から手を放し、里見が顔を上げた。目が合ったので、みひろは最初に借金の話を聞いた時と同じように頷いて見せた。

ぶわっと、里見の目から涙が溢れた。メガネを外して長机に突っ伏し、肩を揺らして嗚咽《おえつ》する。くぐもった声が、白い壁に囲まれた会議室に流れた。

一時間ほど前、同じ席で川口も涙を流した。しかしその意味や胸の内は、里見とは違うはずだ。みひろは川口にかける言葉は見つからなかった。

しばらくすると里見は落ち着き、慎が改めて「処分は追って通達します」と告げると無言で深々と頭を下げ、会議室を出て行った。

「『ルールは絶対じゃない』ですか。なかなか言いますね」

室内に沈黙が戻るなり、慎は言った。キーボードの前で両手を組み、入力した内容を確認している。息をついて凝った肩をほぐし、みひろは返した。

「だって、言いつけを守って正しいことだけしてきて就いた仕事の対象が『悪』ですよ。そりゃ、つけ込まれるでしょう。里見さんのお父さんやお祖父《じい》さんも気持ちはわかるけど、もうちょっと考えてっていうか……室長は、途中で里見さんと川口の関係に気づいたんですよね。きっかけは何ですか？」

「今回もまた、三雲さんの発言です。里見は結婚式で表彰をアピールしただろう、というのを聞いてピンと来ました。あとは川口が提げていた、里見夫妻と飲むにしても多すぎる量の酒が入った袋。直前に明らかに取り立て屋とわかる男たちも見たので、間違いないと。先日も言いましたが、三雲さんは発想と着眼点がいいですね。人の話を聞いて寄り添う才能と併せて、大きな武器になりますよ」

「発想と着眼点って、お世辞じゃなかったんだ……とにかく、真相も究明できたし今回は納得のいく仕事ができました。里見さんたちの処分も再検討されるんですよね？」

「ええ。フォレストファイナンスについては生活安全課に報告しますし、そもそも無登録業者からの借入金に返済義務はないので借金はチャラです。しかし川口は間違いなく懲戒処分。複数の規律違反を行った上、隠蔽の方法が悪質なので免職もあり得ます。里見も情状酌量の余地はありますが、お咎《とが》めなしという訳にはいきません」

「はあ。結局懲戒処分ですか」

みひろはうなだれたが、慎は「いえ」と言ってこう続けた。

「第一自動車警ら隊の内規違反処分。恐らく、所属長注意で済むでしょう」

「内規!?　じゃあ、赤文字リスト入りはなし？　なんで？」

ついタメ口になり、身を乗り出して訊ねると慎は答えた。

「『警察24時』ですよ。もしやと思って調べたら、里見は今年の秋放送の警察密着番組の取材を受けていたと判明しました。警察の顔として紹介された職員が、放送前に左遷されましたではまずいでしょう、という方向で僕が根回しをします」

ノートパソコンを閉じ、書類を片付けながら淡々と説明する。「はあ」と相づちを打ち、ほっとしながらも戸惑いを覚え、みひろはさらに訊ねた。

「でも、いいんですか？」

「『いいんですか』とは？　里見の内規違反処分を提案したのは、三雲さんですよ。証拠になる動画を撮影して、見事に事態を覆しましたし」

　書類をバッグにしまい、慎が問い返す。さらに戸惑い、みひろは言った。

「あれは室長に言われたとおりにやっただけで、私はなにも」

　すると、慎は立ち上がってノートパソコンとバッグを手にした。そして自分を見上げるみひろに、

「過ちは人事に忠実に反映されるのが警察です。しかし同時に警察は努力をした者、結果を出した者が正しく評価される組織でもあります」

　と告げ、「車で待っています」と付け加えてドアに向かった。呆然《ぼうぜん》として言われたことを反芻《はんすう》しかけたみひろだったが、振り向いた慎に「急いで」とさらに付け加えられ、慌てて机上に広げたものを掻き集めた。

## 10

　人差し指と親指を立てて右腕を上げ、みひろはフィニッシュのポーズを取った。曲

が終わり、向かいのソファで拍手が起きた。

「よっ。みひろちゃん！」

「スナック流詩哀《ルシア》のPerfume！」

ジャージ姿の吉武と、襟を立てたポロシャツを着た森尾が声を上げる。二人の両脇では、ドレス姿のエミリとハルナが水割りを作ったり、おしぼりでテーブルを拭いたりしながら笑っている。

「はいはい。どうも」

みひろは手を振って小さなステージを下り、マイクを吉武に渡してカウンターに戻った。スツールに座り、グラスを取って飲み残しのビールを喉に流し込む。

「く～っ、旨《うま》い！　ママ。ピザトーストちょうだい」

「なにそれ。普通『おかわり』か『もう一杯』でしょ」

無表情で突っ込み、カウンターの中の摩耶ママは鼻から煙草《タバコ》のけむりを吐いた。ママの前にグラスを置いて眉根を寄せ、みひろは返した。

「わかったわよ。ビールもお願い。もう、うるさいこと言わないで」

「とか言って、振りつきのノリノリで『チョコレイト・ディスコ』を歌ったじゃない。あんたが上機嫌な証拠よね。なんかいいことあったの？　白状しなさい」

ワサビ色のアイシャドーで飾られた目をこちらに向け、ママが迫る。今日は胸元にレースをあしらったワンピースという恰好だが、真っ黒でボリューミーなので魔女に見えなくもない。

「いいことなんてないわよ。さんざん働いて、くたくた」

そうぼやき、店内に視線を巡らす。

壁の演歌歌手のポスターも、カウンターの上の胡蝶蘭《こちょうらん》の鉢植えもいつも通り。隣に座っていたサラリーマンの二人組はさっき帰ったので、カウンターに他に客はいない。後ろのステージでは、エミリがＪＵＪＵのバラードを情感たっぷりに歌い始めた。時刻は間もなく午後八時だ。

今日はあのあと用賀分駐所から本庁に戻った。みひろは報告書を書き、慎は「ちょっと根回しに」と職場環境改善推進室を出て行った。そのまま慎は戻らず、午後五時になったのでみひろは報告書を慎の机に置いて退庁し、スナック流詩哀に来た。

「でもまあ、初仕事の失敗は取り戻せたかな」

視線を戻して付け加えたが、ママはピザトーストを作りに行っていていない。小皿のミックスナッツを口に放り込み、みひろはジャケットのポケットからスマホを出した。カラオケを歌っている間に、豆田からLINEにメッセージが届いていた。読むと、みひろの退庁後慎から報告書を受け取ったこと、里見は内規違反処分で赤文字リスト入りは免れそうなことが記され、最後に「別件で阿久津さんに電話してるんだけど、出ないんだよ。ひょっとして、一緒にいたりしない？」とあった。

「いたりする訳ないでしょ」

眉間にシワを寄せて呟きながら、慎の根回しの早さと凄腕《すごうで》ぶりに驚いた。左遷されても、エリートはエリート。それなりの人脈と影響力は維持してるってことか。言動にイラッと来るところはあるけど、ちゃんとこっちの話を聞いて仕事ぶりも見てくれるし、上司としては「当たり」なのかな。職場環境改善推進室の職務も、そんなに悪くないかも。そう思うのと同時に、取り立て屋の男を追い込んだ時の、慎の冷たく勝ち誇ったような笑みが蘇る。ぞくりとする一方、引っかかるものを感じた。

豆田に適当に返事を書いて送ると、ママがピザトーストを持って戻って来た。みひろは歓声を上げてスマホをポケットに戻し、ピザトーストの皿に手を伸ばした。

## 11

同日同時刻。慎は昭島市にいた。市の北側の、立川市との境にある工場街。その一角に車を停め、通りの先にある施設を見ている。施設は広い敷地を上に鉄条網、裏側に目隠しの鉄板が取り付けられたフェンスで囲まれ、中は見えない。出入口の脇の壁には「日本光環境研究協会」と書かれた小さな表札が出ているが、背の高い鉄の扉は閉ざされ、人の出入りはない。

無関係を装っているが、ここは「盾《たて》の家」という団体の研究所だ。盾の家が開設されたのは二〇〇〇年代前半で、代表は元学習塾講師の扇田《せんだ》鏡子《きょうこ》という現在七十二歳の女。放射線の有害性を訴え、空気や大地、食品に含まれる放射性物質を遮断・除去する効果があるという装置や生活用品などを製造している。いわゆるカルトで本部施設は八王子《はちおうじ》市にある。そこでは扇田とその家族、百名ほどのメンバーが生活しており、この研究所でも約四十人が寝起きし、放射線関連の研究をしているという。

慎がここで見張り始めて三日になる。先日佐原から得た情報である人物が浮かび、調べたが、昨年秋に昭島南署警務課に異動になったのを最後に記録が途絶え、現在の職務はもちろん、自宅の住所や電話番号なども不明だった。それが何を意味するか慎には察しがついたが、次の手を考えあぐねていたところ、里見亜子の父親が昭島南署を擁する第八方面の副本部長・佐久間《さくま》正二《しょうじ》だと判明。すぐに「義理の息子について内々の話がある」と面会を取り付けて里見の借金について話し、「情報と交換に里見は内規違反処分で済ませる」と持ちかけた。佐久間はこれを承諾し、慎にある人物についての情報を与えた。その時点では里見と川口の件は不確定で一《いち》か八《ばち》かの賭けだったが、間もなく証拠を摑み、今日里見たちの証言も得た。

しかし、ぬかったな。亜子は結婚のかなり前に警視庁を退職したので、身上調査票は未確認だった。三雲みひろに言われなければ、佐久間の利用価値に気づかなかった。発想だの着眼点だのと適当に言ったが、思ったよりは使えるやつなのかもな。そんな考えがふとよぎったが、どうでもいいことだと頭から払いのけ、慎は助手席から盾の家の資料を取った。

カルトとしては小規模で扇田の主張に科学的根拠はなく、メンバーも煽動《せんどう》されているだけで放射線と放射能、放射性物質の違いも理解していないような者ばかりだ。しかし過去には放射性物質を所持したり、「体内に溜《た》まった放射能を排出させる」とメンバーの男性を棒のようなもので殴打し重傷を負わせたりして、メンバーが逮捕されたこともある。

一時間が経過したが、動きはなかった。盾の家のメンバーは外部の人間との接触を避け、警戒心も強い。今夜も収穫なしか。そう思い、慎はジャケットのポケットからスマホを出した。豆田から何度か着信があったのは気づいていたが、無視していた。

金属の軋《きし》む音に、はっとして顔を上げた。研究所の扉が開き、中からフード付きのつなぎを着た男が出て来た。頭にフードをかぶっているが、縁の部分にゴムが入っており、顔の周りまですっぽり覆われている。放射線防護服の模倣と思われるが、色は黒。加えて、黒く大きなマスクも装着している。

男が研究所の敷地を出て周囲を見回したので、慎は頭を低くした。敷地に戻った男は扉を全開にし、中から黒いワンボックスカーが出て来た。ワンボックスカーは一旦停まり、男が後部座席に乗り込むと再び走りだした。すぐに中の誰かが扉を閉める。

ワンボックスカーが通りを直進して突き当たりの大通りに出るまで待ち、慎は車を出した。大通りに出てからも、通常の倍以上の間隔を空けてワンボックスカーを尾行した。ある人物がワンボックスカーに乗車していた場合、通常の間隔ではすぐに気づかれてしまう。

一時間近くかけ、ワンボックスカーは都心に出た。停車したのは、曙橋《あけぼのばし》の靖国《やすくに》通りから脇に入った道だ。慎は靖国通りに車を停め、徒歩で脇道に入った。近寄って見ると既にワンボックスカーは無人だったが、乗っていた男たちの行き先はわかっている。道の先の古いビルだ。

エレベーターではなく階段を使い、慎はビルの四階に上がった。階段の壁の陰から覗くと、色の褪《あ》せたビニールタイル張りの廊下に社名の書かれたドアが並んでいる。その一つに、「舟町《ふなまち》テクノリサーチ」があった。

舟町テクノリサーチは、放射線や放射性物質関係の実験用の各種測定を請け負う会社だ。佐久間の話によると、盾の家は研究所の設備では行えない測定をここに依頼しており、二週間に一度ぐらいの頻度でメンバーが来社するらしい。

あの男は、必ずここにいる。しかし、一人ではない。どうやってコンタクトを取る？　確信と課題を胸に、慎は廊下を見張り始めた。

四十分後、舟町テクノリサーチのドアが開いた。出て来たのは三人の男。全員黒いつなぎ姿でマスクを装着しているが、フードは下ろしている。初老の男と二十代後半の男の間に、あの男がいた。三人は廊下を、階段とは逆側にあるエレベーターホールに向かった。

ビルを出たところで、舟町テクノリサーチの社員のふりで声をかけるか。だがこちらの身元がバレると、あの男に危険が及ぶ。必死に頭を巡らせていると、

「ちょっとトイレに」

と声がして足音が近づいて来た。慎は素早く階段を下り、手すりの裏側に隠れた。注意深く顔を出して窺うと、階段の前の廊下をあの男が歩いて行く。歳は四十代前半。中背で痩せている。

よし、ツイてる。はやる胸を押さえ、慎は再び階段を上った。エレベーターホールを窺うと、初老の男と二十代後半の男は顔を寄せ合って話し込んでいる。呼吸を整え、慎は壁の陰から出た。エレベーターホールの二人を注視しながら足音を忍ばせて廊下を進み、突き当たりのトイレに入る。

がらんとしたトイレはドアの脇に洗面台が二つ並び、その奥に小便器が二つ。向かいに個室が一つあり、ドアは閉まっていた。慎は手前の洗面台に歩み寄り、蛇口のレ

バーを上げて水を出した。液体石けんで手を洗っていると、ごそごそという衣擦《きぬず》れの音に続いて水を流す音がして、個室のドアが開いた。出て来た男は慎に気づくなり俯き、つなぎのフードをかぶった。隣の洗面台の前に来て水を出したが、俯いたままだ。

水を止め、ハンカチで手を拭きながら慎は言った。

「昭島南署警務課公安係の新海弘《しんかいひろむ》務巡査部長ですね？」

男は無言。水を止め、濡《ぬ》れた手のままドアに向かおうとする。振り向き、慎は警察手帳を掲げて続けた。

「本庁人事第一課の阿久津です」

だが男は立ち止まらず、ドアの前に行ってレバーを摑もうとした。その横顔に、慎は早口だが冷静に告げる。

「監察係の聴取でお目にかかりましたね。担当は中森翼警部補でしたが、僕も立ち会いました。あなたが本庁警備部警備第一課警備実施第一係に所属していた昨年夏、部下の女性との不倫が疑われた一件です」

ぴたりと、男の動きが止まった。すかさず、慎は本題を切り出した。

「中森は『疑いは間違いで、不倫の事実はない』と報告し、僕はそれを受理しました。結果、あなたは中森に弱みを握られ、脅迫された。警備実施第一係に流れた持井事案のデータを中森に渡す算段をしたのは、あなたですね。身分秘匿捜査中という立場を利用して、彼の逃亡と潜伏にも手を貸したはずだ」

「おい。やめろ」

フードを脱いでマスクも引き下げ、新海がこちらを見た。ぼさぼさの髪と青白く頰のこけた顔が露わになる。

「自分が何をしてるか、わかってるのか？」

慎に突きつけられたことよりエレベーターホールの二人が気になるようで、新海は潜めた声で問いかけドアに目をやった。

潜入捜査中の公安係の捜査員に声をかけるなど、警察官にとってはタブー中のタブーだ。明るみに出れば、慎が処分の対象となる。だが、そんなことは覚悟の上だった。

「あなたの職務を邪魔するつもりはありません。加えて、不倫とデータ抜き取りにも興味はない。僕が知りたいのは中森とデータの所在地だ。ただし、情報提供を拒否すると言うなら話は別です。不倫の再監査を求め、データ抜き取りへのあなたの関与を、中森の特命追跡チームに報告し」

「わかった！　だが、今はダメだ」

広げた手のひらを上げ、新海が慎を制した。頷き、慎は返した。

「では、中森とデータの所在地だけ」

「わからない。本当だ。抜き取りと潜伏の手引きはしたが、どこにいるのか。東日本大震災の放射能汚染以後、盾の家のメンバーは千五百人から二万人に増えた。反原発を唱えて発電所を攻撃するという情報もあって、大学院で放射線を研究していた俺が公安に引っ張られたんだ。盾の家の施設や研究所も増えて、幹部しか知らないところも多い。中森はそのどこかに偽名で潜んでいるはずだ」

ドアの向こうを気にしながら、新海は切羽詰まった様子で捲し立てた。慎が口を開こうとすると再び手のひらを上げ、

「二週間後の火曜日。今と同じ時間に、ここに来い」

と言い渡してマスクをはめた。レバーを摑んでドアを開け、トイレを出て行く。新海の足音が廊下を遠ざかっていくのを聞きながら、慎は洗面台に向き直った。心臓は激しく鼓動しているが、気持ちは落ち着いている。

特命追跡チーム七十人を総動員しても摑めなかった中森の足取りを、一人で摑んだ。やはり俺の読みと判断は、間違っていなかった。必ず中森とデータを見つけ出し、警察という組織に本当に必要な人間は誰か、証明してやる。

目の前が開けた気がして、慎は顔を上げた。鏡の中の自分は笑っていた。冷徹で邪気に満ちた笑みだ。

「だが、正しいのは俺だ」

呟いて、慎は洗面台を離れた。ドアを細く開けて廊下を窺うと、既に新海たちの姿

はなかった。トイレを出て廊下を戻り、階段を下りた。がらんとした階段の壁と天井に響く自分の足音を聞いていたら、胸に醒《さ》めた高揚感を覚えた。

CASE 3

# ゴッドハンド：神にすがる女刑事

# 1

青梅《おうめ》街道を外れると、未舗装になった。阿久津慎は車のスピードを落とし、がたごと揺れる狭い山道を登った。

「あそこですね」

助手席の三雲みひろが、フロントガラス越しに斜め前方を指した。うっそうと茂る木々と雑草の間に脇道があり、出入口に黄色地に黒で「警視庁　立入禁止」と書かれたテープが渡されている。その左右にはパトカーが二台と、ルーフに赤色灯を載せたワンボックスカーとセダンが停《と》められていた。

セダンの後ろに車を停め、慎とみひろは外に出た。八月に入り暑さのピークを迎えているが、都心とは違う澄んだ空気が顔に当たった。周囲の森からは、セミの鳴く声が重なり合って聞こえる。時刻は午前十一時前だ。

慎とみひろはテープをくぐり、脇道に入った。脇道は斜面を突っ切って延びていて、大人一人歩くのがやっとなほど狭く、石や木の根だらけだった。スーツに革靴姿の慎たちが汗だくになり、躓《つまず》いたり足を滑らせたりしながら歩き続けること約三十分。ようやく現場に到着した。脇道から斜面を下った場所に十人ほどの警察官が大きな岩を囲むようにして立ったりかがみ込んだりしている。そこに遺体があるのだろう。

「私、事件現場って初めてなんですよね。現場検証中ですか？　鑑識課の人はいないのかな」

みひろが言った。ハンカチで額に浮いた汗を押さえ神妙な顔をしているが、目は興奮と好奇心で輝いていた。作業中の警察官たちはスーツや活動服姿で、ライトブルーのキャップとシャツ、パンツが特徴的な制服を着た鑑識課員はいない。

「いなくて当然です」

そう返し、慎も現場を見下ろした。

「事件通報を受けて現場に真っ先に駆けつけるのが、所轄署の警察官。立入禁止のテープを張る、野次馬を追い払う、ブルーシートで遺体の周辺を覆うなど現場の確保を行います。続いて現場検証となりますが、入れるのは鑑識課員だけ。もちろん、事件とは無関係の毛髪や指紋などが紛れ込むのを防ぐためです。よくテレビドラマなどで、刑事が鑑識課員に『ここを念入りに調べろ』と指示しているシーンがありますが間違いで、鑑識活動が終了するまで捜査員は現場に立ち入れません」

「へえ。じゃあ、ここはもう鑑識活動が終わった後なんですね——あ、あの『三機《さんき》捜《そう》』の腕章を付けた人たちはわかります。警視庁第三機動捜査隊の隊員でしょう？」

みひろが指さしたのは、岩の前に立つスーツ姿の二人組の男。慎が「ええ」と頷《うなず》くと、みひろは続けた。

「初動捜査の専門部隊なんですよね。普段は覆面パトカーで担当区域をパトロールしていて、事件が発生すると現場に急行する」

「はい。今ごろ彼らの同僚が目撃者を捜したり、この近辺の防犯カメラの映像をチェックしたりしているはずです。よく知っていますね。『警察24時』で見たんですか？」

慎の質問に「違いますよ～」と不本意そうに答えた後、みひろは語りだした。

「二時間ドラマの『警視庁機動捜査隊216』です。主演の沢口靖子《さわぐちやすこ》がカッコよくて、欠かさず見てます。相棒役の赤井英和《あかいひでかず》とのコンビもいい感じで」

結局テレビか。呆《あき》れながら納得し、慎もハンカチを出して顔の汗を拭った。調子よく語り続けるみひろを、「ドラマも結構ですが、警察職員なら現実の事件や事故などの情報収集を行うべきかと」と遮って教育的指導を始めた直後、

「お疲れ様です」

と声がした。見ると、活動服を着た警察官が斜面を登って来る。歳《とし》は五十手前。小柄で細面、下向きの矢印のような形状の鼻が印象的だ。警察官は杉の高木が並び、所々岩が飛び出した急な斜面を慣れた足取りで登りきり、慎たちの前に立った。

「奥多摩《おくたま》署の署長の菊池《きくち》です。本庁の人事第一課の方ですか？」

警視庁奥多摩署はJR奥多摩駅の近くにあり、鉄筋二階建てで設備は整っている。

しかし署員は、十六名のみ。これは小笠原《おがさわら》諸島の父島《ちち》にある小笠原警察署の約十名に次ぐ少なさだ。署内は署長以下、警務係、警備係、捜査係と部署分けはされているが、手が空いている者がなんでもやるというのが実情だろう。

「はい。職場環境改善推進室の阿久津です。こちらは三雲。先ほど署に伺ったんですが、留守番の職員に『管内の山中で遺体が発見されて、みんなで現場に向かった』と聞いて来てしまいました。大変ですね。遺体《ホトケ》は地元住民ですか？」

菊池英樹《ひでき》、四十八歳。奥多摩署署長に着任して四年。階級は警視。挨拶と事情説明をしながら、慎は事前にインプットした情報を再確認した。

「恐らくそうでしょう。今朝八時頃、この山の持ち主が見回りをしていて発見しました……阿久津さん。すみませんが、ホトケを見ていただけませんか？」

「僕ですか？」

驚いて訊き返すと、菊池は申し訳がなさそうに眉根を寄せて頷いた。

「ええ。うちの柿沼《かきぬま》がどうしてもと」

みひろも驚いてこちらを見たのがわかった。柿沼也映子《やえこ》は今回の事案の調査対象者で、奥多摩署唯一の捜査係員だ。違和感を覚えながらも瞬時に決断し、慎は返した。

「わかりました……三雲さんは、ここにいて下さい」

「いいえ。私も行きます」

当然のように返し、みひろはバッグを肩にかけ直した。止める間もなく、菊池に渡された白手袋をはめている。仕方なく、慎も渡された白手袋を受け取って両手にはめた。菊池、慎、みひろの順で斜面を降りた。転げ落ちないように岩や木の幹に摑《つか》まり、一旦引いた汗がまた出た。晴天だが杉の枝が重なり合って伸びているので、日射《ひざ》しは届かない。

現場は斜面の途中にある棚状の平坦《へいたん》なスペースだった。菊池は警察官たちに慎とみひろを紹介した。聞き取り調査について聞いていた様子で、奥多摩署の署員たちは丁寧に挨拶をしたが、第三機動捜査隊の隊員は訝《いぶか》しげに慎たちを見た。

スペースを奥に進むと、脇道から見た大きな岩があった。その手前に、活動服姿の女がこちらに背中を向けて立っていた。

「柿沼さん。阿久津さんをお連れしたよ」

菊池が言い、女は振り返った。大柄でずんぐりとしており、半分白くなった髪を耳の出る長さにカットしている。

「どうも。柿沼です」

化粧気のない丸い顔を突き出すようにして、柿沼が会釈をした。無表情で声もぼそぼそとしているが、小さな目は素早く動いて慎の顔と体を眺め、後ろのみひろも見る。乱れた髪を整えて笑みを作り、慎は会釈を返した。

「職場環境改善推進室の阿久津です。後ろは三雲。よろしくお願いします」

柿沼は「お疲れ様です」と挨拶するみひろを無視し、慎に告げた。

「悪いね。せっかく本庁の人が来たんだし、意見を聞きたくてさ」

そして「よろしく」と付け足し、手のひらで後ろを指して脇に避《よ》けた。視界が開け、慎の目に大きな岩とその周辺の光景が映った。

岩は高さ一・五メートル、幅二メートルほど。いびつな俵形で、遺体はその前の地面に仰向《あおむ》けで横たわっていた。靴は履いておらず、泥だらけの靴下に包まれた足は、大きさからして男性。生成り色で変わったデザインの、長ズボンと長袖シャツを身につけているのもわかった。だが、慎はそれ以上先に進めない。

「室長？」

後ろでみひろの声がして、背中に視線を感じた。柿沼と菊池もこちらを見ている。

ざっと強い風が吹き抜け、それに体を押される恰好《かっこう》で慎は歩きだした。一歩、二歩。遺体に近づくにつれ、ぶうんという羽音が聞こえた。生ゴミの腐ったようななんともいえない異臭も、強くはないが感じる。

三歩、四歩。遺体の脇で、慎は立ち止まった。羽音は大きく、異臭は強くなる。激しく動悸《どうき》がして、指先が冷たくなっていくのを感じた。

仕事は完璧にこなす。それが俺だ。プライドが躊躇《ちゅうちょ》に勝り、慎は黒い岩肌に向けていた視線を下ろした。

遺体の短く刈り込んだ黒い髪は、生きている人と変わりがない。しかしその下の顔と首は紫に変色し、見開かれた両目には様々な種類の昆虫がたかっていた。さらに左右の頬は皮膚がちぎれ、白い骨が露出している箇所もある。

胃の中が泡立つような感覚があり、動悸は胸を突き破らんばかりに激しくなった。どっと冷や汗が流れ、肌が粟立《あわだ》つ。目を背けたいのに、体が固まって動けない。

気配があり、慎の目は遺体の口に向いた。わずかに開いた口の中から黒く小さな塊が出て来て、唇の上で止まった。それが丸々と太ったハエだと認識するのと同時に苦い胃液がこみ上げ、猛烈な吐き気に襲われた。手のひらで口を押さえ、慎は身を翻して走りだした。

「室長⁉」

驚いて呼びかけるみひろの脇を抜け、何ごとかと振り向く警察官たちの間を転がるように走った。人気のない場所まで行くとその場にかがみ込み、慎は激しく嘔吐《おうと》した。

2

現場で少し休んでから、這《は》うようにして斜面を登り脇道を戻った。車に辿《たど》り着き、中で横になっていたら間もなく吐き気は治まった。

「大丈夫ですか？」

慎が倒していた助手席を起こすと、みひろは訊《たず》ねた。運転席に座り、ファイルと書類を手にしている。

「はい。見苦しいところをお見せしました」

そう返し、慎はスーツの乱れを整え、緩めていたネクタイを締め直した。腕時計で確認した時刻は正午過ぎだ。ファイルを閉じ、みひろは首を横に振った。

「いいえ。室長、ひょっとして現場で遺体を見たのは、さっきが初めて？」

「ええ」

前髪を払いながら答えると、みひろは「やっぱり！」と声を上げた。

「室長が休んでいる間に、柿沼さんと話したんです。柿沼さんは室長のことを、『卒配で交番勤務を一年ぐらいやって、その後はずっと本庁の管理部門にいたはず。絵に描いたような警察官の出世コース』って言ってましたけど、本当ですか？」

一瞬躊躇したが出世コースを含めその通りなので、慎は「はい」と頷いた。

世間では警察官はみんな刑事になりたいものと考えている人も多いが、現実はそうでもない。配属先として最も人気が高いと言われているのが警務部で、これは警察の出世のシステムと大きく関わっている。

ノンキャリアの警察官が昇任するには年に一度行われる昇任試験に合格する必要があるが、地域課や刑事課など多忙を極める部署にいては試験勉強の時間が満足に確保できない。一方警務部はほぼ定時で帰宅でき、休日出勤もほとんどない。加えて警務部は「警察の頭脳であり神経」と呼ばれ、配属されれば経歴・人格ともに秀でた警察官だという証明になる。中でも秘匿性が高く重要な職務を担う人事課は、エリート中のエリート、幹部候補が集まる部署という位置づけだ。

「じゃあ、殺人とか強盗とかの事件を捜査したり、犯人に手錠をかけた経験もなし？」

みひろはさらに質問し、慎は再度頷いた。

「ふうん。世間的なイメージとはずいぶん違いますね。『おまわりさん』なのに」

最後の一フレーズは思わず本音が漏れたという感じだが、慎は気にならない。殺人や強盗の捜査経験はないが、監察官として身内の不祥事の調査を行ってきたし、むしろそれが警察組織の中枢にいることの証《あかし》だと自負している。

だが、さっきの一件は醜態だ。後悔の念に駆られるのと同時に、遺体の記憶も蘇《よみがえ》る。慎は急いで助手席の脇に置いたペットボトルを取り、ミネラルウォーターを飲んだ。少し前にみひろが「未開栓なので」と、自分用に買ったものをくれた。何らかの気配を察知したのか、みひろは言った。

「でも、気にすることないですよ。遺体はなかなかの状態でしたから……そうだ。今度腐敗した遺体を見る時は、鼻じゃなく口で呼吸をすると臭いがマシになりますよ」

「三雲さんも遺体を見たんですか？」

驚いて訊《き》くと、みひろは当然とでも言いたげに、「はい」と首を縦に振った。

「あ、『なんで平気だったんだ？』って思いました？　実は私、以前事件や事故現場も請け負う清掃会社でバイトしてたんです。社内結婚したカップルの奥さんが産休で、そのピンチヒッターで雇われました。旦那さんはすごいイケメンだけど無愛想で、他の人もキャラが濃かったなあ。御茶《おちゃ》ノ水《みず》の『クリーニングサービス宝船《たからぶね》』っていうんですけど、知ってます？」

みひろは調子よく捲《まく》し立てる。

「事故や自然死、自殺がほとんどでしたけど殺人事件の現場もあって、遺体も時々見ました。私も初めのうちは吐きまくってたし、ホント、気にすることないですよ」

慎はさっきの醜態がさらに悔やまれ、加えて十も年下の部下に二度も「気にすることないですよ」と上から目線で慰められたのがショックだった。またも何らかの気配を察知したのか、みひろは「すみません」と言って口をつぐみ、改めて慎を見た。

「着ているもので気づいたんですけど、遺体の男性は『みのりの道教団』の信者ですね」

「えっ？」

我に返って振り向いた慎の眼前に、書類が一枚突き出された。中央に大きな写真があり、広い部屋で正座をした大勢の男女が写っている。全員へその下のあたりで両手を重ねて俯《うつむ》いているので顔は見えないが、生成り色で変わったデザインの長袖シャツと長ズボンを身につけていた。

今朝、慎とみひろが職場環境改善推進室に出勤して間もなく豆田益男が現れ、新たな調査事案のファイルを渡された。数日前、職場改善ホットラインに「奥多摩署の柿沼也映子は、みのりの道教団という新興宗教の信者だ」と内部通報があったという。慎はただちにみひろに出動を命じ、車で一時間半かけて奥多摩までやって来たのだ。と、車の外で動きがあった。脇道から現場にいた警察官たちが出て来る。そのうちの二人は担架を運搬していて、上には遺体を納めた黒い袋が載せられていた。

若い警察官がワンボックスカーの荷室のドアを開け、遺体は車内に運び込まれた。肩に布製のバッグをかけた柿沼が荷室に乗り、それを菊池が後ろから見守る。「行きましょう」と告げて慎は車を降り、みひろは書類をファイルに戻して後に続いた。

「具合はどうですか？　無理をお願いして申し訳ありませんでした」

歩み寄って行くと、菊池が振り返って頭を下げた。慎も会釈し、返す。

「いいえ。遺体は解剖に回すんですか？」

「ええ。柿沼が運びます。我々は署に戻りますが、どうします？　わざわざおいでいただきましたが、今日は調査に協力できません。何しろ人手が足りないので」

再び申し訳なさそうに眉根を寄せ、菊池は左右を見た。警察官たちはそれぞれパトカーやセダンに乗り込み、山道を走りだす。柿沼はワンボックスカーの荷室で、若い警察官と話していた。

「承知しています。明日また来ますので、調査は状況を見てお願いします」

微笑みとともに慎が告げると、菊池はほっとして「わかりました」と頷いた。それから菊池はパトカーの後部座席に乗り込み、若い警察官がワンボックスカーの荷室を降りてパトカーの運転席に乗った。パトカーが走りだし、慎はワンボックスカーに歩み寄った。みひろもついて来る。

「先ほどは大変失礼しました」

慎は荷室から降りて来た柿沼に一礼した。柿沼は荷室のドアを閉め、言った。

「意見は？　まだ聞いてないけど」

一瞬面食らったが、慎は遺体の記憶を蘇らせた。

「死斑《しはん》と角膜の混濁、腐敗の進行状況から、死後推定三十六から四十時間。顔面の骨の一部が露出していますが、蛆蝕《そしょく》ではなく野生動物に食い荒らされたものと考えられます」

「警察学校の法医学の教科書通りだね」

柿沼は返し、表情を動かさずに慎を見た。慎が言葉に詰まると柿沼は、「じゃあ」と言って歩きだした。みひろが「お疲れ様です」と会釈する中、柿沼は運転席に乗り込んでワンボックスカーを発車させた。山道を遠ざかって行く白い車体を目で追う慎に、みひろが問う。

「本庁に戻りますか？」

「いえ。柿沼の行動確認に着手します。車の行き先は三鷹《みたか》市です。多摩地区の解剖業務を担当する大学病院があります」

答えながら車に歩み寄り、運転席のドアを開けた。

「私が運転します。無理しないで下さい」

慌ててみひろも車に近づいて来たが、慎は運転席に乗り込んでエンジンをかけた。

3

大学病院に着いたのは、午後二時前だった。奥多摩署のワンボックスカーは病棟の裏口に近い搬入業者用の駐車場に停まっていた。ガードマンに警察手帳を見せ、慎は距離を取ってワンボックスカーと裏口を見渡せる位置に車を停めた。

「柿沼さんはあと何年かで定年なんですね。高卒で入庁して、ずっと刑事畑……この杉並《すぎなみ》区のＯＬ殺人事件、覚えてます。柿沼さんが解決したんだ。こっちの文京《ぶんきょう》区のコンビニの連続強盗事件も。優秀な捜査員だったんですねぇ」

助手席で広げたファイルに目を落とし、みひろが言った。運転席からフロントガラス越しに外を眺め、慎は返した。

「五十七歳、階級は警部補。独身で離婚歴はなし。四十代の前半には捜査一課への栄転の話も出たそうですが、子宮がんを患って休職しています。復職後は生活安全課と警務課で、防犯活動や犯罪被害者の心のケアなどに当たってきました。奥多摩署は三年目で、捜査と名の付く部署に配属されたのは、これまでの功績への配慮でしょう」

「ぶっきらぼうだけどタフな女刑事って感じで、悪い印象はないですけどね。本当に、みのりの道教団の信者なのかなあ。そもそも、なんで宗教が非違事案《ひいじあん》の調査対象になるんですか？　日本国憲法の第二十条に、『信教の自由は、何人に対してもこれを保障する』って書いてありますけど」

満を持してといった感じで、みひろが質問を投げかけてきた。また勉強したんだな。そう認めながらも面倒臭さを覚え、慎は答えた。

「はい。しかし同じ日本国憲法の第八十九条には、『公金その他の公の財産は、宗教上の組織若《も》しくは団体の使用、便益若しくは維持のため、又は公の支配に属しない慈善、教育若しくは博愛の事業に対し、これを支出し、又はその利用に供してはならない』とも記されています。我々公務員の給与は税金によって賄われており、『公金その他の公の財産』と位置づけられます。従って、公務員が職務時間内に個人的な思想や信仰を宣揚《せんよう》、流布する行為は、『公金その他の公の財産』を『宗教上の組織若しくは団体』に供したと判断されるのです」

「じゃあ、職務時間外にやる分にはOKってことですよね？　あと私の実家は真言宗で、前の部署にはミッション系の学校出身で洗礼を受けてる同僚がいましたけど、私たちも調査対象？　赤文字リスト入り？」

「一つ目の質問の答えはイエス。二つ目と三つ目はノーです。宗教活動が常識の範囲内で、職務の信用を失墜させるような行いがなければ調査対象にはならず、赤文字リスト入りもしません」

　慎はさらに続けた。

「『常識の範囲内ってなに？』ですか？　みのりの道教団の資料を読んだでしょう。いかがです？」

　首を傾《かし》げ、少し考えてからみひろは答えた。

「……微妙」

「そう、微妙。だから調査を行うのです」

　自信と確証を持って慎は返したが、みひろは不服そうだ。

「上手《うま》く丸め込まれた気がするなあ。それに何かに依存したり洗脳されてる人って思い込みが激しくてアンバランスな印象だけど、柿沼さんはそうじゃなかったですよ」

「同前。だから調査を行うのです。あとは——いえ、何でもありません」

言いかけてやめた慎をみひろは怪訝《けげん》そうに見たが、すぐにファイルに向き直った。

あとは、柿沼の俺に対する態度だ。心の中でそう続け、慎は胸の前で腕を組んだ。

外見からこちらの経歴を推測するのは難しくなく、それを快く思わず、遺体を見せて嫌がらせをしたという可能性はある。しかし先ほどの、「警察学校の法医学の教科書通りだね」という言葉を含め、嫌がらせとはまた違う意図を感じる。

その後、数時間経《た》っても柿沼は病棟から出て来なかった。遺体の状態や立ち会った捜査員の指示で解剖は長引くと知っている慎は、冷静に見張りを続けた。しかしみひろは、「ちょっとトイレに」や「別の出入口を見回って来ます」と言っては車を降り、明らかに長すぎる時間を経て戻って来るのを繰り返し、慎を呆《あき》れさせた。そうこうしているうちに周囲は暗くなり、敷地内にある複数の病棟の窓に明かりが点《とも》った。

裏口から活動服を着たずんぐりした体が出て来たのは、午後六時過ぎだった。駐車場に入るのかと思いきや、柿沼は病棟に沿って延びる通路を歩きだした。肩には、さっきと同じバッグをかけている。

「行きましょう」

慎が促すと、みひろは頬張っていた夕食のメロンパンをむせながら飲み込み、バッグを抱えた。二人で車を降り、通路に向かう。

通路には他に人気《ひとけ》がないので間隔を空け、足音も忍ばせて慎たちは柿沼を追った。柿沼は片手でバッグの持ち手を摑み、すたすたと進んで行く。間もなく、柿沼は角を曲がって隣の病棟との間の通路に入った。人通りが増え、明るく賑《にぎ》やかになる。気づかれる可能性が低くなったので、慎は柿沼との距離を縮めた。

ふいに足を止め、柿沼が振り返った。とっさに慎は立ち止まり、みひろも倣う。

「それで、私は赤文字リスト入りなの？」

通路の脇に立つ外灯が、こちらを無表情に見る柿沼の小さな目を照らしだした。

## 4

予想外の展開に、みひろはうろたえた。だが慎は動じることなく、柿沼に「遺体が気になり、本庁に戻る途中で立ち寄りました。赤文字リストとは？」と問い返した。すると柿沼は、「監察医と話があるから、駐車場で待ってて」と告げて歩き去った。慎に促され、みひろは奥多摩署のワンボックスカーの前に移動した。待つこと二十分。柿沼が戻って来た。

「遺体は二十代男性。死因は後頭部を強打したことによる急性硬膜外血腫《こうまくがいけっしゅ》。恐らく即死で、死後約四十時間。顔面の骨の露出は、皮膚についた歯形からしてキツネとイノシシの仕業……読みが当たったね。おめでとう」

ワンボックスカーの前に来ると向かいに立つ慎に向かい、柿沼は告げた。「おめでとう」はちょっと嫌みなニュアンスだ。しかし慎は「どうも」と受け流し、

「改めて伺いますが、赤文字リストとは？」

と訊ねて向かいを見返した。肩をすくめ、柿沼は言った。

「それは、あんたたちの方が詳しいんじゃない？　警視庁警務部人事第一課雇用開発係職場環境改善推進室。よりよい職場環境づくりのための聞き取り調査ってのは表向きで、実は非違事案が疑われる職員に接近して素行を調べ上げる、監察係の手先」

「なんでそれを」

驚き問いかけようとしたみひろだったが、慎に片手を上げて制された。手を下ろし、慎は質問を重ねた。

「そこまでご存じなら、自分にかかっている疑いも把握済みですね？」

「うん。私が、みのりの道教団の信者かどうかってことでしょ。その通りだよ。入信して、じきに三カ月」

あっさりと返し、柿沼はワンボックスカーの脇に行って運転席のドアを開けた。肩

からバッグを下ろし、シートに置く。みひろはさらに驚き、首を突き出して柿沼の動きを見守った。

「わかりました。そちらについては明日にでも詳しく話していただくとして、我々の職務についての情報の入手経路を教えて下さい。ちなみに、職場環境改善推進室は監察係と連携はしていますが、手先ではなく固有の職務を行う部署です」

最後のワンフレーズは強めの口調で、中指でメガネのブリッジを押し上げながら慎は告げた。すると柿沼は「あ、そう」と返し、運転席のドアを閉めて振り向いた。

「情報の入手経路ね。こっちの頼みを聞いてくれたら、教えてやってもいいけど」

「頼みとは？」

「今日の遺体。板尾道彦《いたおみちひこ》っていって、みのりの道教団の信者なんだ……お嬢ちゃんは気がついてたでしょ。教団の本部が奥多摩にあるのも、知ってるんじゃない？」

後半はみひろに目を向け、訊ねる。

「はい。でもあの、『お嬢ちゃん』じゃなく三雲です」

遠慮がちに訂正したが柿沼の耳には入らなかった様子で、視線を慎に戻した。

「板尾は本部の施設で暮らしてたんだけど、一昨日《おととい》の夜から行方不明になってたんだ。施設を抜け出し、山を越えて逃げる途中で足を滑らせて転落。現場の岩で頭を打って死んだっていうのが、機動捜査隊とうちの署長の見立て。でも私は、そうは思わない」

「殺されたってことですか⁉」

興奮と好奇心を覚え、みひろは訊ねた。慎が振り向き、咎《とが》めるような目で見る。

「まあね。だから、板尾の件を調べたいんだ。私は本部の施設に自由に出入りできるし、教団の教祖や他の信者から話も聞ける。でも署長は許してくれないだろうし、信者だってバレた時点で捜査から外される」

「頼みとは、板尾の件を捜査する間、あなたがみのりの道教団の信者だと他言しないで欲しいということですか？」

慎の読みに柿沼は、

「さすがは本庁のエリート。いいカンしてるね」

と満足そうに頷いて見せた。エリートじゃなく、元エリート。みひろは訂正したが、もちろん口には出さない。目を伏せて、慎は考え込むような顔をした。みひろが見守っていると、慎は視線を柿沼に戻して告げた。

「わかりました。ただし、一週間だけです」

「了解。一週間と言わず、捜査が終わったら遠慮なくばらして、赤文字リストに名前を載せてよ。それを覚悟で入信したんだから」

「交渉成立ですね」

慎が言い、柿沼は頷く。興奮と好奇心がさらに増し、みひろは二人の顔を交互に見た。慎が話を戻した。

「情報の入手経路は？」

「昨夜《ゆうべ》、スマホに電話がかかって来たんだ。男の声で、『明日、本庁から職場環境改善推進室の阿久津と三雲という職員が来る。職場環境づくりのための聞き取り調査を装っているが、あんたの信仰を調べて監察係に報告するつもりだ』って言われた」

「他には何と？　知っている男ですか？」

「いま伝えたことだけ言って、電話は切れたよ。一度話した相手は忘れないけど、初めて聞く声だった。若い男、二十代の半ばから後半だね。番号は非通知で、電波の悪い場所にいたから、相手がかけてきたのがスマホか固定電話かはわからなかった」

さすがは元刑事。説明が簡潔で的確だわ。感心し、みひろは柿沼を眺めた。

「若い男。二十代の半ばから後半」

横を向き、慎が呟《つぶや》く。すると、柿沼はこう付け加えた。

「イタズラだろうと思ってたら、今朝署長に『本庁から職場環境改善推進室の人が来る』と言われて驚いた。それでも信じられなかったけど、遺体を見た時の阿久津さんの様子で、こりゃ生粋のエリート、本物のヒトイチだってわかったよ」

「なるほど。『意見を聞きたい』と言って、室長を試したんですね」

みひろは納得し、柿沼は「そういうこと」と慎を見やった。慎はノーリアクション。

横を向いたまま、なにか考え込んでいた。

5

柿沼と別れ、みひろは慎の運転する車で本庁に戻った。

「長い一日でしたね」

慎が本部庁舎地下二階の駐車場に車を停めるのを待って、みひろは言った。

「ええ。お疲れ様でした」

エンジンを止め、慎が返す。病院の駐車場では様子がおかしかったが、柿沼と話したあと「電話をして来ます」とどこかに行って来てからは、いつも通りに戻っていた。

エレベーターホールに通じるドアの前まで行くと、中から人が出て来た。男性が二人と女性が一人で、先頭は六十代半ばぐらいの男性だ。その彫りが深く精悍《せいかん》な顔立ちに、みひろが「この人、見たことある」と思った刹那、先頭の男性は足を止めた。

「おう。久しぶりだな」

慎を見て、大きくよく通る声で先頭の男性は言った。ややメタボ気味だが、背が高く骨格のしっかりした体を仕立ての良さそうなジャケットとスラックス、ワイシャツで包んでいる。後ろのアタッシェケースを抱えたスーツ姿の三十代前半の男性と、制服を着たみひろと同い年ぐらいの女性も立ち止まった。

口角を上げて微笑《ほほえ》み、慎は先頭の男性に会釈した。

「ご無沙汰しています。こんな時間にどうしたんですか？」

「どうもこうも、お前の上司に呼びつけられたんだよ……ああ、元上司か。聞いたぞ。お前、監察から飛ばされたんだって？」

テンポよく語り、先頭の男性は何の躊躇もなく訊ねた。制服の女性がぎょっとして、場の空気が張り詰める。スーツの男性は慎に会釈し、駐車場の奥に歩き去った。

「新部署に異動になりました。彼女は部下です」

微妙に返事をはぐらかし、慎は手のひらで後ろのみひろを指した。つられて、先頭の男性のくっきりした二重の大きな目が動く。

「三雲です」

この人、誰だっけ？　オーラがすごいし芸能人ぽいけど、室長の知り合い？　戸惑いながらもみひろが頭を下げると、先頭の男性は「どうも」とにっこり笑った。口元から白い歯が覗《のぞ》き、目尻に二本シワが寄る。視線を慎に戻し、先頭の男性は告げた。

「こんなにかわいい人が部下か。最高だな。俺と代われよ」

四角く固そうな顎を上げ、高らかに笑う。その声がコンクリートの床と天井に響き、制服の女性はいたたまれないように俯いた。慎は笑みをキープしたまま無言だ。

と、タイヤの軋《きし》む音がして通路を黒塗りのセダンが近づいて来た。セダンはみひろたちの後ろで停まり、運転席からさっきのスーツの男性が降りて来た。男性はセダンの車体を回り、後部座席のドアを開けた。先頭の男性が歩きだし、制服の女性が続く。慎の脇まで来ると、先頭の男性はまた立ち止まった。そして慎の顔を覗き、

「うん、いいぞ。お前もやっと面白くなってきたじゃないか」

と言って笑い、慎の肩をぽんと叩《たた》いた。慎に変化はない。しかし切れ長の目が大きく揺れ、頬が引きつったのをみひろは見逃さなかった。

「じゃあ、また」

先頭の男性はみひろに軽く手を上げて脇を抜け、セダンの後部座席に乗り込んだ。制服の女性も慎たちの脇を抜け、セダンの横に立った。スーツの男性が後部座席のドアを閉め、再度慎に会釈してから運転席に戻る。すると慎は前を向き、「行きましょう」とみひろを促して歩きだした。制服の女性が振り向き、何か言いたげな顔で慎の背中を見た。その視線が、みひろの視線とぶつかる。よく見れば、目鼻立ちのはっきりした美人だ。制服の左胸の階級章は、みひろより一つ上の巡査部長。

「本橋さん。ちょっと」

後部座席の窓を開け、先頭の男性が呼びかけた。「はい」と慌てて顔を前に戻し、制服の女性はセダンに歩み寄った。いろいろ気になるみひろだったが、慎がすたすた

と進んで行くので、その場の人たちに一礼して歩きだした。

エレベーターに乗り込むなり、慎はみひろの問いかけを封じるようにスマホで誰かと話しだした。そしてみひろが一階で下りようとすると、「用があるので」と告げて、そのまま上昇するエレベーターに乗って行った。

一人になるのと同時に、疲れを感じた。本部庁舎を出て、別館に向かった。重い脚で四階に上がり、職場環境改善推進室に入ろうとすると、

「三雲さん。お疲れ」

と後ろから声をかけられた。豆田がこちらに歩いて来る。

「お疲れ様です。豆田係長も残業ですか?」

「うん。聞いたよ、奥多摩署の事件。さっき阿久津室長に頼まれて、追加でみのりの道教団の資料を持って来たんだ」

豆田は言い、手にしたファイルを見せた。二人で部屋に入り、明かりを点《つ》けた。

「今、本部庁舎の駐車場で芸能人らしき男性に会ったんですよ。室長の知り合いみたいなんですけど、名前が思い出せなくて」

バッグを自分の机に置き、みひろは言った。慎の机にファイルを置いていた豆田が顔を上げる。

「どんな人? イベントか何かの出演者で、広報課に打ち合わせに来たんじゃない?」

「ですかねえ」と返し、みひろは先頭の男性と他の二人について説明した。話を聞き終えると、豆田は首を縦に振って言った。

「ああ。その人なら、作家の沢渡暁生《さわたりあきお》さんだよ」

「そうだった！　スパイやテロリストが出て来る小説がベストセラーになって、映画化されてましたよね。他にも大学教授とかワイドショーのコメンテーターとか、いろいろやってる人ですよね」

「うん。元経済産業省の官僚で、警視庁の施策の企画や立案に関わってるみたいだよ。制服の女性は本橋さんって呼ばれてたんでしょ？　なら監察係だから、今は持井さんと仕事をしているんだろうね」

「それで室長と知り合いで、『元上司』は持井さんのことを言ったんですね。だけど室長を『お前』なんて呼んで、すごく親しげな感じでしたよ」

「そりゃそうでしょ。だって沢渡さんは、阿久津さんの父親だもん。本名は、阿久津懸《けん》っていうんだよ」

「えっ⁉　でも全然似てないし、ノリも違いましたよ。それに沢渡暁生って若者文化にも詳しくて、音楽フェスとかアイドルのプロデュースとかもやってたような」

驚き、信じられないみひろの頭に、さっきの慎と沢渡の様子が蘇る。

「そうそう。ちなみに阿久津さんの母親は、『AX-TOKYO《アックストウキョウ》』ってアパレルブランドの社長でデザイナーの阿久津リカさん、兄はマンガ家の天津飯《てんしんはん》こと阿久津天《てん》さん」

「すごい！　どっちも超売れっ子じゃないですか。だけどAX-TOKYOの服も天津飯のマンガも、室長のキャラとは正反対ですよね」

みひろの頭に今度は、パンクやロックのテイストの強いAX-TOKYOの服と、不条理で過激なギャグが売りの天津飯のマンガが浮かぶ。再び「そうそう」と返し、豆田は続けた。

「阿久津さんの家は、室長以外はみんなそんな感じ。面白いね」

「はあ。でも、沢渡さんはいいお父さんみたいでしたよ」

改めて思い出せば、顔の作りは似ていないが、沢渡が笑った時に目の端に寄ったシワは慎のそれとそっくりだ。加えて、慎にみひろを紹介され「俺と代われよ」と笑った時も、豪快でからっとしていて、不快感はなかった。何より、慎に「飛ばされたんだって？」と言い放ちながらも、「やっと面白くなってきたじゃないか」と告げた時、沢渡は本当に嬉《うれ》しそうで、今の慎を好ましく思っているのが伝わってきた。

「うん。人望も人脈もすごいらしいから、うちのお偉いさんも頼りにしてるんだよ。タイプは違うけど、この親にしてこの子あり。やっぱり室長はすごいよ」

「ふうん」

みひろの頭に、沢渡に肩を叩《たた》かれた時の慎の顔が浮かぶ。慎の意外な一面を見たようで、みひろはちょっとおかしく、微笑ましくも思った。

6

慎は本部庁舎十一階の警務部人事第一課制度調査係で、当番勤務の職員からUSBメモリを受け取った。廊下を進み、奥のトイレに入る。誰もいないのを確認し、洗面台の天板にバッグを置いてノートパソコンを出した。電源を入れ、ポートにUSBメモリを差し込んで起動させる。中身は職場改善ホットラインの通話記録の一部だ。「職場環境の調査で必要になった」と言い、当番の職員にダウンロードしてもらった。

メディアプレーヤーのソフトを立ち上げ、USBメモリ内のデータを再生した。

「はい。職場改善ホットラインです」

ノートパソコンのスピーカーから、女性警察官の声が流れる。続いて流れたのは、

「奥多摩署の柿沼也映子警部補は、新興宗教のみのりの道教団の信者だ」

という男の声。はっきりした口調でボリュームも適度、声質を変えてカモフラージュする様子もない。慎にとっては聞き慣れた、かつての部下、中森翼警部補の声だ。

やっぱりか。病院の駐車場で抱いた予感が確信に変わり、胸がざわついた。女性警察官は「わかりました。内容を確認させて下さい」と返したが、中森は電話を切った。

柿沼のスマホに電話をかけたのも、中森だろう。当番の職員によると、今の通話の発信は番号非通知の携帯電話からで、無線基地局は神奈川県相模原《さがみはら》市の相模大野《さがみおおの》駅近くの市街地だったという。

なぜ中森が内通を？　データ抜き取り事件を起こす前、柿沼と接点はなかったはずだ。どこで柿沼の信仰の情報を得た？　何より、警視庁内でも一部の関係者しか知らない職場環境改善推進室の職務の実態を把握しているのはどうしてだ？

続けて疑問が湧き、胸のざわつきがさらに大きくなる。と、トイレのドアが開き、慎は振り向きながらノートパソコンを閉じた。ダークスーツ姿の佐原皓介が、後ろを気にしながらトイレに入って来る。ノートパソコンをバッグにしまい、慎は問うた。

「動きは？」

「持ち出されたデータのネット流出は認められず、マスコミ、市民活動家、左翼団体などに渡った形跡もない。中森の家族や友人にシキテン《張り込み》を切り続けているが、動きはなし。じきに事件発生から四カ月だ。中森の意図が読めないのが、一番不気味だな」

ドアの脇の壁際に立ち、佐原が返した。髪は整えているが、無精ヒゲのせいか少し疲れて見える。同意なので慎が黙っていると、さらに言った。

「持井さんはデータの流出元にこだわって、警備第一課全員を調べようとしてる。無論メンツがあるから第一課長が黙っていないし、現場は大混乱だ」

「だろうな」

　状況が目に浮かび、慎は歪《ゆが》んだ喜びを感じた。しかし持井たちが中森が担当した事案を洗い直し、新海弘務に辿り着くのは時間の問題だ。何としても持井たちより先に、中森とデータの所在地を突き止めなくてはならない。

　向かいの鏡越しに佐原を見て、慎は再び問うた。

「相模原市に中森の関係者はいないか？」

「いないはずだ。なぜだ？」

　怪訝そうに、佐原も鏡越しにこちらを見る。調べた限りでは、相模原市に盾の家の施設などはなかった。「いや、いい」と返し、慎は話を変えた。

「沢渡暁生は、持井さんと何をやってる？」

「何って、沢渡さんは持井事案の推進委員の一人だろ」

「だが、中森の事件で事案の計画はストップしているはずだ」

「ストップはしても、中止にはなっていない。計画の要のシステムを配備できるかは、沢渡さんの経産省人脈にかかってるからな……なぜ俺に訊く？　お前の親父《おやじ》だろ」

　怪訝そうに訊ねた佐原だったが慎が無言なのを確認し、口を歪めて笑った。

「それができりゃ、ってところか。俺の姉の息子についてあれこれ言ってたが、お前も大変だな。エリートの泣き所か？　そう言えば、警察学校時代から」

「ぺらぺらとよく喋《しゃべ》るな。その姉の息子だが、暴力がますますひどくなって近所の噂《うわさ》になってるぞ。パトカーを呼ばれる前に、なんとかした方がいいんじゃないか？」

冷ややかに問い返して黙らせ、慎が振り向くと佐原は舌打ちし、顔を背けた。その横顔を見て、慎はさらに告げた。

「沢渡の動向含め、持井事案の進捗状況も調べて報告しろ」

「……ああ」

低く応え、佐原はトイレを出て行った。バッグを摑み、慎もトイレを出て廊下を佐原とは反対方向に歩きだした。

## 7

翌朝。慎に「柿沼の捜査に同行します」と告げられ、みひろは大歓迎で「はい」と応えた。職場としては不満の多い警察だが、テレビの警察密着番組や刑事ドラマは大好きなので、ずっと事件捜査に関わってみたいと思っていた。

午前十一時前に奥多摩署に着いた。待っていた柿沼と署の車に乗り換え、みのりの道教団の本部に向けて出発した。

「板尾は群馬県の桐生《きりゅう》市出身。子どもの頃から手の付けられない不良で、中学卒業と同時に家出して音信不通だったらしい。昨日家族に連絡したけど、遺体の引き取りを拒否されたよ」

運転席でハンドルを握りながら、柿沼が言った。みひろと慎は後部座席に座り、車は山間《やまあい》の曲がりくねった道を走っている。道の下には多摩川の渓流が見えた。

「では、遺体はみのりの道教団が引き取るんですか？」

ルームミラー越しに柿沼を見て、慎が問うた。頷き、柿沼が返す。

「そうなるね。板尾は入信してから半年ぐらいだけど、ずっと本部の施設で暮らしてたし、教祖の土橋日輪《どはしにちりん》先生が引き取るとおっしゃったそうだから。ちなみに日輪は宗教上の名前で、本名は土橋昇《のぼる》。年齢は七十五」

刑事と信者、どちらの立場なのか迷う話し方だ。みひろは慎重に口を開いた。

「教団の施設で暮らす出家信者は、食料を自給自足しているんですよね。人工化合物は禁止で、野菜は無農薬。樹脂や化学繊維の生活用品を使うのもダメ」

「さすが。よく調べてるじゃない」

柿沼が答えた。嫌みか感心か、これまた迷う口調だったので、みひろは小さめの声で「どうも」と返した。

ファイルの資料によると、土橋日輪は北海道の農家出身だ。有機農業にのめり込むうちに「豊穣《ほうじょう》の神から実りの手を授かった」そうで、「自分が手にした種や苗は浄化され、収穫された農産物を食べれば心身に神力を取り込める。実りの手は自然の一部である人間にも有効で、触れた者を浄化して災いを取り除き、みのりの道へと導く」と説き、二〇〇〇年代初頭にみのりの道教団を開いた。信者は千二百人ほどで、そのうち約百名が出家し、本部施設と長野県にある農場で暮らしている。

「板尾さんが着ていた服は、出家信者のものですね。土橋さんの教えに沿って、オーガニックかつ無漂白の綿素材でボタンやファスナー、ゴムは使われていないとか」

言いながら、みひろはつい後ろから柿沼が身につけた服を確認してしまう。今日は私服で、たっぷりしたつくりのブラウスとスラックスという組み合わせだが、生地は化学繊維っぽいし前面にはプラスチック製と思《おぼ》しきボタンが並んでいる。

「私も下着とバッグは、教団のものだよ。『社会との関わりを保ち、可能な限り暮らしに教えを取り込み、道を究めるのが在家信者の務め』っていうのが先生のお考えなんだ」

そして最後に、片手でシートの脇に置いたバッグを持ち上げて見せた。飾り気のない生成り色のトートバッグで、昨日は「刑事っぽくないな」と感じたのだが、よく見れば板尾の服と同じ生地で作られている。みひろが思わず、

「なるほど」

と頷くと、柿沼も満足したように頷き、バッグを下ろした。慎は話を元に戻した。

「板尾の死因が事故ではなく、殺人だと考える根拠を教えて下さい」

「署や教団の人たちは、板尾は何らかの理由があって施設を脱走したと考えてる。でも板尾は熱心な信者で、一週間ぐらい前に会った時も『自分は人の汚い面やずるい面にばかり触れてきた。ここで暮らしている人は汚《けが》れがなく、一緒にいると自分が浄化されていくのがわかる』って嬉しそうに話していたんだ。『外の世界に居場所はない』とも言っていたしね」

柿沼が答え、慎は考えを巡らすような顔をした。

## 8

三十分ほど走ったところで脇に入り、山道を少し登ると前方に石造りの塀と大きな鉄の門が現れた。事前に連絡してあったらしく、みひろたちの車が着くのと同時に奥から生成り色の上下を着た若い男が現れ、門を開けた。門柱には、防犯カメラが設置されている。柿沼は窓越しに男に手を上げて挨拶し、本部施設の敷地に車を進めた。

まっすぐ延びる石畳のアプローチの奥がロータリーで、突き当たりに鉄筋三階建ての大きな建物があった。隣には二階建てと平屋のやや小さな建物もある。資料によると、ある企業の保養所を教団が買い取ったらしい。

柿沼は慣れた様子で、ロータリーの脇の駐車場に車を停めた。平日の正午過ぎだが、他にマイクロバスとセダンが十台ほど停まっていた。地元の多摩ナンバーに混じり、品川や横浜、名古屋ナンバーの車もあった。

車を降りてロータリーに戻ると、大きな建物の前で女が待っていた。歳《とし》は三十代半ば。すっぴんで黒く長い髪を頭の後ろで無造作に束ねているが、涼しげな目元が印象的な美人だ。すらりとした体を生成り色のシャツとパンツで包み、肩に柿沼と同じバッグをかけて、サボに似たつくりの黒い木靴を履いている。みひろたちが近づいて行くとにっこり笑い、おへその少し下の位置で左を下、右を上で両手を重ねて「こんにちは」と頭を下げた。

「こんにちは。忙しいのにすみませんね。こっちは昨日話した本庁の人」

柿沼も女と同じポーズを取り、丁寧に一礼してからぞんざいにみひろたちを紹介する。

「警視庁の阿久津です」

「三雲です。お邪魔します」

慎とみひろが挨拶すると女は真顔になり、おへその下で手を重ねたまま、

「みのりの道教団の事務と経理の責任者の波津広恵《はづひろえ》です。この度は、板尾が大変ご迷惑をおかけしました。教祖の土橋は施術中で広報担当者も付き添っておりますので、

私が施設を案内させていただきます」

と丁寧だがやや芝居がかった口調で言い、深く一礼した。慎とみひろが言葉を返す前に柿沼は「じゃあ行こうか」と歩きだし、慎とみひろも続いた。

大きな建物の前を少し進んだところで、向かいから数名の男女が歩いて来た。みひろたちとすれ違う時には足を止め、おへその下で手を重ねて「こんにちは」と笑顔で会釈した。

板尾、門を開けてくれた男、波津、今の男女と見てわかったのだが、出家信者の服はどれもマオカラーで、前身頃の片側に打ち合わせがあって肩と脇の部分を留めるもの、真ん中に打ち合わせがあって留めるものなどがあり、留め具代わりに共布《ともぎれ》でできた二本の紐《ひも》を結ぶ作りらしい。

涼しそうだし、オーガニックで着心地もいいだろうから、部屋着に欲しいかも。みひろがふと思った時、前を行く波津が振り返った。

「これは『丹田《たんでん》集中』。挨拶や人の話を聞く時にはこの姿勢と決められています。ここは臍《せい》下《か》丹田と言って、ここに意識を集中したり力を入れると健康になり、勇気が湧いてくるんですよ」

と、おへその下で重ねた手を軽く上下させ、説明する。みひろが返事をしようとしたが、また柿沼が先に、

「もう知ってますよ。こちらのことは、みっちり調べて来てますから」

と答えてしまった。その通りなので返事に困り隣の慎を見上げたが、知らん顔でメガネのレンズ越しに周囲を眺めている。

大きな建物の脇の通路を抜け、敷地の裏側に出た。視界が開け、広い畑が現れた。畑では強い日射しの中、大勢の人が軍手をはめ、麦わら帽子をかぶって、クワやシャベルで作業をしていた。中央の通路を進むと、みんな手を止めて丹田集中ポーズを取り、笑顔で「こんにちは」と挨拶をしてきた。大半が六十代以上で、それ以下が少しという感じだ。多くが出家信者の服を着ているが、ジャージやジーンズ姿の人もいる。

また振り向いて、波津が言った。

「ここは、グラウンドやテニスコートだったんですよ。私服を着ているのは在家信者で、日本中から来ています。施設内の土や水、農作物はすべて土橋の実りの手に触れられているので、農作業を行うだけで心身が浄化されます」

っていう体《てい》で、只《ただ》働きさせる訳ね。みひろは心の中で突っ込みを入れた。

畑を抜けると、広場のような場所に出た。中央には白い砂が敷かれた四角いスペースがあり、幅二メートル、高さ一・五メートルほどの、ひしゃげたいなり寿司を思わせる形の岩が置かれている。岩の上部には、連なった短冊状の白い紙を下げたしめ縄が張られていた。岩の前に行くと波津と柿沼は立ち止まり、丹田集中ポーズを取って頭《こうべ》を垂れた。二人が顔を上げるのを待ち、慎は訊ねた。

「この岩は？」

「みのり岩と言って、土橋が信者のために三日三晩神力を送り続けたものです。農作業や他の奉仕活動を行ったり、土橋の施術を受けたりして身を清めてからあの岩を抱くと、強力な浄化とエネルギー注入の作用があります」

「ははあ」

道理で岩肌がテカってると思った。あれ、手や顔の脂よね？　閃《ひらめ》くなり気持ちが悪くなった。一方慎は興味を惹《ひ》かれたのか、みのり岩をじっと眺めている。

それから元の道を戻り、二階建ての建物の中を見た。元保養所の客室で、出家信者の住まいとして使われている。板尾の部屋を見せてもらったが、六畳の和室で先輩信者と同室。衣類や寝具、洗面道具など必要最低限の生活用品しか置かれておらず、規則で禁止されているスマホとパソコン、タブレット端末はなかった。

続けて三階建ての建物に向かって通路を歩いていると、ガラガラという音が聞こえてきた。駐車場の方向から、台車を押した男が近づいて来る。歳は四十代半ば。中肉中背でポロシャツにジーンズ姿で、台車の上には蓋が開いた状態の大きな段ボール箱が二つ載せられていた。

「河元《かわもと》さん。こんにちは」

波津が声をかけると、男は立ち止まった。

「ああ、どうも」

首にかけたタオルで額の汗を拭い、男は会釈をした。丸く小さな目と鼻と口が、顔の中央に集まっている。柿沼とも顔見知りらしく、会釈を交わした。段ボール箱の中身はトイレットペーパーとティッシュペーパー、電球、文房具、缶詰や調味料などだ。

「代わりの者が決まるまで、私が代金をお支払いします」

そう告げて、波津はバッグから封筒を出して差し出した。封筒も無漂白の紙を使っているらしく、生成り色で口には封がされている。「毎度ありがとうございます」と男は封筒を受け取り、納品書らしき書類を波津に渡した。

「板尾さんのことを聞いて驚きました。事故で亡くなったとか」

目を動かし、男は波津と柿沼を交互に見た。無言で微笑んだままの波津に代わり、柿沼が返す。

「まあね。河元さん、奥さんは元気？　お義母《かあ》さんのリウマチはどう？」

「お陰様で、どっちも元気です」

笑顔で返し、男は再度波津に会釈して通路を進んで行った。柿沼が言う。

「奥多摩署の近くにあるスーパーマーケットの店主だよ。月に一度、生活用品を届けてもらってるんだ」

「へえ」

みひろが男の背中を見送っていると、納品書をバッグにしまった波津が「参りましょう」と促して歩きだした。慎も男を見ていたが顔を前に戻し、歩きだした。

三階建ての建物に入り、教団の事務所と信者のための食堂を見た。事務所では信者がそろばんとエンピツを使って黙々と仕事をしていた。食堂は保養所のものをそのまま使っているため立派だし、出される食事も、肉と化学調味料は使われていないが味《み》噌《そ》や漬物などは手作りで、素朴かつヘルシーでおいしそうだった。

最上階の三階は土橋の住まいで立ち入れなかったが、波津は「警察の捜査には協力したいので特別に」と、みひろと慎を二階の道場に案内した。

道場は畳敷きの広い部屋で、前に出家信者、後ろに在家信者が丹田集中ポーズで正座という、資料の写真と同じ光景が広がっていた。信者たちは五、六十人はおり、それと向き合う恰好で畳敷きの低い演台が置かれ、土橋日輪があぐらを掻《か》いて座っている。

新興宗教の教祖＝青白い顔に無精ヒゲと長い髪というのがみひろのイメージだったが、土橋は真っ黒に日焼けした顔に三分刈りの髪、筋肉質のがっちりした体という容姿だった。それは資料で確認済みだが、本人を目にして驚いたのが手で、グローブのように大きく肉厚で指も手首も太い。

「ですからいつもお話ししているように、怒りや憎しみ、嫉妬といった悪意は自分で抱くだけじゃなく、人から向けられても体と心に溜《た》まります。病気と呼ばれてるものの原因は、突き詰めれば全部それ。悪口や文句を言うのはどこ？ 口でしょ？ だから同じ口から汚れのない食べ物を取り込んで、溜まった悪意を追い出すんです」

演台の上の土橋は、マイクを手に語った。前開きの出家信者と同じ服を着て目尻の垂れた細い目で向かいを見て、口の端を上げて笑っている。信者たちはそれを微笑んで聞いていた。演台の両脇には火の点ったロウソクがセットされた背の高い燭台《しょくだい》が置かれ、土橋の後ろには二十代後半の、ロングヘアのすらりとした美女が控えている。

「それでもこびりついたり、体中に廻《まわ》っていたりして追い出せない悪意もある。その時は私の出番。実りの手で、悪意が溜まったところに触れます。もう三千人以上浄化したかな。その度に力と魂を込めるから、ほら、こんなに手が分厚くなっちゃった」

言いながら、土橋は右手を頭上に上げてひらひらと振って見せた。反応して、信者たちがどっと笑う。

語りに問いかけとタメロを混ぜて相手との距離を縮め、オチで笑わせて警戒心を解く。詐欺師やセールスマンがよく使う手だわ。みひろは同意を求め隣の慎を振り返ったが、無表情。柿沼と波津は、丹田集中ポーズで土橋を見ている。

と、美女が進み出て来て、土橋からマイクを受け取った。マイクを構え、美女が告げる。

「これより施術に移ります。横浜《よこはま》支部の安西《あんざい》さん。おいで下さい」

「はい！」

声がして、道場の後方で女性が立ち上がった。歳は六十代後半。でっぷりと太り、黒いワンピースを着ている。前に出て来た女性は美女に促され、演台の前に正座した。

「安西さんは、腎臓がんを患われていたんでしたね。大丈夫ですよ。お体を綺麗《きれい》にして差し上げます」

語りかけて立ち上がり、土橋は演台を下りた。女性は丹田集中ポーズを取り、恐縮した様子で「はい」と頷いている。

土橋は女性の斜め前に膝を折って座り、片手を女性の脇腹と背中の間に当てた。そして目を閉じ、顔を上げる。もう片方の手は自分のおへその下に当て、眉間にシワを寄せてなにやらぶつぶつと呟きだした。怒らせた肩と小刻みに震える腕から、女性の体に力を加えないようにしながら力んでいるのがわかる。

「みなさんも臍下丹田に力を込め、土橋先生のお手伝いをして下さい」

美女が言い、信者たちは一斉に俯いて集中した。

みんなで同じことをやらせ、「自分も参加してる」という意識を持たせて連帯感と意思の統一を図ると、集団をコントロールしやすくなるのよね。催眠商法の業者のテクニックだけど、上手いわ。感心しながら、みひろは土橋と女性に見入った。職場改善ホットラインの相談員になってから何かの役に立つかもと資料を読んだので、セールスマンや詐欺師のテクニックは一通り頭に入っている。

その後も三分ほど、土橋はぶつぶつ呟きながら女性の体に手を当て続け、大きく息をついて立ち上がった。

「施術は以上です。安西さん、いかがですか？」

女性に近づいて、美女が問う。女性は顔を上げ、その口に美女がマイクを近づける。

「はい。お手当していただいたところが温かくなって、悪いものが抜けていくのがわかりました。それに私、先生のお手当を受けて、がんが小さくなったんです。こちらの畑で採れた野菜を食べて農作業をお手伝いするようになってから、抗がん剤の副作用もずっと楽になりましたし。もう全部、先生のおかげです。ありがとうございます」

後半は涙ぐみながら語り、女性は深々と頭を下げた。その背中を土橋が身をかがめてさすり、信者たちから大きな拍手が起きる。傍らからもぱちぱちという音がしたので見ると、柿沼と波津も神妙な顔で手を叩いていた。

間もなく波津に促され、道場を後にした。土橋の施術はしばらく続くというので、一階のロビーで待つことにした。

ロビーには売店があり、畑で採れた野菜と「実りの手で浄化済み」と謳《うた》ったペットボトル入りの水やお茶、野菜の種苗などを販売していた。どれも高く、五、六品入った夏野菜のセットが五千円。みひろが「部屋着に欲しいかも」と思った出家信者の服は、上下セットで二万八千円だ。中には「ただの水じゃん」「これ、外の工場で作ってるよね？」というものもあったが、在家信者たちは商品を次々と手に取り、会計コーナーには行列ができていた。

車の中で柿沼さんが言ってた「社会との関わりを保ち、可能な限り暮らしに教えを取り込み、道を究めるのが在家信者の務め」ってこういうことか。在家信者には外の世界でしっかり稼いでもらって、それを教団に貢がせるって絡繰《からく》りでしょ。呆れながらもさらに感心し、みひろは売店の信者たちを眺めた。行列が長くなりすぎたので、波津も手伝いに入った。信者たちは惜しげもなく財布から一万円札や五千円札を出し、波津は笑顔でそれを受け取り、慣れた手つきで大きな木箱に入れていった。

## 9

約二十分後、ロビーにさっきの美女が現れた。「お待たせしました。土橋がお目にかかります」と告げ、「土橋の秘書で教団の広報担当の園田美苗《そのだみなえ》です」と自己紹介した。案内されたのは、二階の奥にある土橋の仕事場という部屋だった。六畳ほどの和室で、慎とみひろが小さな三和土《たたき》で靴を脱いでいると、中央に置かれた座卓についていた土橋が立ち上がって一礼した。

「こんにちは。土橋日輪と申します」

さっきと同じ服を着て口の端を上げて笑い、お約束の丹田集中ポーズを取る。

土橋が座卓を前にあぐらを掻き、慎とみひろは向かいに座った。その隣に柿沼が座り、園田と波津は土橋の斜め後ろに並んで正座をした。質素な部屋で、座卓の他には奥の窓の前に数冊の本が載った文机《ふづくえ》が置かれているだけだ。

「板尾くんの件で確認させていただきたいことがあって参りました。昨日も署で散々伺った上に、さらにお手間を取らせて申し訳ありません」

柿沼が言い、丹田集中ポーズで頭を下げた。しかし表情と眼差《まなざ》しは、昨日板尾の遺体発見現場で会った時と同じだ。

「とんでもない。お騒がせしましたし、柿沼さんも大事な信者さんですから……ああ。今日は警察官としていらしたのか。とにかく、何でも訊いて下さい」

土橋は言い、最後に慎とみひろに目を向けた。

朴訥《ぼくとつ》とした外見も含めて人を惹きつける魅力は感じるけど、なんか胡散臭《うさんくさ》いのよね。とくにこの笑顔。信者もみんな同じ笑い方をするけど目が全然笑ってなくて、ちょっと怖い。でもこの笑顔、どこかで見た気が——。みひろの思考を、柿沼の質問が遮る。

「ありがとうございます。板尾くんは、三日前の夜にいなくなったんですよね？」

「ええ」と土橋が頷き、斜め後ろに首を回す。細く白い首を突き出し、園田が答えた。

「はい。午後七時過ぎに作業を終えて自室に戻り、消灯時間の午後九時に就寝したのを同室の者が確認しています。でも、翌朝五時に起きたら姿がなかったそうです。土橋に報告してみんなで施設中を捜しましたが、見つかりませんでした」

「昨日もお話しした通り、警察に捜索願は出していません。出家信者が無許可で外出するのは禁止されていますが、みのりの道教団は去る者は追いません。それにこの施設のフェンスには防犯カメラが設置されていますが、コーナー部分の一カ所に死角があるそうです。板尾はみんなが寝静まるのを待って、そこから出て行ったんでしょう」

波津も補足し、みひろの目は彼女と園田に向いた。二人とも涼しげな目元でモデル体型、髪はストレートのロング。歳は十近く違うようだが、並んで座っているのを見るとよく似ている。

「ここを出て行った理由は？」

とまた柿沼が訊ねた。園田と波津は同時に首を傾げ、土橋が答えた。

「信者たちからも話を聞きましたが、思い当たる理由がないんです。私や先輩信者の教えを守って、作業にも熱心に取り組んでいました。ただ、心身に溜め込んだ悪意は手強《てごわ》いものでした。原因は、ここに来る前の生活でしょう」

土橋は真顔になり、厳しい眼差しで空を見た。

「板尾は元ホストです。外の暮らしを断ち切れず、ここに来て間もない頃、隠れて喫煙したのがわかって罰を受けています。最近は落ち着いていましたが、短気なところがあって他の信者と小さなケンカなどはしていたようです。もちろん、別の信者の仲裁ですぐに仲直りしましたが」

再度波津が補足する。

あれ？　さっき聞いた話と違うな。違和感を覚え、みひろは横目で隣を見た。すると、慎も質問を始めた。

「板尾さんは、どんな作業をしていたんですか？」

「厨房《ちゅうぼう》の洗い物やトイレやお風呂の掃除。備品の補充交換に農作業の手伝い……雑用全般ですね。外の業者さんへの品物の注文と支払いもやっていました」

園田が答え、慎はさらに問うた。

「外の業者さんとは、先ほどの河元さんですか？」

「うん。ここで必要なものは在家信者が運んでくれるんだけど、生活用品だけは先生が、『地元のみなさんのお役に立ちたい』って町の店に注文して下さってるんだ」

土橋を称《たた》えるような口調で説明したのは、柿沼だ。「いやいや」と笑顔に戻って首を横に振り、土橋は言った。

「二年前、ここを教団の施設にした時にはいろいろありましたから……近くのキャンプ場の経営者と別荘地のオーナー方から猛反対されました。何度も説明会を開いたんですが話し合いにならず、警察まで呼ばれてしまって。最終的にはご理解いただけたし、そのお陰で柿沼さんとご縁ができた訳ですが。最近、体調はいかがですか？」

「先日の施術のお陰で、快調そのものです。お気遣いありがとうございます」

柿沼も信者の顔に戻って笑みを浮かべる。慎は話を元に戻した。

「つまり信者以外の人間で定期的にここに出入りしているのは、河元さんだけということですね？」

「ええ。とてもいい方ですよ」

波津が答え、土橋と園田も頷く。「わかりました」と返し、慎は柿沼を見た。柿沼が小さく頷くのを確認し、慎は顔を前に戻して中指でメガネのブリッジを押し上げた。

10

みひろたちは教団の施設を出て、奥多摩署のある町に向かった。

「河元初男《はつお》、四十六歳。奥多摩湖に近い町の出身で、勤務先のスーパーの娘婿になった。子どもは高校生の娘と中学生の息子……私も彼は気になってたよ。板尾に親しい在家信者はいなかったはずだから、河元が外部との唯一のつながりだ。どっちも否定してたけど、喫煙騒動の時に板尾に煙草《タバコ》を渡したのは河元だって噂もあったしね」

ハンドルを握りながら、柿沼が言った。慎が訊ねる。

「河元の素行は？」

「前科《まえ》どころか、交通違反歴もないよ。田舎町だから浮気だの借金だのもすぐ噂になるけど、聞いたことないね。奥さんとその母親の尻に敷かれてる、情けないけど気のいい男って感じかな。義理の父親はかなり前に亡くなって、今は河元が店主だよ」

「なるほど」

頷き、慎は視線を傍らの窓に向けた。時刻は午後二時。外の気温は三十五度近くあるはずで、山から伸びる木々の枝がアスファルトにコントラストの強い影を落とし、眼下の多摩川は日射しを受けてまばゆく輝いている。そんな風景を目に映しながらも、みひろはお腹《なか》がぺこぺこで、慎と柿沼が昼食をどのタイミングで摂《と》るつもりなのか、ということばかり考えていた。

奥多摩の町に戻り、署と同じ通り沿いにある河元の店の手前で車を停めた。小さな店で、軒先の色褪《いろあ》せた青いテント屋根には白い文字で、「スーパーことぶき」と書かれていた。

「こんにちは」

ガラスの引き戸を開けて柿沼が店に入り、慎とみひろも続く。傍らのレジに入っていた河元が振り向いた。

「いらっしゃい。さっきはどうも」

「念のために板尾くんの話を聞いてるんだけど、河元さんもいい？」

柿沼が確認すると、河元は「もちろん」と神妙な顔で頷いた。慎とみひろもレジの前に立ち、柿沼は質問を始めた。

「最後に板尾くんに会ったのはいつ？」

「ちょうどひと月前だね。先月の配達の時だ」

「何を話した？　変わった様子はなかったかな」

「挨拶だけだよ。変わった様子って言われても、無口な人だからね。商品と納品書を渡して代金を受け取るだけだった。あとは正直、気味が悪くて。お客さんを悪く言いたくはないけど、みんな同じ服を着て同じ顔で笑って、っていうのがどうも」

後半は声を潜め、河元が言う。みひろは思わず「ああ」と頷き、慎に咎《とが》めるような目を向けられたので、「ちょっと見て来ます」と囁《ささや》いて身を翻した。

売り場には棚がいくつかあり、壁際には生鮮食品や飲み物用の冷蔵と冷凍のショーケースが置かれていた。夏休み真っ最中とあって奥多摩の駅前には大勢の観光客がいて、多摩川の河原でキャンプやバーベキューをする家族連れと若者も見かけた。しかしそういう人たちはコンビニに行ってしまうのか、スーパーことぶきに客の姿はなく、店が古いせいもあって淀《よど》んだ空気が立ちこめている。棚に並ぶ商品も薄く埃《ほこり》をかぶっていたり、パッケージの印刷が褪せていたりする。みひろは棚に並んだカレールーの箱を手に取った。空腹なので、カレーがお皿に盛り付けられたパッケージ写真に引き寄せられたのだ。と、何気なく箱の底の賞味期限を見て、

「えっ⁉」

と声を上げてしまう。「2010・6・16」、そう記されていた。

二〇一〇年って。驚き、うろたえながらレジを振り向くと、声が聞こえたのか慎が怪訝そうにこちらを見ていた。箱を持ち上げ、ジェスチャーで状況を伝えてみたが、慎はますます怪訝な顔をしただけだ。

河元さんに知らせるべき? この分だと、他にもとんでもない賞味期限の日付入りの商品があるはず。みひろが逡巡《しゅんじゅん》していると柿沼は、「ありがとう。邪魔したね」と話を切り上げて引き戸に向かった。河元に礼を言って慎も続き、みひろは迷いながらもカレールーを棚に戻し、河元に会釈して店を出た。

慎たちに続いて車に乗り込もうとしていると、通りの先から「あら。おまわりさん」と声がした。ショッピングカートを引いた年配の女性が歩いて来る。柿沼は「鈴《すず》木《き》さんじゃない。元気? お買い物?」と親しげに返し、開けかけた車のドアを閉め

て歩道に戻った。

「違うの。食べ物をもらいに来たのよ」

そう答え、女性はスーパーことぶきを指した。

「もらうって？」

「お菓子とかカレールーとか、少しでも外箱が潰れたりキズが付いたりすると売り物にならないんだって。そういうのの中身だけを貯《た》めておいてくれるのよ。うちが年金暮らしで旦那の具合も悪くて大変なのを知ってて、『棄《す》てるのはもったいないし、うちも助かるんだ。叱られるから、嫁と義母《はは》には内緒ね』なんて気を遣ってくれてね」

説明して涙ぐみ、女性はスカートのポケットから出したタオルハンカチを目頭に当てた。

「そうだったの。優しい人だよね。でも、最近河元さんに変わった様子はなかった？」

柿沼は探りを入れたが、女性はシワだらけの首を横に振った。

「全然。すごく親切でいい人よ。それに引き換え、あそこの娘と母親は。旦那を締め付けるばっかりで、何にもやらないんだから」

「そう。ありがとう。暑いから気をつけてね」

これ以上の話は聞けないと判断したのか、柿沼は女性を送り出して車に戻った。

# 11

「二〇一〇年？　なにそれ。本当？」

苦笑して問いかけ、柿沼はコーヒーを飲んだ。頷き、みひろは答えた。

「本当です。賞味期限の日付まで覚えてますから」

「河元は人はいいけど、大雑把なところがあるからね。お客さんに売っちゃったり、中身を鈴木さんにあげちゃったりしたら大変だから、私から言っておくよ」

「よかった。ずっと気になってたんです」

ほっとして、みひろはお皿の上のパンケーキをフォークで刺し、口に運んだ。ふんわりしたパンケーキに、シロップとして使われたエスプレッソの香りと苦み、上に載ったバニラアイスの甘みと冷たさがミックスされ、絶妙なバランスだ。思わず、

「おいしい〜！」

と声を上げると、柿沼がコーヒーカップをテーブルに置いてこちらを見た。

「よく昼ご飯に、そんな甘いものを食べられるね。おやつならわかるけど」

信じられないといった様子だ。みひろの隣に座る慎の前にもパンケーキのお皿が置かれ、半分食べ終えている。ナイフとフォークを置いて前髪を掻き上げ、慎は言った。

「おっしゃることはわかりますが、パンと名のつくものは別です」

みひろもこくこくと頷き、柿沼は不思議そうに「へえ」と返した。

スーパーことぶきから、奥多摩駅近くのキャンプ場の中にあるこのカフェに来た。みひろは昨日の朝奥多摩署に行くと知るとすぐにこの店を調べ、パンケーキを食べようと決めていた。柿沼は「キャンプ場は知ってたけど、カフェがあるとは知らなかった」と珍しそうにウッディーで山小屋風の店内を眺めている。

「聞き込みを終えて、いかがですか？」

慎が話を変え、柿沼は表情を引き締めてこちらに向き直った。

「板尾の印象が、私と土橋先生たちとでは違うね。ただ出家信者は大抵訳ありだし、板尾は小さなケンカはしても、命を奪われるようなトラブルは抱えていなかったと思う」

「しかし波津の口ぶりからして、出家信者たちは防犯カメラの死角を知っていたようです。そうなると信者は施設を事実上自由に出入りでき、外部の人間も死角の件を知っていれば同様ということになります。何らかの理由で板尾を含む出家信者の誰かが外部の人間と接触し、それが今回の事件につながったとは考えられないでしょうか」

「確かに。他の出家信者を洗い直してみるよ……三雲さんは？　波津さんに案内してもらってる間、何か言いたそうな顔をしてたよね。聞かせてよ」

見られてたのか。さすがは元敏腕刑事。驚き感心し、みひろは切り出した。

「波津さんって、歳は違いますけど園田さんと似てますよね。園田さんは土橋さんの側近って感じだし、波津さんも土橋さんとは近しい間柄でしょう？　それってつまり——すみません。板尾さんの事件とは関係ないと思いますけど」

口に出したものの気まずくなり、みひろは頭を下げた。しかし柿沼は動じず、あっさりこう言った。

「ああ。愛人かどうかってこと？　なら、合ってるよ。一年ぐらい前までは、波津さんが施設の本館の三階で土橋先生と暮らしてた。そこに園田さんが入信して来て、波津さんは三階を出たんだ。でも代わりに教団の金庫番っていう、先生の絶対的な信頼が必要な仕事を与えられた。波津さんは信者としてより高いステージに行ったって、みんなに羨ましがられてるよ」

「はは あ」

相づちを打ちながらも、「やっぱりそうか。土橋さん、好みがわかりやすすぎ。あと手切れ金代わりの出世を『より高いステージに行った』と思わせるって、やっぱりやることが詐欺師」という新たな突っ込みが浮かぶ。こちらの気配を察知したのか、柿沼はさらに言った。

「また何か考えてるでしょ？　その野次馬根性、いいと思うよ。警務部より刑事部が合ってるんじゃない？」

「ありがとうございます」

言葉のチョイスは微妙だが、褒めてくれているし自分に興味も持ってくれているようだ。そう確信し、みひろは一番訊きたかったことを訊いた。

「柿沼さんは、なぜみのりの道教団に入信したんですか？」

「奥多摩署に赴任してすぐに、あそこを教団の施設にするしないの騒動が起きたんだよ。民事不介入の原則はあるけど、田舎の警察は住民の協力なしにやっていけないからね。相談に乗ってるうちに教団の人とも話すようになって、ってのがきっかけ。知ってるだろうけど私は以前がんを患って、治りはしたんだけど疲れやすくなっちゃってね。でも先生に施術してもらって農作業を手伝うようになったら、ウソみたいに楽になったんだよ」

みひろは曖昧に頷き、隣を見た。しかし慎は、知らん顔でパンケーキをぱくついている。呆れながらも、彼は調査対象者の心情や身の上に無関心なのを思い出した。

こちらの沈黙を批判と受け取ったのか、柿沼はこう続けた。

「言いたいことは想像がつくよ。知り合いには、『ミイラ取りがミイラになった』って言われたし。でも、私は土橋日輪って人が信じられるし、救われもしたんだ。がんになったのは刑事としてこれからって時だったからショックで後悔もして、ずっとその気持ちを引きずってた。でも土橋先生は、『柿沼さんは刑事として人の悪意を浴び続けてきた。がんも疲れやすいのも、それが原因。あなたは悪くない』って言ってくれたんだ。あとは単純に、施設のみんなと畑で汗を流すのが楽しい。私は子どももいないし、犯罪者の悪巧みをぶっ潰す、みたいなことばっかりやって来たでしょ？　何かを作ったり、成長を見守るのがこんなに楽しいなんて、初めて知ったんだ。それに土橋先生の信者を愛人にしちゃうようなところも、人間臭くて逆に信用できるしね」

最後は笑い話にして、柿沼はまたコーヒーを飲んだ。相手が刑事なら土橋はそう言うだろうなとみひろは思ったが、それ以上突っ込む気にはならなかった。

「今一度確認です。柿沼さんは自身がみのりの道教団の信者であると認め、板尾の件の捜査が済み次第、その旨を監察係に報告することを承諾しますね？」

ようやく慎が口を開いた。パンケーキを完食し、柿沼と向き合っている。面倒臭そうに、柿沼は返した。

「だから、昨日そう言ったでしょ」

「わかりました。では処分については捜査終了後、追って通達します」

「あっそう。ところでこれ、もったいないから食べてくれない？」

柿沼がテーブルの上を指した。白く丸いお皿に、彼女が注文したピザが載っている。

みひろは問い返した。

「いいんですか？　一切れしか食べてませんけど」

「夏バテみたいで、食欲がなくてね。先生には『あなたに溜まった悪意を浄化しきるには一生かかる』って言われてるから、そのせいかも。とにかく片付けちゃってよ」

「じゃあ、遠慮なくいただきます」

勢い込んで、みひろは向かいに手を伸ばした。が、横から伸びて来た手に目当てのピザの一切れを奪われてしまう。隣を見ると、慎が当然という顔でピザを齧《かじ》っていた。

12

賑やかな気配があって、若いカップルが二組、売り場から出て来た。階段には向かわず、傍らの壁際に置かれているベンチに歩み寄る。

「あ〜、疲れた」

「ヤバい。もうフラフラだよ」

ロングヘアでデニムのミニスカートを穿《は》いた女と、ショートカットにメガネで花柄のワンピースを着た女がそう言ってベンチに座り、肩にかけたアパレルブランドのショッピングバッグを下ろした。連れの男たちも「買いすぎなんだよ」「時間もかけすぎ」とぼやいてベンチに座り、女たちに持たされたと思しきショッピングバッグを下ろす。その様子を、慎は階段を挟んで反対側の壁際のベンチから眺めた。

ここは、新宿のデパートの二階にある婦人服売り場だ。日曜日の今日はバーゲンセールが行われており、混み合っていた。

「でも、すごく得した。とくにこれ」

そう言って、ロングヘアの女がショッピングバッグの一つを持ち上げた。他のバッグは紙かビニール製だがそれだけが黒い布製で、中央にブランドロゴらしき銀ラメの英語の文字が入っている。

「だよね。朝から並んだ甲斐《かい》があったよ」

頷き、メガネの女も同じバッグを摑んで中から何か取り出した。ブランドロゴのステッカーのようだ。それを見て、男の一人が呆れる。

「そんなもん買ってどうするんだよ。しかも、一枚千円って。訳わかんねえ」

「違うよ。欲しかったのはステッカーじゃなく、このエコバッグ。人気があるんだけど、普段は服とか高いものを買わないと、これには入れてもらえないの」

「そうそう。ステッカーはどうでもいいの」

女たちは反論したものの、男は「もっと訳わかんねえ」と顔をしかめ、もう一人の男も頷く。関心は皆無だったが慎は念のためにカップルたちのやり取りを聞き、売り場の様子に目を配った。腕時計を覗くと、午後四時五十五分。間もなく約束の時間だ。

慎のパンツのポケットでスマホが振動した。液晶画面に表示された発信者は、「三雲みひろ」。無視しようかとも思ったが、緊急連絡の可能性があるので通話ボタンをタップしてスマホを耳に当てた。

「はい」

「三雲です。休日に申し訳ありません」

あまり申し訳なさそうに、みひろが告げる。売り場を見たまま、慎は応えた。

「いえ。どうしました？」

「いま柿沼さんから電話があって、板尾さん以外の出家信者を調べても、手がかりは得られなかったそうです。河元さんについても、板尾さんと揉《も》めていた形跡はありません。ただ板尾さんが施設を抜け出した夜、河元さんは『実家に顔を出したり、細々した用事を片付けていた』そうでアリバイなしです」

「アリバイなし」というフレーズを口にできるのが嬉しくて仕方がないといった気配を感じ、慎は小さくため息をついた。

教団の本部施設と河元の店を訪ねたのは、二日前。昼食の後、柿沼は「聞き込みに行く」と車で走り去り、慎とみひろは奥多摩署で署員たちに、表向きの訪問理由であるよりよい職場環境づくりのための聞き取り調査を行った。

みひろから聞いた情報を頭の中で整理し、慎は返した。

「わかりました。しかし、板尾の捜査は柿沼に任せましょう。加えて、柿沼と個人的に連絡を取り合うのは問題です。彼女は非違事案の調査対象者で、捜査に同行しているのは行動確認の一環だということを忘れないで下さい」

「でも柿沼さんが宗教活動をしているのは休日だけみたいだし、奥多摩署の人も柿沼さんの入信を知らない様子でしたよね。調査を始めた日に室長が言ってた『常識の範囲内』じゃないですか？」

「それを判断するのは、我々ではありません。三雲さんはみのりの道教団の資料を読み、その印象を『微妙』と述べましたよね。実際に教団の施設を見学し、教祖の土橋に会ってどうでしたか？」

慎が問いかけると考え込むような気配があり、みひろはぼそりと答えた。

「もっと微妙」

「同感です」

満足し、慎は頷いた。しかしみひろは納得がいかないらしく、さらに言った。

「でも人が一人亡くなってるんだし、警察官として捜査に協力するのは当然でしょう？　私、やっぱり板尾さんは殺されたと思います。理由はお金か愛。世の中の殺人事件の八割は、そのどちらかが原因です」

「八割というデータの出典は？　警察庁の警察白書？　あるいは、法務省の研究部の報告ですか？」

「いいえ、『実話ハッスル』。コンビニの成人向け雑誌コーナーで立ち読みしました」

はきはきと返され、慎はうなだれた。前髪を搔き上げ、気を取り直す。

「それはデータではなく、限りなくでっち上げに近いですね」

「ですか……なによ。『情報収集を行うべきかと』って説教したのはそっちじゃない」

頭の「ですか」以外は独り言めかした、というより声に出したことに気づいていない様子だ。慎はきっぱりと言い渡した。

「僕の言う情報とは新聞やニュースの報道で、ゴシップ誌の記事ではありません」

「えっ⁉　……すみません。私、頭に浮かんだことを知らないうちに声に出しちゃうくせがあるみたいで」

「知っています」

間髪を入れずに返すとみひろは恐縮して「すみません」と再度謝罪し、こう続けた。

「でも板尾さんは殺されたと思うし、河元さんは怪しいです」

「しかし、動機は？　一昨日の柿沼の話では、河元が借金や浮気をしている可能性は低い。三雲さんの言う、お金にも愛にも該当しないということです」

「わかってます。だけど」

みひろが言いかけた時、慎の前に誰かが立つ気配があった。はっとして視線を上げると、新海弘務がいた。

「すみませんが、切ります。続きは明日」

早口で告げ、慎は通話を打ち切ってスマホをポケットに戻した。その間に新海は周囲を確認し、慎の隣に腰掛ける。

「痩せましたね」

慎が言うと、新海は顔をしかめた。

「食事のせいだ。盾の家の連中は少しでも放射能汚染が疑われるものは食わないし、電磁波が危険だからと電子レンジも使わない。電磁波は非電離《ひでんり》放射線でガンマ線やX線などの電離放射線とは違うから、被曝《ひばく》の可能性は――なんて、あんたにグチっても仕方がないか」

「そうですね」と返し、慎は本題に入った。

「中森と抜き取ったデータの所在地は？」

「探っているが、不明のままだ」

先月、初めてコンタクトを取った二週間後に慎が舟町テクノリサーチのビルのトイレに行くと新海は現れず、代わりに洗面台の底に「五日後の午後二時。荻窪《おぎくぼ》中央病院の会計待合所」と書かれたメモが貼り付けてあった。メモの通りに病院に出向いた慎の前に地味なワイシャツにスラックス姿の新海が現れ、「盾の家では電話の使用は禁止で、放射線の研究に必要な器具や資料を入手するという口実で研究所から外出し、公安係の捜査員と接触している」と話した。今後は慎ともそのタイミングで会うこと、日時と場所は新海が定期的に訪れる舟町テクノリサーチのビルのトイレにメモを残すことを決め、その日は別れた。そして先週、慎がトイレをチェックすると、今日の約束が記されたメモがあった。病院の会計待合所もバーゲン会場も、混み合ってはいるがそれぞれ目的があり、慎たちに注目する人はいない。密談にはもってこいで、先日の佐原皓介の居酒屋といい、刑事課や公安課の捜査員は常日頃からこういう場所をリサーチしているのだろう。

さっきの若いカップルたちがはしゃいだ声を上げ、新海は反対側の壁際のベンチに目をやった。その横顔に、慎は訊ねた。

「神奈川県相模原市に、盾の家の施設または研究所はありますか？」

「相模原？　俺は知らないが、なぜだ？」

こちらを振り向き、新海は問い返した。今日も地味なワイシャツにスラックス姿で、ベンチの端に大きく膨らんだビジネスバッグと、書店の手提げ紙袋を置いている。

慎は自分の今の職務を打ち明け、中森がかけてきた内通と柿沼への電話、みのりの道教団について説明した。

「それなら簡単だ。盾の家は、みのりの道教団を監視している」

新海は即答した。「監視？」と問うた慎に新海は頷き、話を続けた。

「盾の家の代表である扇田鏡子と、みのりの道教団教祖の土橋日輪は二十年ほど前、同じ自己啓発セミナーの生徒だったんだ。短い期間だし二人とも経歴から抹消しているが、扇田と土橋は男女の関係だったらしい。だが土橋が同じセミナーの若い女に手を出して二人は破局し、扇田はセミナーを辞めて盾の家を始めたんだ」

「そうでしたか」

「しかし扇田の怒りは収まらず、盾の家のメンバー相手に土橋を『エセ教祖』『詐欺師』と糾弾する一方、在家信者にスパイを潜り込ませてみのりの道教団の動きを報告させてる。恐らく中森は、その報告で柿沼って職員の入信を知ったんだ。盾の家には、メンバーであることを隠して活動に協力する人間がいる。その協力者が相模原にもいて、中森を匿《かくま》っていた可能性が高い。協力者は世間に溶け込むために携帯電話を持っているはずだから、中森はそれを使って内通電話をかけたんだろう。とは言ってもとっくに別の隠れ家に移動してるし、携帯電話も処分済みだぞ」

「わかりました。しかしなぜ中森は内通し、僕の来訪を柿沼に伝えたんでしょうか」

「知るかよ。あんなやつのことは、考えたくもない。それに、あんたの部下だろ？」

顔をしかめ言葉も尖《とが》らせた新海に、慎は「元部下です」とだけ返し前を向いた。

中森が盾の家の思想に感化され、メンバーになった可能性は？　それなら警視庁職員の入信を知って内通し、みのりの道教団の活動を妨害しようとしたと考えられる。ならばなぜ、柿沼に我々の来訪を知らせた？　そもそも、中森がどうやって職場環境改善推進室の職務を知ったのかという、根本的な疑問の答えが見出《みいだ》せていない。

甲高い笑い声と複数の足音がして、慎は思考を止めた。反射的に振り向くと、若いカップルたちがベンチを離れ、売り場に戻って行くところだった。視線を戻そうとして、慎はベンチの上のものに気づいた。それが二枚のステッカーだと認識するのと同時に、慎の頭にさっきの女たちの会話が蘇った。

エコバッグだけを持ち帰って、ステッカーは棄てていったんだな。中身よりも、それを包んで保護するためのパッケージが大切ということか。矛盾した価値観だな。ふとよぎり、慎は胸に引っかかりを覚えた。それどころではないと思う一方、無視してはいけないとも感じ、慎は頭を猛スピードで回転させた。

「お菓子とかカレールーとか、少しでも外箱が潰れたりキズが付いたりすると売り物にならないんだって。そういうの中身だけを貯めておいてくれるのよ」。蘇ったのは、二日前にスーパーことぶきの外で会った初老の女性の姿と言葉。続いて同じ女性の「あそこの娘と母親は。旦那を締め付けるばっかりで、何にもやらないんだから」という発言も再生された。そこに賞味期限切れのカレールーの箱を掲げて見せるみひろの姿と、河元を評した「とてもいい方ですよ」という波津の言葉、その波津が園田と顔を並べて土橋の後ろに控える光景、彼女が河元に生活用品の代金を支払った封筒の映像が、時間を遡るかたちで浮かんだ。そして慎の記憶の再生を締めくくったのは、「理由はお金か愛。世の中の殺人事件の八割は、そのどちらかが原因です」という、「実話ハッスル」出典による、さっきのみひろの発言だった。

そういうことか。仮説が確信に変わり、頭は次にすべきことを考え始める。

「おい。どうした」

新海に問いかけられた。慎は振り向いてベンチから立ち上がり、答えた。

「すみませんが、別件で急用です。引き続き中森とデータを追って下さい」

## 13

「続きは明日」と言って電話を切ったのに、一時間も経たずに慎から着信があった。みひろが出ると「奥多摩に出動です。今どちらですか？」と訊かれ、独身寮の近くで買い物中だと答えたところ、慎はすぐに車で迎えに来た。

カットソーにコットンパンツ、ジャケット。素材と仕立ては良さそうだし、色は全部ネイビーブルーだけど微妙に色目が違う。運転席でハンドルを握る私服姿の慎を、みひろは横目でチェックした。出動が板尾の事件絡みなのは明らかだが、詳細を訊ねてもお約束の台詞《せりふ》を返されるのは目に見えているので、つい余計なことを考えてしまう。慎の愛車は銀色のコンパクトカーで、今は中央自動車道を走行中だ。時刻は午後六時前で、外はまだ明るい。

と、スマホの着信音がして、慎はワイヤレスのイヤホンマイクをオンにした。

「阿久津です」

「柿沼だけど。阿久津さんに言われた通りにスーパーことぶきに行ったけど、河元はいなかった。奥さんの話じゃ、『具合が悪いと言って店を休みにしたのに、気がついたら家からいなくなってて、電話にも出ない』って」

隣に身を乗り出したみひろの耳に、柿沼の早口の声が漏れ聞こえてくる。前を向いたまま、慎は返した。

「恐らく、みのりの道教団の施設です。河元を発見しても、僕が到着するまで刺激せずに見張って下さい。加えて、波津広恵の動きも見逃さないように」

「波津さん？　ねえ、何がどうなってんの？　教えてよ」

困惑した様子で柿沼が問う。みひろが見つめる中、慎は右手の中指でメガネのブリッジを押し上げ、答えた。

「できません。僕は予想や憶測でものを言わない主義なんです」

出た、お約束。うんざりし、みひろは息をついた。「はあ？」と声を上げた柿沼に慎は、「こちらの到着予定時刻は、午後七時四十分前後。それまで今の指示通りに行動して下さい」と告げ、柿沼は「あんた、何様？　……わかったよ」とぼやいて電話を切った。みひろは会話の内容から慎の考えを想像したが答えは出ず、そうこうしているうちにみのりの道教団の施設に着いた。時刻は午後七時四十三分。蒸し暑いが、都心よりははるかにましだ。

閉まっている門の前に停車し、慎は外に出た。みひろも続く。二人で大人の胸の高さほどの門扉を乗り越え、施設の敷地に入った。陽《ひ》はとっぷりと暮れ、樹木が生い茂る敷地内は暗い。外灯が一つしかないアプローチを慎とみひろが小走りに進んでいると、前方で声と足音がした。三、四名の信者がロータリーを横切って駆けて行く。明かりの点った懐中電灯を手にしている人もいた。

「どうしました？」

ロータリーに入り、慎は信者の後ろ姿に声をかけた。振り向いたのは最後尾の年配の男で、一昨日施設を見学した時に挨拶したのを覚えている。

「あなた、確か警察の――助けて下さい。あっちで刃物を持った男が、信者を人質にしているそうです」

再び駆けだしながら、年配の男は訴えた。「わかりました」と返して慎も同じ方向に駆けだし、みひろも倣う。前を行く信者に追いつき脇を抜ける時、年配の女がみひろに咎めるような視線を向けてきた。みひろの今日のコーディネートは、襟ぐりが大きく開いたハードロックバンドのTシャツに迷彩柄のロングスカート。黒革のバッグはボール形で、全体に鋲《びょう》状の飾り金具が取り付けられている。全員白い服の信者たちの中では、浮きまくりだ。

ロータリー脇の駐車場の奥には雑木林があった。駐車場の明かりを頼りに雑木林を進むと、十人ほどの信者の背中が見えた。みんな不安そうに前方を窺《うかが》い、丹田集中ポーズを取っている人もいる。その間を縫い、慎とみひろはさらに進んだ。

視界が開け、樹木のない平坦な場所に出た。手前に数人の信者がいて、一人が持つ懐中電灯の明かりがその奥に立つ柿沼の黒いブラウスの背中と、向かい側の男女を照らしている。男は河元で、左手で自分の前に立つ波津の肩を摑み、右手で包丁を握って波津の首に突きつけていた。年配の男の話を聞いた時に想像した通りの状況だが、なぜこうなったのかがわからず、みひろは隣を見た。慎は深刻な顔で河元たちを見ているが、無言だ。

「なんでそいつらが来るんだよ。応援は呼ぶなって言っただろ！」

こちらを見て、河元がわめいた。懐中電灯の明かりで、その顔が汗だくで小さな目はつり上がっているのがわかった。一方波津の顔は、青ざめて引きつっている。河元の言葉で慎とみひろの到着を察知したのか、柿沼は前を向いたまま返した。

「河元さん、違うって。この人たちは心配して来てくれたの。あんたがどんなにいい人で、みんなに好かれてるか私が話したからね。何があったんだか知らないけど、仕方なくなんでしょ？　教えてよ」

口調や手の動かし方は、おばさんそのもの。しかしこれも、刑事のテクニックの一つなのだろう。だが河元は、

「うるせえ！　初めから俺を疑ってたクセに。だから一昨日、店に来たんだろ」

と声を荒らげ、落ち着かない様子で後ろを振り返った。雑木林の奥にはフェンスのコーナー部分が見えるので、あそこが防犯カメラの死角かもしれない。

河元が顔をこちらに戻した拍子に包丁の刃が揺れ、波津の首に軽く当たった。小さく悲鳴を上げ、波津が身を固くする。と、信者の群れの中から一人が進み出た。

「あなたが心と体に抱え込んでいるものが、私には見えます。浄化して差し上げますので、波津を返してくれませんか？　私たちの大切な友人であり、家族なんです」

そう語りかけたのは、土橋だ。気づけば、懐中電灯を構えているのは園田だった。そんな胡散臭さ丸出しの説得、逆効果だってば。みひろは心の中で突っ込み、焦りも覚えた。案の定、「黙れ！」と怒りを露《あら》わにした河元だったが、

「なにが、『返してくれませんか？』だ。お前が広恵を捨てたんだろうが」

と続け、顎で波津を指した。

いま「広恵」って呼んだ？　みひろは驚き、柿沼も動きを止めた。言葉を失った土橋に、河元はこう続けた。

「散々尽くさせた挙げ句、若い女に乗り換えやがって。だが、広恵だってとっくにお前を見限ってるぞ。その証拠に」

「やめて！」

そう叫んだのは波津だ。河元がはっとして、波津は包丁を気にしながら後ろを見た。

「頼むから、今すぐここを出て行って。そうすれば、何もなかったことにするから……すみません。ちょっとした行き違いなんです」

最後は土橋に目を向け、媚《こ》びを含んだ口調で波津は訴えた。黙ったままの土橋に代わり、慎が口を開いた。

「そうでしょうか。『何もなかったこと』にしたいのは、波津さんでしょう」

波津と河元の目が慎に向き、みひろと柿沼も倣った。波津を見返して、慎は語りだした。

「あなたは金庫番という立場を利用し、教団のお金を抜き取っていた。そしてそのお金を生活用品の代金に紛れ込ませ、共犯者である河元に渡していた。一方河元は自宅や銀行では妻か義母に見つかると考え、スーパーことぶきの商品にお金を隠した。売り物にならないカレーやシチューのルー、菓子の箱から中身を抜き取り、同じ重さのお札を入れるという方法です」

「じゃあ、あのカレールーも？」

思わずみひろが問うと、慎は顔を前に向けたまま頷いた。

「中身はお金です。ああいった箱は底から開けて再度糊で封をすれば、開封したと気づかれません。余った箱の中身は、健康上害のなさそうなものは客に渡して処分していましたね……一昨日、スーパーことぶきの前で会った鈴木さんです」

最後のワンフレーズは柿沼に向けて言ったが、彼女は呆然《ぼうぜん》としている。構わず、慎は続けた。

「だが、トラブルが発生した。板尾さんが、あなた方の犯行に気づいたんです。きっかけは、注文した品と代金の入った封筒の厚さのずれでしょう。板尾さんはあなた方を糾弾し、計画的または偶発的な事象によって後頭部を強打して死亡した。その後、河元が車で板尾さんの遺体を発見現場に運んだ。言いたいことがあればどうぞ」

向かいを見たまま、慎は冷ややかに促した。波津は顔を険しくして言った。

「よくもそんなことを。言いがかりです。証拠はあるんですか？」

「ごもっとも」と頷き、慎は続けた。

「河元の車を鑑識課員に調べさせます。遺体を運んだのなら、高確率でルミノール試験が陽性になります。加えて、この施設内のみのり岩も。根拠は遺体発見現場にあった岩との類似性で、河元は大きさや形の似ている岩のそばに遺体を置けば、転落死にカモフラージュできると考えたんでしょう」

「ふ、ふざけるな！　なんで俺がそんな」

反論しようとした河元を、慎は手のひらを立てて止めた。

「あなたは今、波津に渡されたお金を所持しているのでは？　……たとえば、そのポケット」

強い口調で言い、慎は河元が穿いたベージュのカーゴパンツを指した。つられて、その場のみんなの視線が動く。カーゴパンツは両脇に蓋付きの大きなポケットが付いており、どちらも不自然に膨らんでいた。

「あっ！」

みひろも指さすと、河元がポケットを見た。その拍子に右手も動き、包丁の刃が波津の首から外れる。

チャンス！　みひろは思い、柿沼を見た。だが柿沼は、立ったまま動こうとしない。

なんで!?　戸惑うみひろの目に、視線を戻そうとする河元が映る。焦りとももどかしさに突き動かされ、みひろは右腕を振り上げた。そのまま右手に持っていたバッグを放り投げる。ボール形のバッグは柿沼の頭上を抜け、河元の左顔面にぶつかった。河元が俯くのと、バッグが地面に落ちるのが同時だった。鋲状の飾り金具が直撃したらしく、河本は喉の奥から変な声を漏らし、左手で左目を押さえた。拘束を解かれた波津が、転がるようにこちらに逃げ込む。

獣のような唸《うな》り声を上げ、河元が向かって来た。左手で左目を押さえ、右手は包丁の柄を握りしめている。

標的は波津かと思いきや、河元はみひろに近づいて来た。救いを求めて隣を見たが、慎の姿はない。

「えっ⁉」

驚き、みひろは周りを見ようとしたが石に躓《つまず》き、地面に尻餅をついてしまう。そこに河元が接近し、包丁を振り上げた。胸がどくんと波打ち、みひろは反射的に腕を顔の前に上げた。

と、脇から伸びて来た手が河元の右手首を摑み、ぐいと捻《ひね》り上げた。また変な声を漏らして河元が顔をしかめ、その脇に柿沼が姿を現した。柿沼にさらに強く手を捻り上げられ、河元は「わかった！　やめてくれ」と裏返った声で訴え、包丁を手放した。柿沼は地面に落ちた包丁を遠くに蹴り、河元の手首を捻り上げたまま、こちらを覗き込んだ。

「大丈夫？」

みひろがこくこくと頷くのを確認し、柿沼は体を起こして「誰か手伝って！」と叫んだ。それを聞き、雑木林にいた男の信者たちが駆け寄って来る。男の信者と柿沼は河元を取り押さえ、どこかに歩きだした。すると空間がぽっかりと空き、その向こうに誰か立っているのにみひろは気づいた。暗がりに目をこらすと、その誰かは中腰の、いつでも逃げだせるような恰好でこちらを窺っている。

「室長？」

みひろの問いかけに慎は我に返ったように姿勢を正し、こちらに歩み寄って来た。片手にバックライトを点したスマホを持ち、身をかがめる。

「無事で何より。結果オーライとは言え、今後無茶は厳禁です。バッグは拾っておきましたから」

冷静に説教してから脇に挟んだボール形のバッグを見せ、慎はもう片方の手をみひろに差し出した。

「しれっと、よくもそんな」

言い始めたとたん、みひろはどっと疲れを覚えた。やむを得ず「ご心配をおかけしました」とだけ投げやりに返し、差し出された手は無視して自力で立ち上がった。

## 14

柿沼と信者たちが河元と波津を三階建ての建物に連れて行き、慎とみひろも同行した。間もなく柿沼の報《しら》せを受けた奥多摩署のパトカーが施設に到着し、河元は住居侵入罪及び人質強要罪で逮捕され、波津も事情聴取という名目で署に連れて行かれた。

ミネラルウォーターをごくりと飲み、みひろはペットボトルを長机に戻した。

「室長。ひょっとして遺体を見たり事件捜査をしたりだけじゃなく、犯人や容疑者と闘ったり取り押さえたりした経験もなしですか？」

隣を振り向き訊ねると、慎はノートパソコンのキーボードを叩く手を止め、答えた。

「ええ」

「それがなにか？」とでも言いたげな顔つきだ。俯き「やっぱりか」と呟いてから、みひろは再度慎を見た。

「でも、警察学校で習ったでしょう。逮捕術とか柔道とか剣道とか。私だって、研修を受けましたよ」

「もちろん習って、全科目首席で卒業しました」

「じゃあなんで、私を見捨てて逃げたんですか？　下手すれば殺されてましたよ」

「まだ言いますか？　さっきから、何度も説明しているでしょう」

わざとらしく息をつき、慎は答えた。

「第一に、学校の授業と実践は別です。第二に、見捨てて逃げたりはしていません。現場の状況に鑑みて、一旦退避して態勢を立て直すのが最善と判断したんです。その後直ちに柿沼の後方支援に回り、彼女が河元の身柄確保に失敗した場合は僕が三雲さんを救助すべく、待機していました」

「『後方支援』に『待機』ねえ」

ウソつけ。あの変な中腰姿勢のどこが待機だ。みひろは横目で睨《にら》んだが、慎は知らん顔でパソコンの入力作業を再開した。

パトカーと柿沼の車と一緒に、みひろも慎の車で奥多摩署に来た。今ごろ教団の施設では、近くの署から駆けつけた応援の捜査員が土橋と信者たちから事情を聞き、鑑識課員が現場検証を行っているはずだ。時刻は午後十一時を回り、みひろはくたくたな上に腹ぺこだ。しかしこれから慎とともに事情聴取を受けなくてはならず、もう一時間以上、署の二階にある会議室で待たされている。

「お疲れ」と無表情に告げ、柿沼が室内に入って来た。みひろと慎が挨拶を返すと、柿沼は長机の脇で立ち止まった。

「波津は黙秘してるけど、河元は『家族が心配してて、奥さんとお義母さんは泣いてた』と伝えたら涙をぼろぼろこぼして自供《ゲロ》したよ。大筋は阿久津さんの読み通り。河元は波津に『抜き取ったお金を渡すから、一緒に逃げよう』と口説かれたらしい。でも板尾にバレて、五日前の晩に波津とみのり岩の前に呼び出された。怒って責める板尾に河元は『お前だって、俺に煙草を用立てさせたじゃないか』と逆ギレして板尾の頭をみのり岩に打ち付けた。で、波津と相談して遺体を山に運び、みのり岩に似た岩の近くに置いたって流れ」

「怖っ！　でも、やっぱり原因は『お金か愛』だったんですねえ」

みひろは身震いしながら言ったが慎は犯人の心情には無関心らしく、柿沼に問うた。

「お金の隠し場所については？」

「それも阿久津さんが正解。商品に隠せば店番をしながら見張れるし、もし客がお金入りの箱を選んでも、レジで賞味期限切れや潰れたのに気づいたふりで、別のものと交換できるからね。でも私たちが店に来て、焦った河元は金を持って施設に行き、波津に『犯行はすぐにバレる。今夜逃げよう』と迫ったんだ。ところが波津に拒否され、包丁で脅して連れて行こうとしたら信者たちにバレて、さっきの騒動。そうそう。スーパーことぶきのゴミ箱から、底を開けて再度封をした形跡のある、カレーやシチューのルーの箱が見つかったってさ」

「すごい。室長、今回もお見事です」

みひろが感心すると、慎は顎を上げてメガネにかかった前髪を払った。その自信とプライドに溢《あふ》れた態度にみひろはイラッとし、「さっきは変な中腰姿勢だったくせに」と心の中で毒づいた。

「ありがとう。助かったよ。二人のお陰で、最後の事件を無事に解決できた」

背筋を伸ばし、柿沼が頭を下げた。みひろは「私はなにも」と立ち上がって返礼し、慎は表情を引き締めて柿沼に向き直った。

「では、一週間を待たずして捜査終了。柿沼さんの信仰について、監察係に報告しても構わないということですね？」

「もちろん。それが約束だし、むしろ肩の荷が下りる。実は私、前とは違う場所ががんになっちゃって、三カ月ぐらいしたら死ぬんだよ」

「えっ⁉」

驚きながらも、みひろの頭には「だからピザを残したんだ」「それでさっき室長がチャンスを作った時に動けなかったんだ」と浮かんだ。同時に「みのりの道教団に入信した理由もそれ？」という疑問も浮かんだが、言葉にはできない。慎も驚いた様子だったが、「そうでしたか」とだけ返す。「うん」と首を縦に振り、柿沼は言った。

「そんな訳でって言うのもおかしいけど、遠慮なく赤文字リストに入れて、別部署に飛ばしてよ。どこに行っても自分なりに信仰と向き合って、体が動く限りは本部の施設に通うつもりだよ。今回の捜査で、私は教団にダメージを与えるようなことをしてしまった。でも土橋先生は、『私自身の汚れに気づかせ、浄めの機会をくれた』と言って下さったんだ……三雲さん。言いたいことはあるだろうけど、心や体が弱ったり、何かを背負ったり抱えたりしてる人間にとって信じるものがあるっていうのは、すごく救いになるんだ。あんたも今の仕事を続けていくなら、弱ってたり抱えてるものがあったりする人を相手にすることになるでしょ？　だから覚えておいてよ」

三日前、遺体発見現場で初めて会った時と変わらない、ぶっきらぼうでタフな女刑事然とした口調と佇《たたず》まい。それでもずんぐりした体は少し小さく見え、こちらに向けられた眼差しが哀《かな》しげに感じられるのは、気のせいだろうか。様々な思いが胸に去来し、目頭が熱くなるのを感じながらみひろは、

「はい」

と返して深く頭を下げた。「よし」と呟き、柿沼は慎にも言った。

「阿久津さんには、とくにないよ。一番言いたいことは、夕方電話した時に言ったし」

「『あんた、何様？』ですか」

即応した慎に柿沼は「ホント、さすがはエリートだね」と苦笑し、こう続けた。

「けど、そういうあんたに私は、自分と似たものを感じるよ。根拠はゼロ。強いて言うなら、刑事《デカ》のカンだ」

　そう告げて、柿沼は答えを求めるように慎を見た。しかし慎はまた「そうですか」と言い、薄く微笑んだ。すると柿沼は、「じゃ。さいなら」と身を翻した。みひろは慌てて「お疲れ様でした」と頭を下げたが、柿沼はすたすたと会議室を出て行った。

　今の柿沼さんの言葉。室長も、弱ってたり抱えてるものがあったりするってこと？　閉じたドアを何となく見つめ、みひろは思った。そりゃ監察係から飛ばされたんだから、当然か。納得しかけたみひろの頭に、一昨日教団の施設で会った信者たちの顔が浮かんだ。みんな口角を上げ、穏やかに微笑んでいるが目は笑っていない。

　わかった。あの笑顔、どこかで見たことがあると思ったら、室長の笑顔と同じなんだ。そう閃くのと同時に、みひろの頭に慎のもう一つの、自動車警ら隊の事案を調査した時に見せた、冷たく勝ち誇ったような笑顔が蘇った。ぞくりと、みひろの背筋を寒気が走る。

　室長には飛ばされた件とは別に、抱えているものがあるってこと？　柿沼さんはそれに気づいて、「自分と似たものを感じる」って言ったの？　急に慎が正体不明な、ひどく危険で近づきがたい人間に感じられる。一方で、慎が抱えているものが何なのか知りたい、放っておけないという強い思いが湧き、胸が熱くなった。

背筋の寒気と胸の熱さ。相反する感情を抱え、みひろはぎゅっと拳を握った。

## 15

三日後の午前七時半。慎はJR東京駅構内のカフェにいた。セルフサービス式の店内は、出張や旅行に行くらしい人々で混雑している。壁沿いのカウンター席に座り、出入口を見守っているとテーブルに置いたスマホが短く鳴った。LINEに豆田からメッセージが届いたのだ。コーヒーを一口飲んで確認したメッセージは、柿沼也映子の異動が決まった、新たな配属先は江戸川《えどがわ》区か足立《あだち》区の所轄署、本人の健康状態を考慮し、赤文字リストには入れるが、他に処分は行わないというもので、末尾に「朝早くすみません。三雲さんに『柿沼さんの処遇が決まったらすぐ教えて』と頼まれていたので、阿久津さんにもお報せしました」と記されていた。

奥多摩から、江戸川区または足立区か。典型的な罰俸転勤《ばっぽうてんきん》だな。そう納得したついでに、慎は三日前の夜、柿沼に言われたことを思い出した。態度には出さずとも、罰俸転勤を命じられて平気な警察官はいない。柿沼の発言も、自分への捨て台詞か負け惜しみだろう。そう思い受け流した慎だったが、なぜかあの夜から、ふとした瞬間に彼女に言われたことと、最後に自分に向けられた眼差しが蘇る。

俺は、あんたなんかとは似ていない。根本から違う人間だ。その証拠に、俺は信仰に救いを求めたりはしない。どんなに追い込まれても、教義や偶像ではなく自分を信じる。俺にとっての信仰は、自分を信じ抜くことだ。それ以外、今を生き抜く術《すべ》がどこにある？

期せずして深く考えてしまい、近づいて来た人影に気づかなかった。「あの」と声をかけられ、慎ははっとして顔を上げてスマホを伏せた。

「どうぞ。座って下さい」

そう告げて慎が隣を指すと、声をかけて来た女はカウンターにセットされたスツールに腰掛けた。中肉中背で軽くカールさせた髪を肩に垂らし、赤いメタルフレームのメガネをかけている。

君島《きみじま》由香里《ゆかり》、二十七歳。本庁警備部警備第一課警備実施第一係所属。階級は巡査長。インプットされた情報は、君島と新海が監察係の調査対象になった時のものだ。新海同様、慎は聴取の際に君島と会っている。

「初めに言っておきますが、僕は情報が欲しいだけです。ただし情報は正確でなくてはならず、隠蔽や偽装が確認された場合は、相応の処置をとります」

威圧的にならないように注意しながら告げると、君島はこくりと頷いた。二人で壁を見る恰好で、並んで座っている。

「新海さんから聞いています。去年の秋、彼に『公安に異動になった。潜入先から指示するから、中森に持井事案のデータを渡してくれ』と言われてその通りにしました。この件では中森さんとは一度も会っていないし、USBメモリも、本庁舎の指定されたソファの座面の裏に貼り付けただけです」

慎が促す前に話しだし、言われたことをやっただけと強調する。これも新海の指示、あるいは飲み物などを買って来ていないところからして、一刻も早くここから去りたいだけか。いずれにしろ君島は真実を話しており、それは接触のなかった中森の居場所や現況については、何も知らないということだ。素早く頭を整理し、慎は問うた。

「しかし、USBメモリにデータをコピーしたのはあなたでしょう？　なぜ警備実施第一係のパソコンにデータが保存され、持ち出し可能な状態になっていたんですか」

「さあ。データはパソコンのゴミ箱に入ってたけど、簡単に復元できましたよ。それにそのパソコンは元は誰かの私物で、うちだけじゃなく色々な係の人が『ちょっと貸して』って使ってました。だから押収して調べても、使用履歴を追い切れないみたいです。ただ、『警備一課全員が監察係に調べられる』って噂があって」

最後は不安げに言い、顔にかかったサイドの髪を小指で払いながらこちらを見た。美人ではないが所作が女性らしく、好ましく思う男はいそうだ。君島の不安には取り合わず、慎はさらに問うた。

「そうですか。ところで、警務部人事第一課雇用開発係職場環境改善推進室の職務はご存じですね？」

君島は無言。ぽかんとしているようでいて、その目にははっきり動揺と焦燥の色が浮かんでいる。やっぱりか。確信し、慎は続けた。

「今年の四月に失踪した中森が、なぜ六月に開設された部署の、極秘事項の職務を知っているのか。室長として、知る権利と義務があります。答えて下さい」

「監察係の人に聞いたんです」

「監察係の誰ですか？」

畳みかけると、君島は一拍置き、目を伏せて答えた。

「理事官の柳原さんです。今年の春から付き合っています。それも新海さんに言われたからですけど、今は本気です。結婚を申し込まれたし、新海さんは、奥さんと別れるつもりはないみたいなので」

言い訳が恨み言に変わる。柳原は君島より二十歳以上年上でバツイチだが、出世頭で親は資産家だ。

潜入捜査中の新海と連絡を取り合っている上に、彼の指示で接近した柳原と結婚するつもりか。この手の話題には無関心な慎だが、呆れてしまう。それでも頭は回転し、君島から慎の新たな職務の情報を得た新海が、中森に伝えたのだと理解した。

待てよ。ならば新海は、俺が中森とデータを追っているとも伝えたはずだ。中森なら、俺が君島からこれまでのいきさつを聞き出すと予想しただろう。では、新海がこれまで俺に与えた情報はダミー？　いや、板尾の事件で取り調べを受けた土橋日輪は、扇田鏡子との過去を認めたと聞いている。

中森、どういうつもりだ。自分のせいで地に墜《お》ち、それでも這い上がろうともがく、かつての上司の動静を調べ、情報まで与えてせせら笑っているのか。あるいは、「俺とデータを捕まえられるものなら捕まえてみろ」という挑発か。

疑問の大きさが先に立って、怒りを覚えつつも胸に迫って来ない。だが、無意識に表情が険しくなっていたらしく、君島が怯《おび》えたように訊ねた。

「大丈夫ですか？」

「失敬。何でもありません」

そう返し、「もう結構です」と告げようとした矢先、君島は言った。

「実はちょっと気になることがあって。持井事案、っていうか『東京プロテクト』なんですけど」

声を潜めた君島だったが、慎は「しっ！」と咎めて周囲を確認した。幸いカウンター席に他に客の姿はなく、テーブル席の客もお喋りやスマホ弄《いじ》りに夢中だ。

日頃は通称で呼んでいるが、持井事案の正式名称は東京プロテクト。二年がかりで人事第一課監察係を中心に、公安部や警察庁警備局の協力も得て進めてきた極秘プロジェクトだ。

「どうしてそれを……柳原ですか？」

「はい。付き合い始めた頃に、彼の部屋で書類を見てしまって。『本当にこんなことをやるの？』って驚きましたけど関わりたくないし、忘れるつもりでした」

柳原の脇の甘さに呆れつつも、慎は「それで？」と先を促した。

防犯カメラの顔認証システムを利用した、特定個人の監視による犯罪防止条例。それが東京プロテクトの要旨だ。警視庁内の犯罪者のデータベースと都内各所の防犯カメラの映像を連動させ、たとえば「新宿歌舞伎町《かぶきちょう》」にいる「薬物売買の前科のある者」、「金融機関」に現れた「強盗の常習犯」、「政府施設」付近をうろつく「共謀罪の被疑者」といった条件設定に引っかかった人物を、警視庁内の該当部署に報せる。報せを受けた部署は防犯カメラで該当人物の行動をリアルタイムで追い、必要に応じて現場に捜査員を配置する。プライバシーの侵害、警察による監視だとマスコミや市民団体が騒ぐのは必至で、撤廃を求める運動が起きる可能性も高い。それだけに秘密裏に、あらゆる根回しをしつつ進め、ようやく実施要綱《ようこう》がまとまった。慎も飛ばされるまでは、総括主幹である持井の手足となって働いて来た。

「でも、実はデータをＵＳＢメモリにコピーする時にも偶然中身を見ちゃってて。それが、柳原さんの部屋の書類と違っていたんです」

「どう違っていたんですか？」

「警視庁の職員の名簿だったんです。なんで気づいたかっていうと、知り合いの名前があったから。前にいた署の先輩で、二年ぐらい前にセクハラで懲戒処分になりました。他にも重婚をしようとして処分された、吉祥寺《きちじょうじ》署の人も。最近ネットのニュースで見たから、覚えていたんです。他にも名前がぎっしり、何百人と並んでて、何をやってどんな処分を受けたかも書いてありました。あれ、ひょっとして」

「赤文字リスト」

　気がつくと、口に出していた。君島は大きく頷き、

「絶対そうですよね。コピーするデータを間違えたのかと思ったんですけど、その後、新海さんは何も言って来ませんでした」

　と捲し立てた。続けて「最近、新海さんから連絡が来ないんです。あのデータと関係があるのかもと考えたら、不安で仕方なくて」とも言ったが、慎は応えなかった。

　非違事案で懲戒処分になった職員の名簿は、他にもある。しかし五年も前の事案も含めた、何百人という規模のものは、赤文字リストだけだ。

　なぜ、東京プロテクトが赤文字リストに？　何らかの原因で入れ替わったのだとしても、持井たちが気づかない訳はない。それでも中森を追う理由は？　何より、中森

はなぜ欲していたものとは違うデータを持って逃げ続ける？

新たな、さっきとは比較にならないほど大きな、深い、衝撃を伴った疑問が胸に湧いた。君島が話をやめ、怪訝そうに自分を見ているのに気づいた。しかし慎は前を向いたまま、胸の中の疑問を繰り返した。

CASE 4

# 禁じられた関係

## ：パートナーは機動隊員

# 1

ノートパソコンに目を向けたまま、三雲みひろは机上のコーヒーの入った紙コップを取った。液晶ディスプレイに映し出された表には、「阿久津慎」の氏名と職員番号、所属部署、階級などが並び、左上には顔写真も表示されている。警視庁職員の身上調査票だ。

慎は東京の山の手出身で、名門大学卒。警察学校を首席で卒業し、卒業配置も出世コースと言われる都心の大規模警察署だ。ケチのつけようのない経歴で、それだけに最新の記録である警務部人事第一課監察係から、警務部人事第一課雇用開発係職場環境改善推進室への異動に違和感を覚えた。

優秀な監察官だったたって話だし、室長が飛ばされたのには、相当大きなトラブルが関わっているはず。みひろはコーヒーを飲みながら慎の身上調査票を隅々まで見た。しかし該当する記述はなく、他の人事のデータベースも調べたが、結果は同じだった。みひろは息をつき、体を起こしてさらにコーヒーを飲んだ。出勤途中で買って来たもので、紙コップにはチェーンのコーヒーショップのロゴマークが印刷されている。

奥多摩署の会議室で柿沼也映子と話してから、約二週間。あの晩以来、みひろは慎と彼が抱えているものが気になって仕方がない。さりげなく本人から聞き出そうとしたが上手《うま》くいかず、ならば警視庁内のデータだと早起きして出勤した。

閃《ひらめ》くものがあり、みひろは紙コップを机に戻してノートパソコンに向き直った。一旦閉じた身上調査票を再度開き、「人事第一課監察係」でデータを絞り込む。慎のかつての上司や同僚の記録を見れば、何かわかるかもしれない。

首席監察官の持井亮司。理事官の柳原喜一。係員の本橋公佳。面識のある人物から見始めたが三人とも立派な経歴で、印象に残ったのは柳原がバツイチなことぐらいだ。監察係のエリート集団ぶりを認識しながらも面白くなく、みひろは鼻を鳴らした。最後の一人の記録にざっと目を通し、身上調査票を閉じようとして手が止まった。

液晶ディスプレイに表示されているのは、最後の一人の出勤簿。このところずっと欠勤しているが、理由を記入する欄は空いたままだ。怪訝《けげん》に思い遡《さかのぼ》ってみると、今年の四月下旬を最後に一度も出勤していない。画面をスクロールさせて確認した氏名は、「中森翼」。二十八歳の警部補で、慎の直属の部下だったらしい。顔写真を見ると、くりっとした目が印象的な童顔のイケメンだ。

室長が監察係から職場環境改善推進室に異動になったのは、今年の六月。事後処理や手続きを考えると、異動の原因となるトラブルが起きたのは四月から五月。この中森って人の欠勤と関係してる？

「うん。あるかも」

口に出して言い頷《うなず》いた直後、

「何が『あるかも』？」

と頭上から問われた。驚きのあまり「ひっ！」と小さく叫び、みひろは顔を上げた。

机の脇に、制服姿でファイルを抱えた豆田益男が立っている。

「いいえ、別に。おはようございます。びっくりさせないで下さいよ」

うろたえながらも挨拶し、みひろはノートパソコンを閉じた。にこやかに「おはよう」と返し、豆田は続けた。

「ちゃんとノックしたし、声もかけたよ。珍しく早いじゃない。まだ八時過ぎだよ」

「ええまあ。ちょっと調べものがあって……そうだ。豆田係長、監察係の中森翼さんってどんな人ですか？　ずっと休んでるみたいですけど、どうしたんでしょうね」

ふと思いつき、みひろは訊《たず》ねた。すると豆田は真顔になり、身を乗り出してきた。

「中森くん？　なんで？　何かあったの？」

「いえ。ていうか、何かあったか知りたいのは私なんですけど」

戸惑って答えると豆田ははっとして身を引き、

「はいはい、中森くんね。体調を崩したとか、家庭の事情とか聞いてるけど――ええと、書類はここに置けばいいのかな？」

と棒読みの芝居丸出しの口調で話を変え、ファイルを慎の机に置いた。その姿にみひろは「何かある」と確信したが、これ以上は訊《き》かない方がいいと判断し、話を合わせた。

「新しい調査事案ですか?」

「そうじゃないんだけど、阿久津さんに『急ぎで資料を集めて欲しい職員がいる』って頼まれたんだよね」

「へえ。誰ですか?」

問いかけながら立ち上がり、みひろも慎の机の前に行った。机上のファイルを取って中の書類を覗《のぞ》くと、男性の顔写真が目に入った。書類を取り出そうとした時、出入口のドアが開いた。

「おはようございます」

そう告げて会釈し、慎が部屋に入って来た。今日もダークスーツを着て髪を整え、手にビジネスバッグを提げている。挨拶を返したみひろと豆田をメガネのレンズ越しに見て微笑《ほほえ》み、こう言った。

「二人とも早いですね。素晴らしい」

何が素晴らしいのかは不明だが全然笑っていない目が気になり、みひろは慎を見返した。と、豆田がみひろの手からファイルを取り、歩み寄って来る慎に差し出した。

「ご依頼の資料です」

「ありがとうございます。さすがに仕事が早いですね。助かります」

笑みをキープして返し、慎は机にバッグを置いてファイルを受け取った。書類を出し、読み始める。白く整った横顔から笑みが消え、目の光が強くなっていく。

「始業時刻まで二十分ほどありますが、出動です」

書類を読み終えるなり、慎はみひろに告げた。

「その書類の職員を調査するんですか？　でも、監察係の指示はないですよね」

慎と彼を怪訝そうに見ている豆田に目をやり、みひろは問うた。頷き、慎は答えた。

「ええ。監察係発信ではなく、職場環境改善推進室の固有の調査です。情報源、つまり内通者は僕です」

2

車に乗り、みひろと慎は本庁を出発した。困惑する豆田に慎は、「情報と証拠を揃《そろ》えて上申し、監察係を納得させます」と告げて職場環境改善推進室を出てきた。

「調査対象者は堤和馬《つつみかずま》。三十歳、独身。階級は巡査部長で、本庁警備部警備第一課警

備実施第一係に所属。今日は当番勤務明けで、既に帰宅しているはずです」

　ハンドルを握って前を向いたまま、慎が告げた。助手席でさっきのファイルの書類に目を通し、みひろは返した。

「本庁の職員ですか。非《ひ》違《い》事《じ》案《あん》の内容は？」

「堤には、交際中の職員がいます。泉谷《いずみや》太郎《たろう》。二十九歳、独身。本庁警備部第二機動隊所属で、階級は巡査長」

「名前が太郎で、機動隊所属……つまり、男性同士の交際ということですか？　で、それが非違事案に当たると？」

　頭を整理し、みひろは問うた。頷き、慎が即答する。

「はい」

「うわ。『警察官にゲイはタブー』って、本当なんだ」

　思わず声を上げてしまい、「すみません」と謝った後、みひろは再度問うた。

「堤さんも泉谷さんも、独身なんですよね？　交際が職務や職場環境に支障を来しているんですか？」

「いいえ」

「なら、問題ないでしょう。プライバシーの侵害、っていうか今どき？　セクシャルマイノリティへの差別と偏見が、ネットやテレビで毎日のように議論されてるこの時代に？　同性のカップルに、結婚証明書的なものを発行する区役所もある令和の世《よ》に？　むしろ、警察の考え方の方が大問題ですよ」

身振り手振りも交えて一気に訴え、みひろは反撃に備えて隣に向き直った。一瞬の間を置き、慎は告げた。

「概《おおむ》ね、想定内の反応です」

ジャブをかまされた気がしてみひろが黙ると、慎はこう続けた。

「我々警察官の使命は、社会の平和と市民の安全の厳守。ゆえに警察は一枚岩の組織でなくてはならず、そこに恋愛を含む私情を持ち込むのは御法度です。私情は組織の規律と統制を乱し、こと犯罪現場に於《お》いては、市民はもちろん警察官を危険にさらす可能性があります。加えて警察はいわゆる男社会であり、同性間の恋愛を認許すれば異性愛者との軋轢《あつれき》などトラブルの発生は必至。そのトラブルが誰かの生命の危機に直結するのが、警察官という職業なのです」

お得意のド正論。みひろは納得がいかず、またこちらをチラ見すらしない慎に苛立《いらだ》ちも覚え、言い返した。

「じゃあ、医療現場は？　同じようにチームで市民の生命の危機と対峙《たいじ》してますけど、スタッフ間の恋愛を禁止してる病院なんて聞いたことないですよ」

「それは屁理屈《へりくつ》ですね」

「そもそも、同性間の恋愛を禁止する規律はあるんですか？『懲戒処分の指針』の『その他規律に違反するもの』？　確かに『不適切な異性交際等の不健全な生活態度をとること』って記述はありますけど、異性交際ですよ？」

「それも屁理屈ですね」

視線も表情も動かさずに受け流され、みひろの苛立ちは怒りに変わる。が、口を開こうとすると慎は先回りして言った。

「交際の件だけで、堤を調査対象にした訳ではありません。彼は別件で明確な規律違反をしています。その現場に、我々は向かっています」

「現場って？」と訊こうとして、みひろは車が堤が暮らす千代田《ちよだ》区内の独身寮とは逆方向に走っているのに気づいた。

3

車が停《と》まったのは、千葉《ちば》県浦安《うらやす》市の旧江戸川《きゅうえどがわ》に近い住宅街だった。

「あのアパートですか」

シートベルトを外し、みひろはフロントガラス越しに通りの先の建物を見た。二階建ての木造アパートで、薄茶色の壁は所々黒ずみ、ヒビも走っている。築三十年以上経《た》っているだろう。

「ええ。二階の左から二番目の部屋です」

慎もシートベルトを外して答え、みひろは視線を動かした。アパートの二階にはベランダはなく、下に柵の付いた大きめの窓が等間隔で並んでいる。左から二番目の部屋の窓は開け放たれ、網戸の奥に明かりが点《とも》っているのがわかった。時刻は午前九時半過ぎ。八月も下旬になり、朝晩は少しずつ涼しくなってきた。

「賃貸契約の名義人は、堤。泉谷と会うための部屋です。浦安市を選んだのは、第二機動隊の本部と独身寮が江戸川区の臨海地区にあるのと、人目を避けるためでしょう。警視庁の職員が自宅以外に不動産を借りたり買ったりするのは禁止されていませんが、届出が義務づけられており、堤は無届けです」

「ははあ。で、『明確な規律違反』な訳ですね」

窓に目を向けたまま、みひろは相づちを打った。

部屋の間取りは、多分六畳の和室と二畳か三畳の台所。トイレは付いているかもしれないけど風呂なしで、室内もかなりボロいはずだけど、それが逆に「愛の巣」「忍ぶ恋」感をアップさせるのかも。ぐるぐる考えていると、左から二番目の部屋の網戸が開いた。顔を出したのは、面長で顎がしゃくれ気味の男。資料の写真よりぽっちゃりして見えるが、堤和馬だ。色の褪《あ》せたTシャツとハーフパンツという恰好《かっこう》で、窓の外に渡された洗濯ロープにタオルや靴下などを干し始めた。

「間もなく、泉谷が来るはずです。彼も今日は当番明けで非番なので」

慎の声と、スマホのカメラのシャッターを切る音が重なる。堤の姿を撮影しているのだろう。振り向き、みひろは訊ねた。

「よく知ってますね。室長は、いつ堤さんと泉谷さんの関係を知ったんですか？」

「一年ほど前に、堤がいわゆるゲイタウンに通っているという噂《うわさ》を耳にしました。職員と職場に関する噂や目撃談、ネットの書き込みなどをチェックし、必要性が認められれば調査を行うのも監察係の職務です」

滑舌よく語り、慎は撮影した写真を確認しながら中指でメガネのブリッジを押し上げた。

監察係の話題になると慎の口調は自慢めいたものになり、異動になった今でも「職務です」のように現在形で話す。前からそれに気づいていたみひろだったが、なぜかイラッとし、胸に引っかかるものも覚えた。少し考え、さらに訊ねた。

「意外と下世話、じゃない、『実話ハッスル』的なこともしているんですね。監察係では、どんな案件を担当していたんですか？　印象的だったり、大変だったものは？」

「守秘義務。常識どころか、公務員法で定められた法令ですよ」

冷ややかな声と眼差《まなざ》しで答え、慎はみひろを見た。落胆しつつもうんざりし、みひろが「はいはい。そうでした」と返した時、慎は言った。

「泉谷です」

前を向いたみひろの目に、通りを浦安駅方向から歩いて来る男が映った。機動隊員なので大柄で筋骨隆々な姿をイメージしていたが、中肉中背。デイパックを背負い、半袖のポロシャツにジーンズ姿だ。

泉谷はみひろたちの手前で通りを横切り、アパートの敷地に入った。それに気づいて堤が声をかけ、泉谷は片手を挙げて何か応える。二人とも笑顔だ。

泉谷はアパートに入り、しばらくすると、堤と外に出て来た。二人で通りを浦安駅方向に歩いて行く。みひろと慎は車を降り、尾行を開始した。

五分ほど歩き、堤たちは大通り沿いのコンビニに入った。十分ほどで出て来て、同じ道を戻る。店の脇で待っていたみひろたちは、距離を空けて尾行を再開した。

堤たちは、静かに話しながら歩いた。堤は手に弁当や飲み物などが入っていると思《おぼ》しきエコバッグを提げ、泉谷は木製の柄のついたアイスキャンデーを持っている。

一口囓《かじ》った後、泉谷はアイスキャンデーを堤の顔の前に差し出した。首を伸ばした堤が囓るとアイスキャンデーは割れ、水色の破片が地面に落ちた。

「おい！」

アイスキャンデーを引っ込め、泉谷が声を上げた。憤慨とからかいが半々といった口調だが、顔は笑っている。堤も眉根を寄せて何か言い訳しながらも、白い歯を覗かせていた。

いちゃついてるように見えるけど、友だち同士でもあれぐらいのじゃれ合いはするわよね。そう思い、みひろは二人が履いた、デザインは違うが色は同じ白のスニーカーを眺めた。

ふと視線を上げると、泉谷が空いた方の手を隣に伸ばしていた。泉谷はエコバッグの持ち手を摑《つか》み、それに気づいた堤はエコバッグを泉谷に渡した。五秒足らずの出来事で、二人とも無言。それでもこなれた動作と穏やかだが親密な空気に、みひろは「ああ。この二人は恋人同士なんだ」と感じた。

「身近にいないからか、ゲイのカップルってBL《ボーイズラブ》のマンガやドラマに出てくるようなすごいイケメンか、バラエティー番組で見るオネエタレントみたいなイメージでした。でもごく普通の、カフェの席で隣り合ったり、職場で机を並べていたりしても何の違和感もない人たちなんですね」

よく見れば泉谷は骨格がしっかりしていて、堤はやや小柄。並んで歩く背中を見ながら、みひろは言った。隣の慎がこちらを振り向いたのがわかったので、みひろは、

「これこそ偏見ですね。すみません」

と付け足し、前を見たまま頭を下げた。すると、慎は言った。

「それは偏見ではなく、先入観ですね。謝罪には及びません」

「そうでしょうか」

「はい。常に自分を客観視して自戒ができるのは、三雲さんの長所です。これもまた、警察官として武器になりますよ」

顔を上げると、慎もみひろを見ていた。口元にはいつもの笑み。

褒められるのは嬉《うれ》しいけど、この笑顔がセットだと微妙だな。そう思いつつ、みひろも微笑んで「どうも」と返すと、慎はさらに言った。

「ところで、BLのマンガを読むんですか？」

「ええまあ。嗜《たしな》みとして」

「嗜み？　なんの？」

と怪訝そうに首を傾《かし》げた慎だが、それ以上は訊いてこない。振り向き、みひろは問うた。

「豆田係長から聞いたんですけど、室長のお兄さんってマンガ家の天津飯さんなんでしょう？　私、コミックスを持ってますよ」

「そうですか。ありがとうございます」

「高くて買えないけど、AX-TOKYOの服も好きです。あと、この間お目にかかった沢渡暁生さん。室長のお父さんなんて、びっくり。すごいクリエーター一家ですね。

しかも、セレブでリッチ。完璧じゃないですか」

「完璧な家族なんて、いませんよ」

視線を前に戻し、慎は前髪を掻《か》き上げた。その横顔を見上げ、みひろは続けた。

「そうかなあ。ああでも、沢渡さんって意外とお茶目っていうか、独特のノリがありそうですね。この間の室長とのやり取りも――」

「完璧な家族がいないように、『ごく普通の人』もいません。カフェや職場で隣り合っても気にならない、風景の一部のような人間でも、きっかけさえあれば豹変《ひょうへん》する。普通だと思われている人間が、実は一番危うく油断ならない存在だということです」

一般論なのか、あるいは堤たちを指して言ったのか判断に迷う口調だった。しかし真顔で、言葉と眼差しにはいつになく熱が感じられる。

「はい」

戸惑いながらみひろは応え、慎は黙った。アパートに到着し、堤たちは敷地の中に入って行った。

4

しばらく行動確認を続けたが堤たちはアパートから出て来なかったので、みひろと慎は本庁に戻った。本部庁舎地下二階の駐車場に車を停めて降りると、慎は言った。

「堤の職場の様子を見ましょう」

「わかりました」

みひろは頷き、スーツのシワを伸ばしてバッグを肩にかけ直した。二人でエレベーターに乗り、十六階にある警備部に向かう。

十六階に着き、廊下を歩きだして間もなく見覚えのある顔を見つけた。監察係の柳原と本橋が、警備部警備第一課の部屋の前に立っている。向かいには、制服姿の四十代前半の男。腹回りに贅肉《ぜいにく》が付いたメタボ体型だがいかつい顔立ちで、眉間にシワを寄せて喋《しゃべ》っている。柳原と本橋は、頷いたり身振り手振りを交えたりしながら男をなだめている様子だ。本橋が振り向き、はっとして慎、みひろの順で会釈をする。柳原と男もこちらに目を向けた。

「お話し中失礼します。伊丹《いたみ》係長、職場環境改善推進室の阿久津です。よりよい職場環境づくりのための聞き取り調査の件で、ご挨拶に参りました」

そう告げて、慎はメタボ体型の男に一礼した。この伊丹が警備実施第一係の係長のようで、制服の胸に警部の階級章を付けている。

「ああ。豆田さんから聞いてるよ。しかし、今は――向こうで話そう」

眉間にシワを寄せたまま返し、伊丹は歩きだした。「失礼します」と柳原にも一礼し、慎は伊丹に続いた。同じく一礼したみひろと、本橋の眼差しがぶつかった。三週間ほど前に地下駐車場で会った時同様、何か言いたげな顔。控えめなアイメイクで飾られた大きな目を素早く上下させ、みひろの全身に視線を走らせる。戸惑い不愉快になり、みひろは会釈を返して身を翻し、慎たちを追った。

伊丹を先頭に出入口から部屋に入った。警備実施第一係は広い部屋の中程にあり、伊丹は壁際の打ち合わせ用のテーブルに慎たちを案内した。

「悪いけど、協力できないよ。立て込んでて、それどころじゃない」

慎たちと向かい合って座るなり、伊丹は不機嫌そうに顔を背けて告げた。治安警備の計画や実施を担当する事務方の部署の係長にしてはいかつく、圧を感じる人だ。みひろが意外に思っていると、慎は返した。

「タイミングが悪かったですね。ご事情はお察し致します」

その含みの感じられる口調に伊丹は顔をこちらに向け、改めて慎を見た。

「そうか。あんたは確か、持井さんのところにいたんだったよな」

「ええ。このような事態になり、複雑です。相場《あいば》課長も忸怩《じくじ》たる思いで、監察係の通告を受容されたのではないでしょうか」

「当たり前だよ。監察係もここまでやったなら、結果は『何も出ませんでした』じゃ済まされないからな。元はと言えば、持井さんのところの問題なんだ……なんて、あんたに言っても仕方ねえか」

勢いよく捲《まく》し立てたかと思ったらふて腐れたような顔になり、伊丹は俯《うつむ》いてため息をついた。その姿を、慎が無言で見返す。

話の主旨はわからないけど、相場って警備第一課の課長よね？　監察係と何かあったの？　怪訝に思い、みひろは視線を巡らせた。

警備実施第一係の隣には、警備実施第二係と第三係の机の列があった。他にもこの部屋には警備第一課庶務係、会計係、警備企画係などが入っていて、制服を着た職員たちが仕事をしている。だが、妙にざわついて張り詰めた空気が漂い、一カ所に集まってミーティングをしたり、慌ただしく通路を行き来したりしている職員が目立つ。さらに、六名いるはずの警備実施第一係で机に着いているのは、赤いメタルフレームのメガネをかけた若い女性一人だけ。空いた席の二つは伊丹と堤のものと思われるが、残りの三名はどうしたのだろうか。

みひろが考えているうちに慎は、「聞き取り調査は時期を改めて」と伊丹と話をつけ、立ち上がった。みひろも続き、二人で部屋を出た。質問は、人のいない場所に行ってから。そう自分に言い聞かせ、みひろは廊下を歩いた。エレベーターホールの手前まで行った時、傍らの角から人影が現れた。小柄だが目つきが鋭い、制服姿の男。監察係首席監察官の持井亮司だ。

「お久しぶりです」

脇に避《よ》けて立ち止まり、慎は頭を下げた。みひろも倣い、会釈する。持井は「ああ」と返し、訊ねた。

「なぜ、きみたちがここに？」

「警備実施第一係に聞き取り調査を実施する予定でしたが、伊丹係長に『それどころじゃない』と断られました。事態は逼迫《ひっぱく》しているようですね。ご心労、拝察致します」

慎が答える。頭を下げたままで深刻な表情だが、どこか当てつけのニュアンスが感じられる口調だ。反応し、持井が眼差しを尖《とが》らせる。

「どこで何を嗅ぎつけたか知らないが、きみにご心労とやらを拝察されるいわれはない。それより、命じられてもいない調査を実施するとは何ごとだ。職場環境改善推進室は私が作った部署だ。勝手な振る舞いは許さないぞ」

「大変失礼致しました。しかし身内の所為に目を配り、非違事案が疑われた場合は直ちに精査し報告するのが警察官としての義務。僕にそう教えて下さったのは、持井さんです」

丁寧ながらきっぱりと慎に告げられ、持井は口を閉ざした。しかし、その目には不満と怒りの色が浮かんでいる。みひろがおろおろと見守っていると、持井はふっと息をついて表情を緩め、視線を落とした。そして改めてこちらを見て、こう言った。

「こうして見ると、きみたちは似合いのコンビだな。この上司にして、この部下あり。結構なことだが、いつまでもつかな……たとえ自分が作った部署でも、組織に不利益だと判断すれば、私は躊躇《ちゅうちょ》なく潰すぞ」

「えっ⁉」

思わず声を上げてしまい、みひろは手のひらで口を押さえた。なんで私まで。とばっちりもいいところなんだけど。それに最後のフレーズ。匂わせっていうか脅し、パワハラじゃない？　理不尽な気持ちと戸惑いが胸に湧き、言葉にしていいものか迷っていると、持井はみひろの前を抜けて歩きだした。

持井が遠ざかったのを確認し、みひろはまだ頭を下げている慎に語りかけた。

「室長。今のって」

次の瞬間、はっとして言葉を失う。

慎は笑っていた。自動車警ら隊を調査した時に見せた、冷たく勝ち誇ったような笑顔だ。メガネの奥の目は前方の床に向いているが、何が映っているのかはわからない。たじろぎ、みひろは身を引いた。その直後、慎は頭を上げて体を反転させ、歩きだした。付いて行かなくては。頭では思うのだが足が動かず、みひろはエレベーターホールに向かう、ダークグレーのジャケットの背中を見つめた。

# 5

　ホットサンドを一口囓り、みひろは息をついた。

「エミリちゃん。ホットサンド、まずいって。メニューに加えるのはなしね」

　煙草《タバコ》のけむりを吐きながら横を向き、摩耶ママが声を上げた。反応し、傍らの厨房《ちゅうぼう》から直火《じかび》タイプのホットサンドメーカーを手にしたエミリが顔を出した。

　慌てて首を横に振り、みひろはホットサンドを持ち上げて言った。

「違う違う。すごくおいしい。とろっと溶けたチーズとハム、香ばしく焼けた食パンのマッチングが最高。是非メニューに追加して」

「わかった。ありがと」

　ラメとラインストーンでネイルを飾った指でピースサインを作って笑い、エミリは厨房に引っ込んだ。カウンターの灰皿に煙草の灰を落とし、ママが言う。

「なら、そのシケた顔は何よ。お酒も進んでないし。男？　わかった。例の元エリートの上司でしょ」

　今日のママの出《い》で立ちは、夏らしい原色の花柄のドレス。V字形にざっくり空いた襟から覗く胸の谷間は、どのあたりの層の男性に需要があるのか不明だ。

口の中のものをグラスのビールと一緒に飲み込み、みひろは返した。

「まあそうなんだけど、ママが考えてるようなことじゃないから」

「あっそう。とにかく、店に来たからには飲みなさいよ。あと、そのホットサンド。試食は頼んだけど、タダじゃないからね。税込み五百八十円」

言いたいことだけ言い、ママはカウンターを出てボックス席に向かった。ボックス席にはジャージ姿の吉武と甚平を着た森尾がピンクのドレスをまとったハルナを挟んで座り、焼酎のグラスを片手に盛り上がっている。

今日は持井と別れた後、エレベーターで慎と二人きりになった。しかしみひろは何も訊けず、慎はいつもの様子に戻り、「堤の調査は続行します」と告げた。その後、二人で職場環境改善推進室に戻って仕事をし、午後五時になったのでみひろは退庁してここ、スナック流詩哀《ルシア》にやって来た。

慎を職場環境改善推進室に飛ばしたのは持井だと、みひろも何となくわかっていた。なので慎が持井に思うところがあるのも理解できるが、さっきの態度は慎らしくない。加えて、あの笑顔。みひろが慎にただならぬものを感じたのは柿沼の言葉のせいだと思っていたが、実は慎にも何か異変があったのだろうか。さらに、あっさり慎の態度に反応した持井にも、先月エレベーターの中で会った時の様子と比べると、違和感を覚えた。

室長も持井さんも、タイプは違っても常に自信たっぷりで余裕綽々《しゃくしゃく》って感じだったのに。逼迫とかご心労を拝察とか言ってたし、二人の異変は警備第一課のあの空気と関係があるのかな。だとすると、室長が堤さんの調査を始めたのとも関係あり？

ホットサンドを食べ、ビールを飲みながらみひろは思考を巡らせた。ママには「お酒も進んでないし」と言われたが、実は結構飲んでいる。しかし頭が冴《さ》え、全然酔えない。

みひろははじめ、慎は以前からマークしていた堤が無届けでアパートを借りたのに気づき、調査を決めたのだと思った。だがさっき調べたところ、堤がむつみ荘を賃貸契約したのは去年の春。「一年以上経った今、なぜ？」と疑問だったのだが、堤が警備第一課の課員であるということと関わっていそうだ。

とはいえ、八十名以上いる警備第一課の課員たちをざわつかせ、それが監察係とその幹部である持井に起因しているらしい出来事とは何か。そしてそこに慎がどう絡むのか。みひろには複雑かつスケールがデカすぎて、悩んだり考えたりする糸口すら見出せない。

再びため息をつき、みひろはグラスを摑んでビールを飲んだ。と、カウベルの鳴る音がして店のドアが開いたのがわかった。続いて、

「いらっしゃい……あら、お一人？」

　というママの声が聞こえた。

「はい。あの、三雲みひろさんはいらしてますか？」

　若い女がやや固い声で応え、みひろはグラスを下ろして振り向いた。

　ドアの前にママが立ち、その肩越しに女の顔が見えた。目鼻立ちのはっきりした美人。監察係の本橋公佳だった。

　ママに案内され、本橋はカウンターのみひろの隣に座った。

「突然すみません。監察係の本橋です。独身寮に行ったら、隣の部屋の人が三雲さんは多分ここだって教えてくれたので」

「そうですか。昼間はどうも」

　戸惑いながら挨拶を返し、みひろは本橋を見た。シンプルなブラウスとフレアスカート、パンプスという恰好だが、ブラウスのパフスリーブとパンプスの推定七センチのヒールに、女子力の高さを感じる。

　ママは本橋が注文したウーロン茶をカウンターに置き、「ごゆっくり」と告げてボックス席に戻った。みひろに向き直り、本橋は言った。

「阿久津係長――今は室長ですね。阿久津室長のことで、お話があって来ました」

　みひろが頷くのを確認し、本橋が話し始める。

「阿久津室長は監察係では私の上司で、二年間同じチームにいました。すべてに完璧な人で付いて行くのは大変でしたけど、たくさんのことを教わって尊敬もしていました。だから異動になった時はショックで納得もいかなかったんですけど、職場環境改善推進室でも活躍してると聞いて、私も気持ちを切り替えなきゃと思っていました。でも、最近になって事情が変わって」

「どう変わったんですか？」

みひろが問うと、本橋は後ろをちらりと見た。ボックス席ではママと吉武たちにエミリも加わり、さらに盛り上がっている。視線をこちらに戻し、本橋は答えた。

「阿久津室長は、今年の春に起きたある事件が原因で異動になりました。その事件について、阿久津室長が私的に調べているらしいんです。それに、今日になって独断で警備実施第一係の係員の調査を始めたとわかって」

「堤和馬巡査部長ですね。室長が調べてる事件って、何ですか？　監察係と警備第一課の間に起きていることと、関係があるんでしょう？」

ちょうど考えていたところだったので、勢い込んで問うた。本橋は「順を追って行きましょう」とみひろをなだめ、ウーロン茶を一口飲んだ。

「これからの話は私から聞いたということを含め、他言無用でお願いできますか？」

「もちろんです。お約束します」

みひろは力を込めて頷いた。本橋も小さく頷き、すっと息を吸ってから口を開いた。

本橋の話は、三十分以上続いた。監察係のデータ抜き取り事件の概要と、捜査状況。さらに事件には、警備実施第一係のパソコンが関わっていること、その真相究明を巡って監察係と警備第一課が対立していること。そして今朝、監察係が警備第一課の課員に聞き取り調査を始めたこと。本橋が語り終えるとみひろも、柿沼の調査を機に慎が気になりだし、出勤簿から中森を不審に思ったと伝えた。すると本橋は、こう付け加えた。

「柿沼警部補の調査なんですけど、内通電話をかけてきたのは中森主任のようです。制度調査係の音声データでわかりました。阿久津室長は、その音声データを入手しています」

「えっ!? ……そう言えば柿沼さんは、私たちの調査を男が電話で知らせてきたと話してました。あの時、室長は男が中森さんだと気づいたんですよ」

記憶が蘇《よみがえ》り、みひろは隣に身を乗り出した。「ちょっと声が大きいです」と綺麗《きれい》なアーチ形の眉をひそめ、本橋は返した。

「監察係はいずれ阿久津室長を懲戒処分にするつもりでしょう。今しないのは、阿久津室長が事件についてどれだけの情報を摑んでいるか、わからないからです」

「敢《あ》えて泳がしてるってことですね。持井さんらしいわ」

「でも、阿久津室長の監察官としての能力を一番評価しているのも持井首席監察官です。持井首席監察官は、阿久津室長が近いうちに中森主任とデータを見つけると考えているはずです」

「ふうん」

みひろの頭に、昼間の慎と持井のやり取りが浮かぶ。と、別のことも思い出した。

「中森さんが抜き取ったのは、何のデータですか？」

「お答えできません。ただし非常に重要で、秘匿性の高いデータです」

「そりゃそうでしょ」

思わずタメ口で突っ込むと、本橋は一瞬黙ってから改めてみひろを見た。

「いきなり押しかけて来て、勝手を言ってすみません。私は阿久津室長が心配なんです。気持ちはわかるけど、やっていることは規律にも倫理にも反しています。だから、三雲さんに阿久津さんを止めて欲しいんです」

「私？　本橋さんは？」

「阿久津さんは今後監察係にマークされて、いずれ私にも及ぶでしょう。それに、私では阿久津さんの気持ちを変えられません。阿久津さん、私にはあんな顔は見せてくれなかった」

慎の呼び方を「室長」から「さん」に変えて答え、本橋は前を向いた。

「顔？」

「ええ。異動になった後、庁舎の中で何度か阿久津さんを見かけました。いつも三雲さんと一緒で何か言い合っていて、阿久津さんが本気で呆《あき》れたり苛立ったりしているのがわかりました。『あの阿久津さんが』って驚く反面、羨ましかった。私にはあんな風に素を見せて、真正面からは向き合ってくれなかったから」

「羨ましかった」と言ったが、本橋の口調と表情はむしろ不満げだ。みひろは戸惑い、言い返した。

「それは単に、私がとんでもなく出来の悪い部下だからでしょう。羨ましがられるようなことはなにも」

「阿久津さんを止めて、守って下さい。三雲さんならできるはずです」

言うが早いかスツールを降り、本橋は頭を下げた。驚き、みひろも立ち上がる。

「やめて下さい。そりゃ、何とかできるものならしたいけど。でも」

「お願いします。話を聞いた以上は、三雲さんも当事者だし」

後半は口調を強め、本橋は顔を上げた。こちらを見る眼差しは強く、とっさに言葉を返せないみひろに今度は挑むように、

「私たち、気持ちは同じだと思います」

と告げ、一礼した。そして「動く時は、くれぐれも慎重に。とくに持井首席監察官には注意して下さい」と付け足してバッグから財布を出し、千円札を一枚カウンター

に置いた。

「そう言われても」

ようやくみひろは返したが、本橋は「ごちそうさまでした」とボックス席に会釈をして店を出て行った。

「当事者だし」って、最後は脅し？　監察係って、みんなこのパターンじゃない。呆《ぼう》然《ぜん》と閉じられたドアを見てカウベルの音を聞きながら、みひろは思った。煙草の臭いがして、ママが隣に来た。

「あの美人。元エリート絡みで来たんでしょ？」

「そうだけど。でも、ママが考えてるようなことじゃないから」

スツールに座り直してみひろが返すとママは、

「どうだか。でもあの美人、元エリートに惚《ほ》れてるね」

と無表情で言い放ち、鼻から煙草のけむりを吐いた。

6

同日同時刻。慎はまだ本庁にいた。本部庁舎十一階の廊下の奥まった場所で、この先に人事第一課監察係の取調室がある。午後八時を回り廊下はしんとしているが、二枚ある取調室のドアのガラス部分には、明かりが点っていた。警備部警備第一課課員への聞き取り調査が、まだ続いているのだ。

尻に火の点《つ》いた持井が警察庁に根回しして、監察を受け入れるように警備部に圧力をかけたな。そう思い、昼間簡単に自分の挑発に乗った持井の姿も蘇って、慎は口を歪《ゆが》めて笑った。手には監察係の誰かに見つかった場合、「庶務係に提出しに来た」と言い訳するための書類のファイルを持っている。

と、取調室のドアが開いた。「失礼します」と室内に一礼して出て来たのは、警備実施第一係の君島由香里。昼間伊丹と話している時にも見かけたが、髪を肩におろし、赤いメタルフレームのメガネをかけている。

廊下を歩きだした君島が、慎の前に差し掛かった。気配を感じて振り向いた君島の目と、慎の目が合う。新海弘務の件で何か言って来るかと身構えたが、君島は軽く会釈して慎の前を通り過ぎて行った。複数の監察官から一時間以上あれこれ訊かれたはずだが、平然として疲れた様子もない。

大したツラの皮だな。新海との関係もデータをコピーしたことも隠し通し、柳原の妻に収まるつもりか。冷ややかな気持ちを覚える一方感心し、慎はパンプスの靴音を響かせながら遠ざかっていく制服の背中を見送った。

続けて、もう一枚の取調室のドアが開いた。堤和馬が出て来て、一緒に出て来た監察係の若い男と短く言葉を交わしてから廊下を歩きだした。若い男は取調室に戻る。

「堤巡査部長」

自分の前に来た堤に、慎は声をかけた。足を止めて振り向いた堤に、さらに言う。

「警務部の職場環境改善推進室の阿久津です。少しよろしいですか？」

「はあ」

怪訝そうにしながらも、堤は頷いた。慎は目の端で取調室に動きがないのを確認してから、こう切り出した。

「折り入ってお話ししたいことがあります。あなたと、第二機動隊の泉谷太郎巡査長の私的な関係について」

堤は絶句し、顔を強《こわ》ばらせた。すかさず慎が、「あちらで」と廊下の先を指して歩きだすと、黙って付いて来た。エレベーターホールまで行き、慎は堤に銀座《ぎんざ》にあるカフェの名前を伝え、「先に行っています」と告げて下りのエレベーターに乗った。

慎が入店して二十分後、堤がカフェに来た。半袖のボタンダウンシャツにチノパンという私服に着替え、デイパックを背負っている。

堤が向かいの席に座りデイパックを下ろし、店員にアイスコーヒーを注文するのを待って慎は話を始めた。

「僕は四月まで監察係にいて、その頃からあなたをマークしていました」

言いながら傍らのバッグからファイルを出し、十枚ほどの写真をテーブルに並べる。どれも堤と泉谷が写っており、今日浦安のアパートで撮影したものの他に、二人が手をつないでいたり、泉谷が堤の肩を抱いていたりするカットもあった。写真を見るなり、強ばったままの堤の顔はみるみる青ざめた。そこに店員がアイスコーヒーを運んで来て、堤は覆い被《かぶ》さるようにして写真を掻き集めた。その姿を見ながら、慎はさらに言った。

「千葉県浦安市に無届けでアパートを借りていますね。監察係に報告します。無論、あなたの規律違反を知りながら、同じアパートで宿泊を伴う居住を行った泉谷巡査長も同罪。懲戒処分の対象になります」

「待って下さい！」

堤は身を乗り出した。隣の席の女性客に振り向かれ、堤は声を小さくして続けた。

「アパートはすぐに解約します。見逃してもらえませんか？」

「できません。あなたの問題は、もっと根本的なところにありますし」

慎がきっぱり返すと、堤は体を起こして強い口調で訊ねた。

「それは、僕がゲイだということですか？」

「規律違反がそれに起因するなら、答えはイエスですね」

注意深く言葉を選び、慎は答えた。堤が前に突き出し気味の顎を引いて口をきつく結び、俯く。先に注文しておいたコーヒーを一口飲んでカップをソーサーに戻し、慎は告げた。

「ただし、全く術《すべ》がない訳ではありません。僕の指示に従えば、今回の件には目をつぶりましょう」

「指示？」

堤が顔を上げ、慎は頷いた。

「監察係が、警備実施第一係のパソコンから抜き取られたデータを追っているのはご存じですね。その件で、あなたに動いてもらいたい。ただしデータの行方を追うのではなく、誰が何のためにデータを警備実施第一係に持ち込んだのかを調べて下さい」

「そんな。無理です。僕なんか下っ端で」

「下っ端だからこそ、目立たずに動ける。それにあなたの趣味はオンラインゲームで、IT全般に造詣が深いと聞いています……堤さん。これは僕の最大限の譲歩です。断るというなら、それでも構いませんが」

「……わかりました。やります」

堤は思い詰めた顔で応えた。満足して頷き、慎はもう一口コーヒーを飲んだ。

抜き取られたデータは、東京プロテクトではなく赤文字リストだった。知った時は混乱したが、取り戻せさえすれば、データの正体などどうでもいい。とはいえ、それが中森の行動と関係している可能性は高く、正体を明らかにすれば、データの在処《ありか》も判明するかもしれない。何より、データの内容によっては持井を失墜させ、俺が返り咲くための取引材料になる。

俺の思惑は監察係に知られた。だが持井は、すぐに手は下さない。俺に中森とデータを追わせ、見つけ出した瞬間に奪い取るつもりだろう。しかし、そうはさせない。先を読み、狡猾《こうかつ》に立ち回ってやる。組織にとってより有益で忠実な人間が生き残るのが、警察だ。

カップを戻したソーサーをテーブルの脇に除《よ》け、慎は堤に今後の指示を与え始めた。

## 7

車のドアを開けて駐車場に降り立つと、湿気をはらんだ強い風が吹き付けてきた。みひろは顔にかかった髪を指で払い、慎に続いて駐車場を進んだ。警視庁警備部第二機動隊の本部は新左近川《しんさこんがわ》と荒川《あらかわ》、旧江戸川に囲まれた埋め立て地にあり、広い敷地に低層の建物がいくつか建っている。

今朝みひろが出勤すると、慎に「泉谷太郎に会いに行きます」と告げられ、二人で車に乗り本庁を出発した。

慎は正面の大きな建物に入り、受付に向かった。こちらの身分と目的を告げると、受付の女性職員は「泉谷の小隊は訓練中です」と応え、場所を教えてくれた。女性に礼を言い、慎とみひろは建物を出た。

門から敷地を出て、徒歩で通りを進んだ。広い通りには病院や公務員宿舎などの建物が並び、人と車が行き交っている。時刻は午前十時前で日射《ひざ》しは照りつけるようだが、風のおかげでさほど暑さは感じられない。荒川、旧江戸川が東京湾に注ぐ河口が近いので、風にはかすかに潮の匂いも感じられた。

五分ほど歩くと、新左近川に出た。通りの先には、アーチ状の白い鉄骨に支えられた大きな橋がある。橋の両脇には大人の胸の高さほどのフェンスが取り付けられ、その前に景色を眺めているのか、男性が一人立っていた。

「このあたりのはずなんですけど、いませんね」

橋の脇の土手に立ち、みひろは周囲を眺めた。慎が無言で深緑色の川を見ているので、みひろは問うた。

「泉谷さんに会ってどうするんですか？」

「堤の言動と、規律違反の見落としがないかの確認をします」

「なるほど」

あくまで職場環境改善推進室の調査って体《てい》でいく訳ね。心の中でそう付け加え、みひろは頷いた。

昨夜は本橋がスナック流詩哀を出て間もなく、みひろも独身寮に帰った。慎が抱えているものを知りたいとは思ったが、知った後どうするかまでは考えていなかった。ましてや、こんなに厄介な事件が絡んでいるとは想像していなかったので、慎を止めるにしろ、どう切り出したらいいのかわからない。それでも、本橋の「当事者だし」や持井の「躊躇なく潰すぞ」という言葉を思い出すと、胸に焦りと不安を覚えた。

どぼん、と音がして、みひろは顔を上げた。橋から少し離れた川面《かわも》に、波紋が広がっている。はっとして視線を滑らせると、フェンスの前にいた男性の姿がない。

「飛び込み!? 助けなきゃ」

そう言って、みひろは土手を降りようとした。川は流れは緩やかだが、深さはかなりあるはずだ。が、慎に、

「必要ありません」

と断言され、みひろは足を止めて振り返った。「見ろ」と言うように慎は前に顔を向け、みひろがつられると、川面にフェンスの前にいた男性が浮いていた。白いTシャツにジーンズ姿で、目と口を閉じ動かない。

意識を失ったのかと思ったが、男性は両腕と両足を軽く開き、リラックスしている

ようにも見える。その姿にみひろが違和感を覚えた時、エンジン音がした。川下から、大型のモーターボートが一艘《そう》近づいて来る。甲板には四、五名の男性がいて、そのうちの二名は青いウエットスーツを着て足ひれを付け、ヘルメットをかぶっていた。顔には、シュノーケルマスクも装着している。

浮いている男性から少し離れた位置で、モーターボートは停まった。ウエットスーツの男性の一人が舳先《へさき》に行き、シュノーケルをくわえて足から川に飛び込んだ。もう一人のウエットスーツの男性も飛び込み、別の男性がオレンジ色の板のようなものを渡した。ウエットスーツの二人は両腕で水を搔いて浮いている男性に近づき、一人が男性の頭の後ろ、もう一人は足元に回った。頭の後ろの一人が浮いている男性の脇の下に手を差し入れて体を支え、耳元に何か語りかけた。同時に片手を伸ばして男性の首筋に当てる。意識レベルと脈拍を確認しているらしい。その間に足元の一人は、オレンジ色の板のようなものを、男性の体の下に滑り込ませる。水中用の担架だろうか。

よかった。でも、異常に早く助けが来たな。そう思って滑らせたみひろの視線が、モーターボートの船体とブリッジの脇に記された「POLICE」「警視庁」の文字を確認する。

「ひょっとして、訓練？　あの人たちが第二機動隊ですか？」

驚いて訊くと、慎は首を縦に振った。

「はい。遭難者役の男性も、隊員です」

「なんだ。早く教えて下さいよ」

憤慨しながらも納得する。言われてみれば、フェンスの前にいた男性のあの姿勢は水中で溺れないようにする浮き方だと、どこかで見た覚えがある。

モーターボートに乗った隊員たちは、深緑色で、両肩から二の腕にかけてオレンジ色の切り替えが入ったシャツと深緑色のパンツという制服姿だ。同じ恰好の隊員数名が橋の上にもいて、集まった野次馬にこれは訓練だと説明している様子だ。

「機動隊って、紺色の制服に野球のキャッチャーみたいなプロテクターを付けて大きな盾を持って街頭で警備ってイメージでしたけど、水難事故の救助もするんですね」

「警視庁の機動隊には九つの部隊と特科車両隊があり、前身となった警視庁予備隊時代の特徴や本部の所在地、シンボルマークなどからそれぞれニックネームが付けられています。たとえば第四機動隊は『鬼《おに》』、第七機動隊は『若獅子《わかじし》』、第八機動隊は『忍《しの》び』。第二機動隊は『河童《かっぱ》』で、これは水害警備に多く配され、装備と訓練が行き届いていることに由来します」

「そうなんですか。カッコいいけど、ザ・体育会系、警察の中でもぶっちぎりの男臭さって感じですね。で、泉谷さんは？」

私見を述べ、みひろは身を乗り出してモーターボートの上の隊員たちに目をこらした。フェンスの前にいた隊員が乗った担架は船上に引き上げられ、その周りにウエットスーツの隊員と他の隊員が集まっているが、泉谷はいない。

と、また動きがあった。モーターボートが橋の下に移動して停まる。すると橋の上からオレンジ色のロープが数本投げ落とされ、モーターボートの舳先に立つ隊員がそれを受け取った。

「まだ何かやるんですか？」

みひろの疑問に答えるように、橋にいた隊員の一人が、別の隊員を背負いフェンスをまたいで橋の外側に出た。気づけば、白いヘルメットの下から覗く隊員の顔は泉谷だ。

「あっ」

「要救助者を警備艇に収容するという訓練です。橋から警備艇までは約十メートル。ビルの三階ほどの高さがありますが、要救助者への身体的ダメージを避けるために急降下はできないので、ロープを登る時より高い技術が求められます」

淡々と淀《よど》みなく、慎が解説する。それを聞きながらみひろが見守っていると、泉谷は手袋をはめた両手でロープを握り、橋のコンクリートの側壁に両足を乗せて下降を開始した。両足で側壁を蹴って勢いを付け、ロープを握ったり放したりして速度を加減しながら、背中の隊員を揺らさないように降りて行く。

「すごい筋力とバランス。昨日は気づかなかったけど、ちゃんと鍛えているんですねえ」

みひろが感心すると、慎は呆れたように言った。

「当然でしょう。機動隊の隊員はボディビルダーではありません。見せるためではなく、使うための筋肉を鍛えているんです」

「はあ」

そう言う室長には、見せる筋肉も使う筋肉も付いてませんよね。いつもならそう返してやるところだが、本橋に言われたこともあり、ためらって口にできない。

自分が監察係から飛ばされた理由と、データ抜き取り事件を追っていることをみひろが知っているとわかったら、慎はどう思うのだろう。想像もつかないが、今までのような気軽なやり取りは、できなくなるかもしれない。みひろは胸にこれまでに感じたことのない切なさを、ふいに覚えた。

泉谷は無事にモーターボートの甲板に到着した。背負っていた隊員を下ろすと、橋の上の野次馬たちから拍手が起きた。ヘルメットの縁に手を当てて橋を見上げ、泉谷は白い歯を覗かせて一礼した。

8

みひろと慎が橋の上に行くと、泉谷の所属する小隊の隊長がいた。あらかじめ慎が話を通しておいたようで、隊長は泉谷を呼んで慎たちの調査に協力するように命じた。隊長と他の隊員たちが警備艇で次の訓練地に向かい、泉谷は慎とみひろを川沿いの公園に誘った。次の訓練地は新左近川の上流で、泉谷も後から合流すると言う。

「へえ。職場環境改善推進室ですか。しばらく本庁には行ってないけど、そんな部署ができたんですね」

のんびりと言い、泉谷はタオルで顔の汗を拭った。川に面したベンチに、慎とみひろと並んで座っている。正午近くなって風は止《や》んだが、ベンチは木陰になっているので涼しい。

「ええ。警備実施第一係によりよい職場環境づくりのための聞き取り調査をお願いしたんですが取り込み中で、係員の周辺の職員に予備調査を行うことになりました。堤さんから聞いていませんか？」

脚の上に載せたノートパソコンを操作しながら、慎が問うた。泉谷はきょとんとしてタオルを機動隊の支給品のバッグにしまう手を止め、首を横に振った。

「いえ。なにも」

「……そうですか」

一拍空けて返し、慎は視線を落として前髪を掻き上げた。怪訝に思い、みひろは顔を見ようとしたが慎は体ごと泉谷に向き直り、質問を続けた。

「堤さんとは、二年前に東中野《ひがしなかの》署の地域課に所属していた時からの付き合いですね。あなたが堤さんの一年後輩で、お互い異動になった今も親しくしているとか」

「ええ。東中野署の地域課は雰囲気がよくて、当時のメンバーみんなで仲良くしているんですけどね」

泉谷は答えた。慎が「付き合い」と「親しく」を強調したのは、鎌《かま》をかけたのだろう。しかし泉谷は「みんなで仲良く」とカモフラージュしたものの、焦ったり警戒したりする様子はない。

堤さんとの交際が私たちにバレて調べられてるって、気づいていないんだな。みひろはそう悟るのと同時に、こうして向き合った泉谷はどこか線が細いとか、女を拒否するオーラを発しているとかいうこともなく、「同い年の会社員の彼女がいる」と言われてもおかしくないなと感じた。そしてそんな自分を「これも偏見だ」と戒める一方、とても大切で意味のあることを学んだ気もした。慎に伝えたら、どう言うだろう。

そうみひろが考えていると、泉谷は話を続けた。

「堤さんとは、ゲームとかパソコンとかのオタク話で盛り上がれるんです。僕は部活でそこそこ活躍したから機動隊に配属されましたけど、本当は理系なんですよ」

「確かに。高校・大学と陸上部の長距離選手で、インターハイでは準優勝という経歴に目が行きますが、大学は理学部の化学科でしたね」

慎が返し、みひろも第二機動隊の本部に向かう道中で目を通した、泉谷の身上調査票を思い出した。「ええ」と泉谷が頷く。

「堤さんも理系で体育会系のノリが苦手だから、僕が東中野署に赴任した時は、『脳みそまで筋肉なやつが来た』って煙たがってたそうなんですよ。でも、話してみたら僕もオタクで。酔っ払うと必ず、『第一印象が悪かったぶん、現実より割り増しでいいやつに思えちゃうんだよな』って絡まれるんで、ちょっとうんざりしてます。かと思うと、急に真顔で『ごめんね』とか『ありがとね』とか言うんで、憎めないんですけどね。もちろん、誠実で勉強熱心な先輩として尊敬もしています」

最後のワンフレーズは顔を引き締めて言ったが、それ以前は輝くような笑顔。話の内容もグチを装ったノロケという、恋愛が上手くいっている人の典型的なパターンだ。みひろは改めて「この人と堤さんは恋人なんだ」と思うのと同時に、二人の今後を考えると複雑な気持ちになった。

「なるほど」

慎が相づちを打った。みひろは首を伸ばしてその横顔を覗いたが、いつもの無表情で胸の内は読めない。

それから、慎は堤が自分の職務と職場についてどう話しているか、プライベートでの様子はどうかなどを訊ね、泉谷は丁寧に答えた。三十分ほどで泉谷と別れ、慎とみひろは第二機動隊の本部に戻り、車で本庁に帰った。

9

ぐう、とくぐもった音が車内に流れた。運転席の慎が書類から顔を上げると、助手席のみひろは、

「すみません」

と言ってスーツのジャケットの上から腹を押さえた。書類を片付け、慎は告げた。

「今日はもう、帰ってもらって構いませんよ」

「いえ。申し訳ありません」

叱られたと思ったのか、みひろは頭を下げて傍らに置いたペットボトルのミネラルウォーターに手を伸ばした。

「本当に構いません。明日まで動きはないでしょうし」

さらに告げ、慎はフロントガラス越しに前方を見た。

ここは地下鉄半蔵門《はんぞうもん》駅にほど近い通りで、前方には堤が暮らす独身寮がある。時刻は午後七時を過ぎ、十九階建てのタワーマンションの独身寮は、半分ほどの部屋の窓に明かりが点っていた。堤は三十分前に帰寮し、九階にある彼の部屋からも白い明かりが漏れている。浦安の堤のアパートに行ってから、二日。「規律違反の見落としの確認」という名目で、慎はみひろと堤の行動確認を続けている。

「でも」

「実は、今回の調査は再考しようと思っています。三雲さんの同性間の恋愛についての意見はもっともですし、やはり監察係への越権行為は問題かと」

「じゃあ、持井さんに言ったことは？『身内の所為に目を配り、非違事案が疑われた場合は直ちに精査し報告するのが警察官としての義務』って啖呵《たんか》を切りましたよね」

ムダに記憶力がいいな。心の中でうんざりし、慎は隣に顔を向けた。

「その通りですが、時期が悪い。監察係だけでなく、堤が所属する警備実施第一係も取り込み中ですから」

するとみひろは一旦目を伏せ、意を決したようにこちらを見た。

「その『取り込み中』なんですけど、実は室長にお話が――」

「とにかく、後は任せて下さい。少し歩きますが、一番町《いちばんちょう》にパンの名店があるのをご存じですか？　天然酵母を使っていて、某国の大使館にも食パンを納めているとか」

「郵便局の並びでしょ？　大ファンです！　食パンやバゲットはもちろん、デニッシュ系もおいしいんですよね。店構えもおしゃれだし」

狙い通りみひろは目を輝かせて語りだしたので、慎はメガネのブリッジを押し上げ、ダメ押しで問いかけた。

「では、フルーツサンドイッチは試しましたか？　店頭には並んでおらず、注文すると作ってくれます。ブルーベリー入りの食パンを使い、具は季節のフルーツとカスタードクリーム」

「食べます！　じゃなくて、買って帰ります。お疲れ様でした」

言うが早いか、みひろはバッグを摑んでドアを開けた。車を降り、夕闇の通りをパン店の方向に小走りに駆けて行く。

息をつき、慎は運転席のシートに寄りかかった。

慎には無関心のはずのみひろが、最近おかしい。個人的なことをあれこれ知りたがったり、様子を窺《うかが》っているような気配を感じる。かと思えば、難しい顔で何やら考え込んでいたりもする。慎もみひろに関心はないが、現状最も身近な人間であり、注意する必要がありそうだ。

五分ほど待ったがみひろが戻って来る様子はなく、慎はスマホを出して堤に連絡をした。返事が来たので車を降り、徒歩で独身寮の向かいにある劇場の駐車場に入った。十五分ほどで、ポロシャツにコットンパンツ姿の堤が現れた。

「泉谷に会いました。彼に、僕との取引について話していないんですか？」

駐車場の奥まった場所に行き、慎はまず訊ねた。「ええ」と目を伏せて堤は答えた。

「なぜ？」

「悪いのは僕だし、余計な心配をかけたくないんです。それに取引をすれば、何もなかったことになるんでしょう？」

「取引をして結果を出せば、です。まあいいでしょう。首尾は？」

周囲を確認し、慎は本題に移った。劇場の客用の駐車場なので、芝居が終わるまで誰も来ないはずだ。言い訳するように、堤が答える。

「手は尽くしていますが、肝心のパソコンが押収されているので難しいです」

「僕の指示は守りましたか？　周りの人間に、監察係の調査で何を訊かれたか確認しろと言いました」

「もちろんです。でもみんな訊かれたのは、問題のパソコンを使ったことがあるか、中森さんと付き合いはあったか、データの抜き取りが起きた時はどこで何をしていたか、みたいな僕の時と同じ内容でした。パソコンを使ったことのある人はたくさんいましたけど、抜き取られたデータと関係がありそうな人は、今のところいません」

「堤さんも、問題のパソコンを使っていたんですよね。手がかりになりそうなことがなかったか、考えて下さい」

「ずっと前に一度だけだし、特に何も。僕も私物のパソコンを持ち歩いていて、基本はそれを使うので」

さらに言い訳がましく答え、堤は俯いた。慎が冷ややかに「そうですか」と返すと、焦りを覚えたのか堤はこう続けた。

「だけど、何も収穫がなかった訳じゃありません。同じ警備第一課の警備情報第二係にゲーム仲間がいて、そいつが噂レベルですけど情報を持っていました」

「情報とは？」

照明のせいか、やけに青白く見える堤の顔を見て、慎は問うた。警備情報係は警備実施に係わる情報の収集や分析を行う部署で、第一から第三係まである。堤も慎を見て答えた。

「問題のパソコンには、使った人が作ったファイルが複数あったそうです。書類の下書きとか写真とか、大したものはなかったみたいですが、その中の一つだけが全然関係のない別のデータで上書きされて、読めなくなっていたそうです。そういう、特定のファイルだけを使えなくできるソフトがあるんです」

「知っています。通称・データ消去ソフト、またはクリーナーソフトですね。しかし問題のパソコンの捜査に当たっているのは、サイバー犯罪捜査官を始めとしたプロ中のプロです。データが消去されていても、復元するでしょう」

君島由香里は、東京プロテクトという名目のデータをパソコンのゴミ箱から復元したと話していた。では、中森の事件が発覚した後、何者かが再度データを消去したのか。その何者かが、警備実施第一係にデータを持ち込んだ張本人だな。堤に言葉を返しながら、慎は素早く頭を巡らせた。

「ええ」と頷いてから、堤はこう続けた。

「それが、復元できないそうなんです。市販のデータ消去ソフトじゃない、オリジナルのものみたいです。もちろん作ったのはプロ、しかも超凄腕《すごうで》のシステムエンジニアやプログラマーですね」

「なるほど。では、警備第一課の課員に、その『超凄腕』に該当しそうな人物は？」

「いません。いたら絶対知ってます」

興奮気味にきっぱりと、堤は断言した。予想通りの返答だったので、慎は次の質問に移ろうとした。

「何してるんですか？」

固く尖った声で問いかけられ、慎は振り向いた。後ろの駐車場の通路に、みひろが立っていた。とっさに言葉が浮かばず、慎はさっき別れた時と同じスーツを着て肩にバッグをかけたみひろを見返した。みひろも慎を見て、

「何してるんですか？」

と繰り返し、歩み寄って来た。頭を切り替え、慎はみひろに向き直って答えた。

「無論、よりよい職場環境づくりのための聞き取り調査です。三雲さんこそ、なぜここに？」

「戻って来たら車があるのに室長がいないから、心配になって探したんです」

「そうでしたか……堤さん。彼女は僕の部下の三雲みひろ巡査です」

「どうも」

戸惑いながら、後ろで堤が会釈する気配があった。それには応えず、みひろは言った。

「『再考』『時期が悪い』って言ったばかりなのに、聞き取り調査をするんですか。それに『取引』って？　堤さんに、中森さんの事件を調べさせているんでしょう」

とっさに黙り、慎が返す言葉を選んでいると、みひろは感情的になって捲し立てた。

「ていうか、人を帰らせる口実にパンを使うなんて最低。気を遣ってもらったと思って、嬉しかったのに。ルール違反だわ。室長に、パン好きを名乗る資格はないです」

怒りのツボはそこか。呆れるとともに、慎はみひろが手にさっき教えたパン店のレ

ジ袋を二つ提げていることに気づいた。一つは大きく中身もたくさん詰まっていて、もう一つは小さく、中のパンは二、三個でレジ袋の口からペットボトルの飲み物が覗いていた。

俺に差し入れするために、戻って来たのか。そう悟ったとたん、背中に堤の視線を感じた。気を取り直し、慎はみひろに告げた。

「後で話しましょう」

続けて堤に「また連絡します」と告げると、堤は怪訝そうな顔のまま慎とみひろに会釈して歩きだした。

「二日前の夜、本橋公佳さんが私を訪ねて来ました。室長のことを心配しています」

みひろが言った。慎は堤が駐車場を出て行くのを確認し、振り返った。

「そうですか。本橋に心配される覚えはありませんが」

「これから説明します。いいですか？」

「どうぞ」

頷き、みひろは話しだした。約二十分後、慎は切り出した。

「細部に見解の相違はみられますが、経過と現況は本橋の言った通りです。加えて、先ほどの三雲さんの質問への答えは、イエス。堤に中森の事件を調べさせています」

表情には出さなかったが、安堵《あんど》していた。本橋の行動は予想外で、みひろに知られたことも厄介だ。しかし本橋の話から察するに、監察係は新海弘務や君島由香里との接触については把握していない。

やはりそうかと言うように息をつき、みひろは改めて慎を見た。

「始めから中森さんの事件を調べさせるつもりで、堤さんを調査対象にしたんですね。それはまずいっていうか、ひどくないですか？」

「大きな問題を明らかにするために、関係者の小さな問題を利用する。警察では昔から用いられている手法です。堤は規律違反を犯しており、本人も」

「規律じゃなく、気持ちの問題です」

再びみひろは感情的に主張する。ため息をつき、慎は返した。

「似たようなやり取りが、前にもありましたね。僕と三雲さんは、調査対象者への考え方の根本が相容《あいい》れないようです。言い合うだけムダだと思いますよ」

「そうでしょうか。確かに私はエリートでも元監察官でもないし、室長の考えはわかりません。だけどこの二カ月、毎日一緒に働いてきたんです。根本は相容れなくても、室長の仕事は納得できたし、すごいと思えた。でも、今回は違います。納得できないし、放っておけない」

「つまり、僕のやろうとしていることは認許できない。阻止するという意味ですか？」

圧力も匂わせ、慎は冷ややかに問うた。一瞬口を閉ざしたみひろだが、きっ、と慎を見上げ、答えた。

「はい。だってこれは、私の問題でもありますから。持井さんは、職場環境改善推進室を『躊躇なく潰す』って言ったんですよ？」

「部署に関わらず、給料がもらえて有給が取れればそれでいい、というような発言をしたと、豆田係長から聞きましたが」

慎が突っ込むと、みひろはこちらに顔を突き出し、むきになって応えた。

「確かに言いました。だからって、こんな形で潰されるのは納得がいきません」

わかった風なことを言ってはいるが、勢いと意地だけだな。余裕を覚え、慎は薄く微笑んで「そうですか」と返してメガネのブリッジを押し上げた。するとみひろは片手を上げ、立てた人差し指で慎の顔を指した。

「その笑顔。もう、だまされませんよ」

人が変わったような、冷静で確信に満ちた口調と眼差し。虚を突かれ慎が身を引くと、みひろはくるりと身を翻して歩き去った。

## 10

廊下を進んだみひろは、職場環境改善推進室の前で立ち止まった。ドアを見上げ、息をつく。

私の気持ちは伝えた。後は室長がどう出るか。どっちにしろ、このまま職場環境改善推進室を潰させはしない。昨夜から考えてきたことを頭の中で繰り返し、みひろは「よし」と呟《つぶや》いた。腕を伸ばしてレバーを掴み、ドアを開けた。

「おはようございます」

挨拶しながら部屋に入ると、カチャカチャという乾いたリズミカルな音が聞こえた。

「おはようございます」

慎が応えた。スーツ姿でノートパソコンに向かっている。

みひろは室内を進み、自分の机にバッグを置いて椅子に座った。ノートパソコンの電源を入れ、通勤途中に買ったコーヒーをすすりながら向かいを盗み見た。慎は、無表情にノートパソコンのキーボードを叩《たた》いている。

そのうち何か言ってくるだろうと、みひろはメールをチェックしたり、さらにコーヒーをすすったりした。しかし、慎はノーリアクション。痺《しび》れを切らし、口を開いた。

「ちょっといいですか?」

「はい。なんでしょう」

キーボードを叩く手を止めてメガネにかかった前髪を払い、慎はこちらを見た。

「昨夜の件なんですけど、話を整理させて下さい。室長は、何のために中森さんの事件を調べているんですか？」

慎は即答した。

「真相を明らかにして、自分が監察係を異動になった理由を知りたいからです」

「特命追跡チームが事件を捜査していますよね。なんで任せておかないんですか？」

「正しい情報が得られるとは限らないからです。持井さんたちが事件を解決したとしても、真相は隠蔽される可能性が高い」

「まあ、確かに」

持井と本橋、柳原の顔を思い浮かべながらみひろが返すと、慎は満足したように頷いた。それを見て、みひろの胸に疑念と警戒心が湧く。ノートパソコンの液晶ディスプレイ越しに慎を見て、さらに問いかけた。

「でも、それだけですか？」

「それだけです」

答えてから、慎は何か考えるような顔をした。みひろが身を乗り出すと慎は顔を上げ、こう付け足した。

「強いて言うなら、自分で捜査した方が早い。中森という人間をよく知っているし、捜査関係者の誰より、僕は有能です」

「でしょうねえ」

辟易《へきえき》し、みひろは身を引いた。話は終わったと判断したのか、慎は作業を再開した。そうはさせるかと、みひろはさらに言った。

「だからって、堤さんを巻き込むのは違うでしょう。弱みにつけ込んで職場の仲間をスパイさせるなんて、卑怯《ひきょう》ですよ」

「あれは取引で、弱みにつけ込んではいません。加えて僕は堤から警備第一課の様子と、監察係の聞き取り調査の状況を聞いているだけです。世間話の延長で何ら規律違反はしていませんし、犯罪でもありません」

突き放すように返され、みひろは口をつぐんだ。張り詰めた空気が流れ、そこに慎がキーボードを叩く音が響く。

負けるもんか。対抗心が湧いたが、返す言葉が浮かばない。みひろはトイレに行くふりでメイクポーチを入れたミニトートバッグを持ち、部屋を出た。

別館を出て、本部庁舎の十六階に向かった。

出入口から覗くと、警備第一課はまだざわついていた。空席も目立つので、監察係の聞き取り調査が続いているのだろう。

警備実施第一係に近づき、視線を送ると堤はすぐみひろに気づいた。奥の席の伊丹を気にしながらジェスチャーで意図を伝え、堤が頷くのを確認して部屋を出た。

廊下に戻り、奥まった場所で待つこと三分。制服姿の堤がやって来た。

「昨夜は失礼しました。三雲です」

改めて挨拶をしたみひろに堤は「はあ」と返し、周囲を見た。慎を探しているのだと気づき、みひろは告げた。

「室長とは関係なく、お話ししたくて来ました。いきさつは聞いたし、二人の関係を守るために取引を受け入れたっていうのもわかります。でもなんで、泉谷さんに何も伝えないんですか？」

「だから、悪いのは僕で余計な心配をかけたくないから。言われた通りにすれば、何もなかったことになりますし」

抑えめの声でぎこちなく、堤は答えた。みひろはさらに問うた。

「今回はそれで済んでも、また同じことが起きたら？　処分するか利用するかできる職員がいないか、常に目を光らせてるのが警察ですよ」

「今回やり過ごせれば、それで構いません。先のことなんか考えたら、僕らみたいな関係は成り立たないですよ」

そう言って顔を背けた堤の、「何もわかっていないくせに」という心の声が聞こえた気がした。みひろは返した。

「でも泉谷さんに会って、彼が堤さんを心から信頼して、大切に思っているのはわかりました。男とか女とか関係なく、大切な人が悩んで苦しんで、何か背負おうとしてるなら、話して欲しいと思うでしょう。今の状況を泉谷さんに伝えて、話し合うべきです。よければ、私が」

「やめて下さい！」

声を上げてから、堤ははっとして廊下に目をやった。誰もいないのを確認し、俯いて苛立ったように「そういうことじゃないんだよ」と呟く。みひろは戸惑い、さらに質問しようとしたが、それより早く堤が言った。

「泉谷は科捜研で働きたくて、警視庁に入りました。何度アピールしてもダメだったけど、今年の秋の異動でようやく叶《かな》いそうなんです。でも、僕との仲がバレたらチャラになるどころか、機動隊にもいられなくなる。僕は泉谷の夢を守りたいんです」

「そうだったんですか」

確かに泉谷さんは、「理系なんですよ」って言ってたな。合点はいったが納得できず、みひろが先を続けようとした矢先、バイブ音がした。堤がスラックスのポケットからスマホを取り出す。液晶画面を確認した表情で、みひろは誰からの着信かわかった。

「泉谷さんからですね。出ないんですか？」

問いかけたが堤は答えず、スマホをサイレント応答にしてポケットに戻した。

「僕は結果を出して、取引を成立させます。三雲さんは阿久津さんの部下なんですよね？　だったら、上司の決めたことに口を挟まないで下さい」
思い詰めた目でみひろに告げ、堤は廊下を戻って行った。

11

職場環境改善推進室に戻ると、慎はみひろが出て行った時と同じように作業してい
た。報告書が溜《た》まっていたので、みひろもノートパソコンに向かった。二人で黙々と
仕事をし、午後になると慎は会議に出席するために部屋を出て行った。とたんに気が
緩み、みひろはキーボードを叩く手を止めた。
立ち上がり、壁際に置かれた小さな冷蔵庫を開けた。瓶入りのリンゴジュースを一
本取って席に戻る。このリンゴジュースは少し前に豆田が、「嫁さんの実家が送って
くれた」と数本差し入れしてくれたものだ。キャップを開けてリンゴジュースを飲み、
程よい甘さと酸っぱさを味わっていると、さっきの堤とのやり取りを思い出した。
「『口を挟まないで下さい』って言われてもねえ」
独りごとを言い、リンゴジュースの瓶を机に置いた。
室長は堤さんに、誰が警備第一課に抜き取られたデータを持ち込んだのかを調べさ
せてるのよね。じゃあ先にその誰かを突き止めれば、堤さんが取引する必要はなくな

るってこと？　そう考えながら、みひろは報告書を書きかけのワープロソフトを閉じ、警視庁職員の身上調査票を開いた。

　絞り込みをかけ、警備第一課の課員だけを表示させたが、八十名以上いる。まず問題のパソコンが置かれていた警備実施第一係の係員をチェックし、続いて本橋の話を思い出しながら、監察係や中森に関係したキーワードで絞り込んだ。だがヒットした職員全員の身上調査票を読んでも、それらしき人物は見つからなかった。

「無理だって。そもそも、データの正体がわからないんだから」

　そうぼやき、みひろはぬるくなったリンゴジュースを飲み干した。このところ過ごしやすい日が続いているが、湿気の多いこの部屋は相変わらず蒸し暑い。

　一人なのをいいことにジャケットを脱ぎ、ワイシャツのボタンを二つ目まで外した。それでも暑いので、机上のブックスタンドに挿した団扇《うちわ》を探した。しかしブックスタンドにはファイルと封筒がぎっちり挿され、その上に書類や雑誌が無秩序に積み重なっているので見つからない。引っかき回しているうちに積んだ書類と雑誌が崩れ、向かいの慎の机に落ちた。

「あ〜あ」

　言いながら席を立ち、慎の机の脇に行って書類と雑誌を拾った。みひろの机とは対照的に整理整頓が行き届き、ブックスタンドにはファイルがサイズごとに分けて納められている。

室長の机を調べたら、データの正体がわかるかも。ふと浮かんだが、直後に「そんなに脇の甘い人なら、こんな状況になってないって」とも思い、みひろは拾ったものを手に自分の席に戻った。

「いずれにしろ、発想と着眼点がいいですね」。ふいに、頭の中で慎の声が再生された。この言葉を言われた時の、慎の笑顔も蘇る。

やっぱりあれはお世辞だったんだな。私の仕事ぶりを見てくれて、「当たり」の上司だと思ったのに。大外れどころか超厄介だわ。文句を言いつつも発想と着眼点という言葉が頭に残り、みひろは改めて考えた。

昨夜、堤さんはデータ消去ソフトを作ったのは、「超凄腕のシステムエンジニアやプログラマー」って言ってたな。でも、警備第一課にそういう課員はいなくて、「いたら絶対知ってます」って断言してた。とはいえ、他部署の職員の仕業とは考えにくいから、巧《うま》くごまかして隠れてるってことよね。ソフトや問題のパソコンとちょっとでもつながりがありそうな人なら、堤さんか監察係が見逃さないはずなんだけど——。

閃くものがあり、みひろは拾ったものを脇に除けてノートパソコンに向き直った。

ソフトや問題のパソコンとつながりがなさそうな人だから、見逃されているのかも。そう思い、再度警備第一課の身上調査票に目を向ける。まずは警備実施第一係から、と見直そうとして、ある人物が頭に浮かんだ。

メタボ体型だが、目つきの鋭い男。警備実施第一係係長の伊丹だ。事務方の部署の係長にしてはいかつく、彼に会った時みひろは、圧を感じた。

迷わず、みひろは伊丹の身上調査票を表示させた。

フルネームは伊丹克行《かつゆき》。四十二歳で、階級は警部。所轄署、本庁と刑事畑でキャリアを積み、三年前に警備部に異動になる前は、組織犯罪対策部組織犯罪対策第四課に所属していた。組織犯罪対策部は「組対」「マル暴」とも呼ばれ、恐喝や賭博、違法薬物の売買、対立抗争による銃器発砲などの暴力団犯罪が担当だ。

元マル暴か。なら、あの目つきや圧の強さも当然だな。腑《ふ》に落ちたが、伊丹の専門はヤクザやチンピラで、超凄腕のシステムエンジニアやプログラマーとはかけ離れている。引っかかるとしたら組織犯罪対策部から警備部という畑違いの異動だが、警備実施第一係の職務には、国会議事堂や外国の大使館周辺の街宣車による騒音の取り締まりも含まれる。他の記録にも問題はなく、刑事時代にはいくつかの大きな事件の解決に関わり、表彰もされていた。

ダメもとで、みひろは別のデータベースにアクセスした。警視庁が扱った犯罪の記録を伊丹の名前で検索すると、彼が捜査に関わった何十という事件がヒットした。全ての事件を詳細まで確認するには、数日かかるだろう。

最近のものだけ、とみひろは画面をスクロールさせた。表示されたのは、ここ十年ほどの事件。「森繁会《もりしげかい》会長射殺事件」「八王子市違法薬物密輸・乱用事件」「演歌歌手監禁・恐喝事件」等々物騒なものばかりだが、その中の「コンビニATM不正引き出し事件」に目が留まった。

金融犯罪って、刑事部の捜査第二課や、生活安全部の生活経済課の担当じゃなかったっけ？　違和感を覚え、みひろは「コンビニATM不正引き出し事件」をクリックした。画面が切り替わり、事件の概要が表示される。

事件発生は、六年前の四月。都内で、場所もチェーンもバラバラのコンビニのATM約三百台から、合計約六億五千万円が引き出された。全て同じ日で、犯行は午前四時から六時までの二時間。引き出しにはロシアの銀行のクレジット情報が入力された、偽造カードが使われた。

コンビニの防犯カメラの映像から現金を引き出した者のうち約三十名が逮捕され、その半数を占めていたのは複数の指定暴力団の組員及び関係者だった。本庁組織犯罪対策部と生活安全部サイバー犯罪対策課が逮捕者を取り調べた結果、事件は現金を引き出した暴力団と、ロシアの銀行のオンラインシステムにサイバー攻撃をしかけ、クレジットカードの情報を盗んだハッカー集団の共犯とわかった。二カ月後にはハッカー集団六名も逮捕されたが、その全員が二十代の若者だった。

「へえ。映画みたい」

もう一度読み返そうとして、「オンラインシステムにサイバー攻撃」の記述に気づいた。はっとして、さらに概要を読み進める。間もなくある記述に辿《たど》り着き、

「えっ。マジ⁉」

と声を上げた。驚きと興奮を覚えながら、スマホを摑んだ。慎に連絡しようとしたら、彼からLINEにメッセージが届いていた。会議は終わったが小用があるので外出し、直帰すると書いてあった。

「直帰？　何それ」

困惑し、スマホの時計を見るといつの間にか午後五時を過ぎていた。すぐに電話をかけたが、慎は出ない。メッセージで状況を伝えようと考えたがもどかしく、みひろは別の番号を呼び出し、発信ボタンをタップした。

## 12

足を止め、みひろはアパートを見上げた。周囲は薄暗く、二階の左から二番目の窓には明かりが点っていた。

建物の脇の階段を上がり、等間隔でドアが並んだ通路を進んだ。目当てのドアの前

で足を止め、ノックする。すぐにドアが開き、堤が顔を出した。

「どうぞ」

「どうも。さっきの件なんですけど」

話しながら、みひろは玄関に入った。コンクリートの狭い三和土《たたき》でパンプスを脱ごうとして、ぴかぴかの黒い革靴に気づいた。はっとして顔を上げ、堤の黒いポロシャツの肩越しに室内を見た。

玄関を上がったところに約三畳のフローリングのキッチンがあり、その奥は六畳ぐらいの和室。みひろの想像通りの間取りで、和室の窓の前には、慎があぐらを搔いて座っていた。

「取引の相談をしています。三雲さんの話を伝えたら、『彼女にも、ここに来てもらって下さい』と言われたんです。すみません」

固まっているみひろに、堤は恐縮して説明した。一方慎は知らん顔で、何かの書類を読んでいる。

職場環境改善推進室から堤に電話すると、「退庁して浦安のアパートにいるので来て下さい」と言われた。みひろも急いで退庁し、電車でここに来た。

気を取り直し、みひろは部屋に上がった。堤の後ろから和室に入ると、慎が顔を上げた。

「お疲れ様です」

「どうも……『小用があるので』って、よく言うわ」

「また、頭に浮かんだことを知らないうちに声に出すくせが現れていますよ」

「違います。今のは、わざと聞こえるように言ったんです」

「そうですか」

不穏な空気を漂わせてやり取りする二人を、堤が困惑して見守る。

「データを持ち込んだ人物を調べたそうですね。指示した覚えはありませんが、念のために聞きましょう。話して下さい」

書類に視線を戻しながら慎に告げられ、みひろは腹が立った。言い返そうとしたが堤に促され、部屋の中央に置かれたローテーブルの前に座った。

室内がボロいのも予想通りで、家具は必要最低限という感じだ。一方壁際には大画面の液晶テレビが置かれ、その前に複数のゲーム機とゲームソフトが並んでいた。

堤が「さっき買ったんで、ぬるくなっちゃってますけど」と渡してくれた缶入りのウーロン茶を一口飲み、みひろは話を始めた。

「電話で言った通り、伊丹さんは怪しいです。記録では、六年前のコンビニATM不正引き出し事件で、ハッカー集団を逮捕したのは伊丹さんです。お金の引き出しに関わった暴力団の組員を追って隠れ家に踏み込むと、そこにいたのはハッカー集団だったって流れ。後はサイバー犯罪対策課が引き継いだみたいですけど、伊丹さんとハッカー集団には面識があります。調べたら、主犯格の二人は実刑判決を受けて——」

「実刑判決を受けて服役し、既に出所していますね。不正アクセス禁止法違反の罰則は、三年以下の懲役または百万円以下の罰金と定められていますから」

書類を見たまま無表情に淀みなく、慎は言った。傍らにはノートパソコンがある。

「はい。主犯格の二人は、逮捕前は優秀なシステムエンジニアとプログラマーだったそうです。伊丹さんから頼まれるか脅されるかして、データ消去ソフトを作ったんじゃないでしょうか」

そう続け、みひろはローテーブルの向かいに座る堤を見た。

「伊丹係長が？　あの人、機械全般が苦手で何かっていうと僕を頼るんですよ。問題のパソコンも『触ったことない』って言ってたし、どうかなあ」

そう返し、堤は首を傾げた。みひろは次に慎を見た。

「警備実施第一係にデータを持ち込んだのは、伊丹さんですよ。堤さんの代わりに私が結果を出しました。これで取引成立ですよね？」

「裏付けのない情報は、結果とは言えません。証拠を提示して下さい」

冷ややかに、慎は告げた。みひろが言い返そうとすると、慎は堤を振り向いた。

「伊丹はLINEのアカウントを持っていますね？　パスワードを割り出してログイン

し、トーク履歴を確認して下さい」

「そんな。できません。立派なハッキングですよ」

うろたえ、堤は首を大きく横に振った。みひろも言う。

「そうですよ。これまでは世間話の延長で済ませられたけど、ハッキングは規律違反どころか犯罪でしょう」

「では、取引は不成立ですね。あなたの規律違反を報告して、泉谷巡査長ともども懲戒処分にします」

慎は返し、畳の上のバッグを引き寄せた。書類とノートパソコンをしまい、身支度を始める。それを堤が「待って下さい」と引き留め、みひろは焦りと怒りを覚えて口を開こうとした。と、ぎい、と金属の軋《きし》む音がして、みひろたちは振り返った。

玄関のドアが開き、泉谷が立っていた。赤いTシャツを着て、肩にデイパックをかけている。

「悪い。驚いただろ？　この人たちは」

言いながら、堤が素早く立ち上がった。泉谷はスニーカーを脱いで部屋に上がった。

「この前会ったよ。職場環境何とか室の人だろ。てかお前、何やってんの？　LINEはずっと既読スルーだし、電話にも出ないし。話し声がしたから外で聞いてたら、ハッキングとか取引とか言ってるし」

不審と不満が入り交じった顔と声で問いかけ、泉谷が和室に入って来た。その向かいに立ち、堤は返した。

「ごめん。ちょっと内密で頼まれたことがあって」

「頼まれた？　今この人——すみません。警部に向かって」

律儀に慎に頭を下げてから、泉谷は話を続けた。

「規律違反とか懲戒処分とも言ってたし、俺らのことがバレたんだろ？　取引で見逃してもらおうって話？　なんで俺に言わないの？」

「だから、ごめん。一人で何とかできると思ったし、後でちゃんと話すつもりだったんだ」

「後で話すんじゃ、意味ねえだろ！」

この前会った時とは別人のような、激しい態度。黙っていられず、みひろも立ち上がった。

「堤さんは悪くないです。二人のことがバレたら、泉谷さんの異動がダメになっちゃうでしょう？　堤さんはそれを阻止しようと、室長との取引に応じたんです」

そう言って部屋の奥を指すと、泉谷は慎を見た。しかし慎は、何も聞こえないようにそっぽを向いている。堤が泉谷の顔を覗き、なだめるように語りかけた。

「科捜研は、お前の夢だったじゃないか。俺はどうでもいいんだよ。夢なんかないし、警察を辞めたって構わないんだ」

「なに言ってるんだよ。お前だって、ちゃんと志を持って警察官になったんだろ。お前に犠牲になってもらってまで、夢を叶えたくないよ。だったら、俺が辞める。民間にだって、科学捜査をやってる企業はあるんだ」

「バカ言うな！」

堤も叫ぶ。みひろは片手を挙げた。

「待って下さい」

泉谷と堤が振り向いた。

「なんで、どっちかが警察を辞めるって話になるんですか。確認したいんですけど、二人のことが職場にバレても、別れるつもりはないんですね？」

「はい」

泉谷と堤は声を揃えて答え、頷いた。みひろも頷き、「ちょっとすみません」と断って視線を落とした。頭を巡らせ、必死に考える。力を借りたくて慎に視線を送ってみたが無視されたので腹を決め、再び二人に向き直った。

「別れないって決めていて、夢や志を棄《す》てる覚悟があるなら闘って下さい」

「闘うって、警察と？　飛ばされたら抗議して訴えろってことですか？　あるいは、ネットやマスコミにぶちまけるとか？　だったら、僕らはそういうことは望んでいません」

　迷いのない口調で、泉谷は返した。堤も言う。

「一緒にいられれば、それでいいんです。幸せになりたいだけで、何かを変えようとか勝ち取ろうとは思っていません」

「構いません。二人で幸せになることこそが、闘いなんです。だって今の警察では、それが一番の難関で挑戦でしょ？」

　語りかけながらみひろは、三日前ここに向かう車中での会話を思い出した。「異性愛者との軋轢」「トラブルの発生は必至」、慎はそう言っていた。それでも泉谷と堤には幸せになる権利があるし、立ちはだかるものに挑んで欲しい。みひろは心からそう思った。

「……それはまあ、確かに」

　戸惑い、ためらう様子も見せながらも泉谷が応え、堤も動きはぎこちないものの、「うん」と頷いた。何となく場が収まったような空気になったので、みひろは慎を振り返った。

「とにかく、取引はなしってことで。堤さんも泉谷さんも、このあと何があっても一番大事なものは揺るぎませんよ……でも、この部屋の規律違反は何とかして下さいね」

　そう付け加えると、堤は「すみません。解約します」と身を縮め、その姿を見て泉谷が笑った。この二人は大丈夫だ。確信し、みひろも笑顔になりかけた時、慎が口を開いた。

「わかりました。堤巡査部長と泉谷巡査長の違反行為について、監察係に報告します。ただし、いつになるかは未定ですが」

「未定？　なんで？」

みひろは思わずタメ口で訊ね、堤たちも怪訝な顔をする。慎は答えた。

「僕は多くの事案を抱えており、監察係への報告には優先順位を付けざるを得ません。今回のような警視庁の管轄外の地域での規律違反、しかも問題の賃貸契約が既に解除されていた場合、報告は後回しになります」

「でも、僕らの付き合いは？　問題は、僕がゲイってことなんでしょう？」

堤が訊ねる。すると、慎はこう答えた。

「質問の意味がわかりません。確かに僕は、あなたの問題は規律違反とは別の、もっと根本的なところにあると言いました。しかし『それ』と言っただけで、具体的な名詞や形容詞は一切口にしていません」

堤が呆気《あっけ》に取られ、泉谷は訳がわからないといった様子で堤と慎の顔を見た。みひろもぽかんとしていると、慎はバッグを摑んで立ち上がり、和室を出た。そのまま玄関で靴を履き、ドアを開けて部屋を出て行った。

ドアの閉まるばたん、という音でみひろは我に返った。堤たちへの挨拶もそこそこに、バッグを抱えて慎の後を追った。

「待って下さい」

通路の先を歩く慎の背中に、みひろは呼びかけた。しかし慎は振り返らず、通路を進んで階段を降りていく。アパートの敷地から通りに出たところで慎に追いつき、前に回り込んだ。

「今の話。堤さんたちの交際を、知らなかったことにするって意味でしょう？　大丈夫なんですか？」

「取り扱いの難しい事案には、直接的な表現は用いず明言を避ける。リスク回避の基本です。それに、情報が得られないなら、堤に利用価値はありません。いずれ誰かが泉谷との関係を内通するでしょうし、その時彼らがどんな闘いとやらをするのか、覚えていれば確認します」

慎はこちらを見下ろし、感情を含まない声で答えた。街灯の明かりが、白く整った顔に影を落とす。

「そんな言い方をしなくても。でも、ありがとうございます」

呆れながらも安堵し、みひろは頭を下げた。が、

「三雲さん。勘違いをしていませんか？」

と返され、体を起こした。慎が続ける。

「僕はあなたに賛同して、堤の規律違反の報告を保留した訳ではありません。むしろ、あなたに失望し、部下としての資質に疑問を抱きました」

「えっ。なんで」

「さっきも言ったでしょう。あなたは僕の指示も許可もなくデータの持ち込みと消去について調べ、堤との取引を妨害した」

「それは申し訳ありません。でも、伊丹係長に辿り着いたのは――」

「安い正義感を振りかざして、僕の邪魔をするのはやめなさい。これは命令です。言っておきますが、規律の何たるかを理解していないあなたに、正義を語る資格はない。加えて、上司の命令に従わないなら、警察官の資格もありません」

みひろの目をまっすぐに見て、言い渡す。いつものお説教とは違う、慎の強く頑《かたく》なな意志を感じた。だが、納得なんてできない。

「室長だって、中森さんの件で規律を破りまくってるじゃないですか。真相を明らかにするためなら、何をしてもいいんですか？　上司の命令って言うけど、今の室長は私が信じて尊敬してきた室長じゃない。自分を見失っていることに気づいて下さい」

「それがあなたの真意なら、僕たちはお終《しま》いですね」

慎が言った。声は落ち着いていたが、慎の眼差しはこれまで向けられたものの中で一番冷たかった。みひろは動揺した。しかし、自分は間違っていないとも感じる。

「わかりました」

慎が身を翻し、歩きだした。みひろも慎に背中を向けて歩きだした。駅とは逆方向で、どこに続く道かはわからない。それでも肩にかけたバッグの持ち手を強く握って、みひろは早足で歩き続けた。

## 13

午前七時になり、通行人が増えてきた。慎は電柱の陰から顔を出し、通りの向かいの二階屋を窺った。警視庁の上級幹部用の宿舎で、JR代々木《よよぎ》駅まで徒歩十分ほど。狭くて古いという欠点を補っても余りある立地の良さだ。

ぽつりと、水滴が慎の頬に当たった。見上げた空には、鉛色の雲が立ちこめている。天気予報通りなら、間もなく雨が降りだすはずだ。

浦安のアパートの前で三雲みひろと別れて二日。あの晩三雲は、俺が自分を見失っていると言った。確かに俺は変わった。だがそれは、自分で望んだことだ。データと中森を見つけ出せば、失ったものを取り戻せる。全て元通り。いや、俺はもっと上に行ける。そう確信し、慎は高揚感を覚えた。

と、宿舎の門が開いて男が出て来た。スーツ姿でネクタイを締め、ビジネスバッグを提げている。慎は身を引いて男が通りの先まで行くのを待ち、電柱の陰から出た。

「おはようございます」

声をかけて横に並ぶと、伊丹は小さな目を見開いた。

「阿久津さんか。どうした?」

「見ていただきたいものがあり、お待ちしていました。お時間は取らせませんので」

笑みをつくって告げ、通りの端を指す。「なに? 会議があるんだよ」と怪訝な顔をしながら、伊丹は移動する慎について来た。

通りの端で伊丹と向かい合うと、慎は話を始めた。

「単刀直入に申し上げます。警備実施第一係に抜き取られたデータを持ち込み、後に消去したのはあなたですね。データ消去ソフトの作成者は、宮地陸久《みやじりく》と麻尾工《あさおたくみ》。六年前、コンビニATM不正引き出し事件で、あなたが逮捕したハッカーです」

「何の話だ。誰に命令されて――」

「僕の独断です。宮地と麻尾に会い、証言と証拠を得ました。こちらがデータ消去ソフトのコピーで、こちらは、あなたと宮地たちとのやり取りです」

言いながら、慎はバッグからUSBメモリと書類を出して伊丹の眼前に差し出した。

書類は伊丹と宮地、麻尾のグループLINEのトーク履歴を印刷したものだ。視線を上下させてトーク履歴の内容を確認し、伊丹は絶句した。

　二日前。堤からみひろが伊丹に辿り着いたいきさつを聞いてすぐに、慎はハッカー集団について調べ始めた。宮地と麻尾の関係者をピックアップし、アパートの前でみひろと別れたあと会いに行った。そして昨日一日かけて宮地と麻尾を見つけ出し、「力になる」と説得してデータ消去ソフトのコピーと、LINEのトーク履歴を手に入れた。

　USBメモリと書類を差し出したまま、慎は続けた。

「宮地と麻尾は出所して別の仕事に就いていましたが、あなたに『お前らは今でもネットの人気者だ。SNSや掲示板にヒントを書き込めば、あっという間に職場や自宅を突き止められて晒《さら》されるぞ』と脅され、仕方なくデータ消去ソフトを作成したと話していました。このトーク履歴にも、それを証明するやり取りが残っていますね」

「……目的は？　独断で動いたってことは、何か企《たくら》んでいるんだろ」

　余裕を見せるつもりか、伊丹はバッグを持ったまま胸の前で腕を組んだ。慎は差し出していたものを下ろした。

「さすがに話が早いですね。僕の質問に答えれば、このUSBメモリとトーク履歴を渡します。宮地たちの証言も、なかったことにしましょう」

「質問って？」

「なぜあなたの手にデータが渡ったんですか？　そして、データの正体と目的は？　東京プロテクトとの関係も話して下さい」

「それを知って、どうするつもりだ？」

「質問しているのは僕です。答えるか諦めるか、選んで下さい」

突きつけた慎を、伊丹は尖った目で見返した。やや間があり、組んでいた腕を解いて低い声で言った。

「データの正体を知ったら、後悔するぞ。殺人犯やヤクザ者と渡り合って、修羅場もくぐり抜けてきた俺でさえ、心の底から恐ろしいと思った。なぜなら、あれは――」

バタバタという足音が、伊丹の声をかき消した。後ろを振り返った慎の目に、通りの先から駆けて来るスーツ姿の男三名と、その後ろに停まった銀色のセダンが映った。

「伊丹係長。ご同行願います」

先頭の男が、慎たちの前で立ち止まって告げた。監察係の柳原喜一だ。彼の左右に立ったのも、慎とは既知の監察係の係員だ。

やられた。そう思い、慎は心の中で舌打ちをした。監察係を警戒し、宮地と麻尾の情報を集めた際には警視庁のデータベースは使わず、スマホの電源も切った。しかし、どこからか動きを把握されていたらしい。

係員たちは伊丹に言葉を発する隙を与えず、両腕を取って通りの先に歩きだした。

見送るしかない慎に、柳原は言った。

「バカ野郎。悪あがきしやがって。もう手遅れだぞ」

振り向いた慎と、柳原の怒りと哀れみに満ちた視線がぶつかる。それが合図のように、雨が降りだした。

と、ブレーキの音がして通りの先にもう一台車が停まった。白いセダンで、開いた後部座席のドアから持井亮司が姿を現した。はっとして、柳原はその場を離れた。係員たちに追いつき、伊丹を銀色のセダンに乗せる。

雨粒で黒く濡《ぬ》れていくアスファルトを踏んで歩き、持井が慎の前に来た。

「まさか、伊丹だったとはな。よく気づいた。あるいは、それも私の教えか？」

「いえ」

伊丹の仕業だと気づいたのは、三雲巡査です。慎はそう続けようとしたが、先に持井が言った。

「だが、ここまでだ。きみは私の警告を無視し、越権行為と規律違反を犯した。本日より自宅待機し、処分を待て。これは日山人事一課長の命令だ」

「はい」

日山の名前を出され、慎は反射的に頭を下げて応えた。その視界に、持井が差し出した手が映る。USBメモリとトーク履歴の書類をよこせと言っているのだ。逆らえず、慎は手にしたものを渡した。

こうなることは予想できたのに伊丹を攫《さら》われた上、動きを封じられた。だが、まだ策はあるはずだ。思考を巡らす慎を見て、持井は勝ち誇ったように顎を上げた。そのまま踵《きびす》を返して歩きだす。雨は次第に激しくなり、何ごとかとこちらを見ていく通行人たちは、傘を差している。

このまま引き下がる気になれず、慎は頭を上げて言った。

「一つお伝えするのを忘れていました。赤文字リストについて」

ぴたりと、持井の歩みが止まった。慎がダークグレーのスーツのジャケットに包まれた背中を見ていると、持井はゆっくり振り返った。

「何の話だ？」

胸の内を全く見せない声と表情。さすがだな。そういえば、こういう態度の取り方も持井に教わったんだった。記憶が蘇るのを感じながら、慎も同じ声と表情で答えた。

「ついに僕も赤文字リスト入りですね、と言いたかったんです。失礼しました」

「自分で招いた結果だ。三雲巡査は気の毒だが、仕方がない。きみと行動を共にしていた以上、彼女も赤文字リスト入りだ。無論、職場環境改善推進室は閉鎖。きみには失望させられたぞ」

冷ややかに告げ、持井はまた顎を上げた。慎は返事の代わりに口の端を上げ、持井を見た。顔を前に戻し、持井は歩きだした。白いセダンの前で出迎えた部下の男にUSBメモリと書類を渡し、後部座席に乗り込む。

ふと、慎は白いセダンの助手席に本橋公佳が座っているのに気づいた。本橋もこちらに気づいている様子だが、強ばった顔で前を見たまま動かない。部下の男が運転席に乗り、白いセダンは走りだした。銀色のセダンも続き、二台の車は走り去った。

本橋も、持井たちの監視下に置かれたな。伊丹を確保して、俺を泳がせる必要はなくなったと判断したのだろう。データと中森を見つけ出さない限り、俺は潰される。

わかりきったことだ。策はある。わかってはいても、慎は動けなかった。雨は一層激しくなり、メガネのレンズに打ち付けた雨粒が慎の視界を遮った。

気持ちは冷静で、頭は回転を始めている。それでも慎は立ち尽くしたまま、ぼやけて滲《にじ》んでいくレンズ越しの世界を見ていた。

14

「どういうことですか⁉」

声を上げ、みひろが席を立つと豆田は眉根を寄せて背中を向けた。その前に回り込み、みひろはさらに訊ねた。

「室長に何があったんですか？　教えて下さい」

「僕にも、よくわからないんだよ。とにかく大人しくしてて。今後のことは、また知らせるから」

目を合わせず早口で答え、豆田はドアに向かった。みひろが追いかけようとすると振り向き、「これ」と言って手に何か握らせてきた。それがフィルムに包まれた栗饅《くりまん》頭《じゅう》だとみひろが認識している間に、豆田は職場環境改善推進室を出て行った。

しんとした部屋に残され、みひろは席に戻った。豆田は昨日の朝もここに来て、慎は病欠だと告げた。そしてさっき、「阿久津さんは休暇を取った。いつ戻るかはわからない」と言われた。時刻は午前九時過ぎだ。

栗饅頭を机に置き、ジャケットのポケットからスマホを出した。慎に連絡しようとして、一昨日の晩のやり取りを思い出した。気まずいし、腹も立っている。加えて慎の休暇に監察係が関わっているのは明らかで、下手に動けばさらに慎の立場を悪くする恐れがある。

どうするか迷っていると、ノックの音がしてドアが開いた。顔を出したのは、堤だ。

「一昨日《おととい》はどうも。今いいですか？　あれ。阿久津さんは？」

きょろきょろしながら問いかけ、堤は部屋に入って来た。みひろはスマホを置いて立ち上がった。

「室長は、ちょっといなくて。どうしたんですか？」

「あれから泉谷と話し合ったんです。僕たち、交際申告書を出すことにしました」

「交際申告書って、恋人ができたら上司に提出するやつ？　堤さんは泉谷さん、泉谷さんは堤さんの名前を書くってことですか？」

驚いて訊くと、堤は「もちろんです」と頷いて続けた。

「いずれ誰かに内通されるなら、自分たちでやろうって。警察って、僕らみたいな存在はないことになってるじゃないですか。どうせ飛ばされるなら、『俺たちはここにいる』って宣言しようと決めました」

「そうですか。でも、いいんですか？」

「ええ。何があっても、僕らが一緒にいることは変わりませんから。それに、近いうちに状況は変わる気がするんです。泉谷は『三雲さんがやってくれるよ』って言ってて、僕もそう思います」

「私が？　警察を変えるってことですか？　無理無理。中途採用の平巡査に、できる訳ないじゃないですか」

首と手のひらをぶんぶんと横に振り、みひろは訴えた。それを見て堤は笑い、こう答えた。

「一人じゃ無理でも、阿久津さんと二人ならできるんじゃないかな。お願いしますよ」

「できない。もっと無理」

自分と慎が置かれている状況を思い、みひろはさらに首を横に振った。すると、堤は真顔になって話を変えた。

「お願いするだけじゃ虫がよすぎるので、情報を一つ提供します。一昨日阿久津さんに、伊丹係長のLINEのパスワードを割り出せって言われましたよね？」

「ええ。でも堤さんは、『できません』って断った」

「そうなんですけど、実は察しは付きます。二カ月ぐらい前に係長に、『パソコンがフリーズした』って呼ばれて直しました。その時パソコンの画面には検索エンジンのUh-huhが表示されてて、係長のユーザーアカウントが、ちらっと見えたんです」

「ユーザーアカウントって、パソコンやサイトにログインする時に使う記号ですよね。数字やアルファベットを組み合わせて考えるやつ」

「ええ。Uh-huhの場合は、ユーザーアカウントとパスワードを入力するとフリーメールを使ったり、電子決済で買い物ができたりします。だから慎重に考えなきゃいけないんですけど、パソコンが苦手な人は『面倒臭い』『忘れると困る』って、ユーザーアカウントとパスワードを同じにしちゃうことが多いんです。しかも、複数のサイトやアプリで同じユーザーアカウントとパスワードを使い回す。伊丹さんも、このパターンだと思います」

最後は呆れ顔になり、堤は話を締めくくった。

「伊丹さんのUh-huhのユーザーアカウントからパスワードが推測できて、LINEにログインできるかもってことですか？　それが情報？　でも、まずいでしょ」

「ええ。だから、パスワードを推測するかどうかはお任せします」

「そんな。勘弁して下さいよ」

困惑するみひろの眼前に、折りたたんだメモが差し出された。反射的に受け取ると、堤は「じゃあ」と会釈して部屋を出て行った。

呆然として、みひろは席に戻った。栗饅頭の横にメモを置き、恐る恐る開く。

「qaz7410」、黒いペンでそう書かれていた。

室長はいつ戻るかわからないし、連絡もできない。どうしろっていうのよ。ぼやいて息をついたが、好奇心も湧いた。一昨日の晩は伊丹の件は明らかにならずに終わり、ずっと気になっていたのだ。

堤さんは「ちらっと見えた」って言ってたから、間違ってるかもしれないし。

自分で自分に言い訳し、みひろはノートパソコンの液晶ディスプレイにUh-huhのトップページを表示させた。中央にニュースのタイトルと写真、両側にメニューバーがずらりと並ぶ。右側にフリーメールのアイコンがあったので、ポインターを乗せてマウスをクリックした。

画面が切り替わり、ユーザーアカウントとパスワードの入力を求める枠が現れた。みひろは緊張しながらユーザーアカウントの枠に「qaz7410」、パスワードの枠にも「qaz7410」と打ち込み、下のボタンをクリックした。

再び画面が切り替わり、フリーメールの受信フォルダが表示された。

本当にログインできた。堤さん、すごい。興奮し、受信メールの一覧を確認した。メールの送り主の名前と件名、日付が並んでいたが、全部広告だった。がっかりしてログアウトしようとして、左側のメニューバーに目が留まった。送信フォルダもゴミ箱も、中身は空。しかし下書きフォルダの横には、「48」とある。

メールを送った形跡はないのに、下書きが四十八件もあるの？　違和感を覚え、みひろはフォルダを開いて下書きの一覧を見た。

「ご報告」「計画書草案」「進捗状況」といった件名がぎっしり並んでいる。仕事のメールの下書きのようだが、その中に「持井より」という件名を見つけ、みひろの違和感が増した。クリックして下書きを開き、文面を読む。

「皆様へ

折田警視総監に計画の最終案をお目通しいただいたところ、特定施設の人員配置について是正のご指示がありました。

我々と致しましては、計画実施後のフォローアップも勘案しての人員配置であり、ご認許いただきたいところですが、再検討の必要が出て参りました。

リストの見直しも含め、皆様のお考えを伺いたいと存じます。メール等で難しい場合、こちらからお伺いすることも可能です。

お忙しいところ誠に恐縮ですが、何卒《なにとぞ》宜《よろ》しくお願い申し上げます。


持井亮司拝」

なにこれ。内容はさっぱりだけど、なんで持井さんが書いたメールの下書きが、伊丹さんのフォルダに入ってるの？　首を傾げ、みひろは文面を閉じた。再度下書きの一覧を見ると、「持井より」の数件下に「沢渡です」とあった。迷わず、文面を読む。

「あちゃ〜。

折田さんもGOを出したからには、腹をくってもらわないと。

モラルだの人道的見地だのを別にすれば、実に画期的でセンセーショナルな計画ですよ。

そもそも、『人員の有効利用』を最初に提唱したのは折田さんだし。

マスコミやネットへの対応は、僕に任せて下さい。そのために『いっちょかみ』で名前と顔を売ってきたんですから。

沢渡暁生」


持井のメールへの返信のようだ。少し前に、豆田から沢渡が持井と仕事をしていると聞いた。しかしなぜ送信されていないメールに返事が書け、それが伊丹の下書きフォルダに保存されているのか。

急に寒気がした。嫌な予感も覚え、みひろはログアウトしてUh-huhを閉じた。パソコンもシャットダウンし、液晶ディスプレイを閉じる。それでも落ち着かず、部屋は暑いのに肌が粟立《あわだ》った。ここから出たいと思ったが、どこに行ったらいいのかわからない。両手で二の腕をさすりながら、みひろは茫然《ぼうぜん》と自分の椅子に座っていた。

## 15

同日同時刻。慎は都内の警視庁の寮にいた。一時間ほど前に伊丹の自宅前から帰寮し、シャワーを浴びて着替えをした。

居間のソファから立ち上がり、慎は掃き出し窓を開けてベランダに出た。

雨の中、眼下の通りを人と車が行き交っている。とくに変わった様子はない。だが監察係の誰かがこの部屋を窺い、動きがあれば対応できるように待機しているはずだ。

居間に戻り、慎はソファに座った。向かいのローテーブルにはスマホとノートパソコンが載っているが、どちらも電源は切っている。通話やメール、パソコンのネットアクセスも監視されている可能性が高い。

しかし、俺にはこの頭脳がある。慎は思い、前髪を搔き上げてメガネのブリッジを押し上げた。

まずは手持ちの情報と切り札を整理し、できることを考えよう。そう決めて意識を集中した時、居間にチャイムの音が響いた。壁の端末に目を向けると、一階のエントランスの様子を映す液晶モニターに人影が映っている。

立ち上がってパネルの前に行き、慎はインターフォンの応答ボタンを押した。

「はい」

「すみません。管理人です」

インターフォンのスピーカーから、男の声が流れた。液晶モニターには、ベージュの作業服姿の中年男が映っている。確かにこの寮の管理人だ。

応答ボタンを押したまま、慎は問うた。

「どうしました？」

「管理人室に、阿久津さんを呼んで欲しいって電話がかかって来てるんです。本人に電話してくれって言ったんですけど、通じないからって」

「誰からの電話ですか？」

「訊いても答えないんですよ。緊急だそうですけど、どうしましょうか」

困惑した様子で、管理人の男は白髪交じりの眉を寄せた。一瞬考えてから、慎は返した。

「すぐに行きます」

カギと財布、スマホを持ち、部屋を出た。廊下を進み、エレベーターで一階に降りる。エレベーターのドアが開くと、エントランスに管理人の男がいた。

「こっちです」

男は言い、傍らのドアを開けて慎を管理人室に招き入れた。

スチール製の棚と脚立、工具などが並ぶ狭い部屋だった。エントランスを見渡せる位置に窓があり、その前に置かれた机にビジネスフォンが載っていた。

「どうぞ」

管理人の男に促され、慎はビジネスフォンの受話器を取った。

「阿久津です」

「ご無沙汰してます。中森です」

電話の相手はそう告げた。間違いなく、中森翼本人だ。

激しく動揺しながら、慎は周囲を窺った。管理人の男は脚立を抱え、部屋を出て行く。エントランスのドア越しに見える外の通りは、さっきと変わらず雨の中、人と車が行き来している。

慎は受話器を握り直し、顔を上げて応えた。

「どうして」

電話の向こうで呼吸する気配があり、中森が話し始めた。

CASE 5

# 野望と陰謀

## ：左遷バディ、最後の調査

# 1

「電話を切って部屋に戻って下さい。五分後に人が来ます」

機械的にゆっくりと、中森翼は告げた。阿久津慎は訊《たず》ねた。

「どういう意味だ?」

「言うとおりにして下さい」

「どこにいる? 会って話そう」

「ですから、言うとおりに」

言い含めるように返し、中森は電話を切った。受話器を置き、慎は周囲を窺《うかが》った。

エントランスのドアから管理人の男が入って来るのが見えたので、管理人室を出た。

エレベーターに乗り、自分の部屋に戻った。居間のソファに腰掛け気を静めていると、チャイムが鳴った。立ち上がり、壁の端末の前に移動する。

液晶モニターには、水色のキャップをかぶり同じ色の作業服を着た男が映っていた。

慎は応答ボタンを押した。

「お届け物です」

男が手にした封筒を持ち上げる。キャップで顔は見えないが、声からして二十代から三十代か。慎は「どうぞ」と返してエントランスのドアを開けるボタンを押した。

玄関で待っていると、間もなく部屋の前のチャイムが鳴った。ドアガードがかかっているのを確認し、慎は三和土《たたき》に降りて解錠しドアを開けた。

ドアの向こうに、男が立っていた。キャップと作業服は脱いでいる。慎が口を開くより早く男は、

「これを着て、外の車に乗れ」

と告げ、片手で摑《つか》んだキャップと作業服をドアの隙間に突き出した。

「中森の仲間か？　車とは」

「急げ。時間がない」

語気を強くして、男はさらに告げた。摑んだもので顔を隠しているが、色白でメガネをかけているのがわかった。警戒しながらも胸がはやり、慎はドアガードを外してドアを大きく開いた。慎がキャップと作業服を受け取ると、男は歩きだした。

「おい」

廊下に身を乗り出して声をかけたが、男は振り向かず足早に進んで行く。エレベーターとは逆方向で、前方には非常階段がある。黒いTシャツを着た男の背格好が自分と似ているのに気づくのと同時に、慎は中森の思惑を理解した。

身を引いてドアを閉め、キャップと作業服を身につけてスニーカーを履いた。再び

ドアを開け、廊下に人影がないのを確認してから部屋を出て施錠した。廊下を進み、エレベーターで一階に降りる。キャップを目深にかぶって俯《うつむ》き、管理人室の前を抜けて外に出た。

前方の通りに、エンジンがかかったままの軽の白いワンボックスカーが停《と》まっていた。迷わず歩み寄り、慎はワンボックスカーの運転席に乗り込んだ。雨は降り続き、フロントガラスの上でワイパーが動いている。キャップの下から周囲を見回し、ハンドルを握ってワンボックスカーを発進させた。

「およそ二百メートル先。左方向です」

車内にカーナビの音声が流れた。ハンドル脇のパネルには地図が表示され、青い矢印が通りを進んでいる。

慎は視線を上げてバックミラーを覗《のぞ》いた。尾行の車がいないのを確認してからハンドルを握り直し、運転に集中した。

カーナビの指示通りにワンボックスカーを走らせた。約三十分後、辿《たど》り着いたのは東池袋《ひがしいけぶくろ》の裏通りのビジネスホテルだった。玄関の前に停車しギアをパーキングに入れた直後、くぐもったベルの音が聞こえた。慎は腕を伸ばし、グローブボックスを開けた。中には着信中のスマホが一台。取り出して通話ボタンをタップし、耳に当てる。

「八〇六号室」

中森とも、さっきの男とも違う男の声が告げ、電話は切れた。スマホを作業服のポケットに入れ、慎はワンボックスカーを降りてビジネスホテルの玄関に向かった。

ロビーを抜け、エレベーターで八階に上がった。がらんとした廊下を進み、八〇六号室の前で足を止めた。壁のチャイムを押すとドアが開き、中森が顔を出した。

「どうぞ」

そう言って、中森はドアを大きく開けた。その脇を抜け、慎は部屋に入った。

白い壁に囲まれた室内に、ベッドが二つ。奥に正方形の窓。壁際に液晶テレビが載った木製の机があり、その脇に小さなテーブルを挟んで椅子が二脚置かれている。

「座って下さい」

ドアを閉め、中森が言った。慎はキャップを脱いで奥の椅子に座り、中森は手前の椅子に腰を下ろした。エアコンは入っていないが、雨のせいか湿ってひんやりした空気が漂っている。

「元気そうで何よりだ」

嫌みとも本心とも取れる口調で告げ、慎は向かいを見て脚を組んだ。

中森は清潔なシャツとスラックスを身につけ、髪も整えている。顔の色艶は、姿を消す直前に会った時よりずっといい。中森は硬い表情で「はい」と返し、改めて慎に目を向けた。

「自宅待機になったそうですね。阿久津さんは必ず僕を見つけ出すはずだから、その時なにもかも話そうと思っていました。でも、これ以上迷惑はかけられません」

「それで連絡して来たのか。じゃあ、話してくれ」

手のひらを差し出して促すと、中森は話し始めた。

「去年の春、体がだるくて眠れなくなったんです。いくつも病院を廻《まわ》りましたが異常なしで、最後に行った心療内科で『ストレスが原因のうつ病。仕事を休め』と言われました。僕は監察の職務に誇りと使命感を持っていたから受け入れられなくて、薬を飲みながら出勤を続けました。ところが心療内科に入るところを持井さんに見られて、『明るみに出れば私の監督責任を問われる。適当な理由を考えて、他部署への異動願いを出せ』と促されました」

「そうだったのか」

心療内科に入るのを見たのが俺でも、異動を促していただろうな。相づちを打ちながら、慎は思った。中森は続ける。

「納得できなくて、思いとどまらせる理由を見つけるために持井さんを調べ始めたんです。そうしたら」

「持井事案に行き当たり、東京プロテクトは隠れ蓑《みの》で、本当の計画は全くの別物だと知ったってところか」

「はい。関係者を調べ、伊丹さんが警備実施第一係のけいしWANに接続されていないパソコンで計画の基本要綱《ようこう》を閲覧していたと突き止めました。同じ頃、僕は新海弘務と君島由香里の不倫を調査していて、新海が公安に異動になることも知っていました。だから二人を利用し、データを抜き取って逃げようと決めたんです」

「新興宗教の信者に紛れ込むとは、考えたな。扇田鏡子に自分の身分を明かして、取引したな？　さっき俺を訪ねて来たのも、この部屋の番号を知らせたのも、盾の家の信者だろう」

薄く笑って訊ねた慎に中森も「さすが」と笑い、こう答えた。

「その通りです。扇田と会い、新海が公安のスパイだと知らせました。その上で、『スパイは他にもいる。俺をかくまって新海と警視庁の動きを見張らせれば、名前を教える』と持ちかけました。もちろん、はったりですけどね」

「なるほど。それでこっちの動きを把握していたのか……いきさつはわかった。で、お前の望みはなんだ？　ここまで騒ぎが大きくなったら、『データを返すから異動させないでくれ』では済まないぞ」

「わかっています。持井さんに『計画を中止し、僕の国外への脱出を見逃せばデータを返す』と伝えて下さい」

「国外脱出はともかく、計画の中止とは大きく出たな。なぜそこにこだわる？　本当の計画とは何なんだ？　赤文字リストが関わっているんだろ」

　素直に疑問をぶつけると、中森の顔が険しくなった。視線を落とし、低い声で返す。

「『レッドリスト計画』。それが本当の計画名です。でも内容は知らない方がいい」

「ここまで話して、それはないだろう。お前のお陰で飛ばされた挙げ句、俺も赤文字リスト入り目前なんだぞ」

　中森をまっすぐに見て告げた。「赤文字リスト入り」に反応し、中森も慎を見返す。数秒間視線を交えた後、中森は息をついて立ち上がった。机に歩み寄って引き出しを開け、ノートパソコンを取り出して椅子に戻った。テーブルにノートパソコンを置き、いくつか操作をして液晶ディスプレイを慎に向けた。

　液晶ディスプレイには、複数の表が表示されていた。一番上の表を見ると、左端の枠の中に「第一」から「第十」まで漢字の番号が縦並びに書き込まれている。その隣の枠には、「１００」「30」等々のアラビア数字が書かれていた。数字にはリンクが張ってあり、ポインターで「１００」を指してクリックすると画面が切り替わり、新たな表が現れた。今度は名簿で、氏名と年齢、階級が記され、隣に所属部署名と非違事《ひいじ》案《あん》の発生時期、内容が記されている。

「この第一から第十は、所轄署の方面だろ？　で、名簿は赤文字リストだ。赤文字リスト入りした職員を使って、何かしようっていうのか？」

問うたが、中森は横を向いて答えない。慎は視線を液晶ディスプレイに戻し、最初の表を見直した。

「……変だな。このアラビア数字が各方面に配置する赤文字リスト入りした職員の数だとして、千代田区や港区《みなと》を擁する第一方面に百名、品川区《しながわ》や大田区《おおた》を擁する第二方面に三十名はわかる。だが、第六、第七方面に各五十名というのは？　ここは荒川区《あらかわ》、足立区、江東区、墨田区といったいわゆる下町エリアだぞ。加えて、昭島市、立川市、東村山市《ひがしむらやま》など郊外エリアの第八方面に六十名。なぜだ？」

顔を上げ、再び問う。今度は中森は顔を前に向け、静かに答えた。

「知ったら後悔しますよ。ただし、質問の答えは既に阿久津さんの頭の中にあります」

「どういう意味だ？　ちゃんと説明しろ」

「もう帰った方がいい。僕の話を持井さんに伝えて、返事を聞かせて下さい。さっきのスマホに、連絡先が登録してあります」

ノートパソコンを閉じて抱え、中森は立ち上がった。ドアに向かおうとする背中に、慎は問うた。

「なぜ自分で持井と交渉しない？　俺が何を考えてお前とデータを追って来たか、知っているんだろ」

中森が足を止めて振り返った。丸く大きな目で慎を見下ろし、答える。

「阿久津さんを尊敬しているからです。あなたは監察官として自分が学んだこととの全てを、伝えようとしてくれました。でもそれは、明らかに僕のキャパシティを超えていた。ずっと情けなくて、申し訳なくも思っていたんです」

「中森。それは」

「後は、職場環境改善推進室に異動になってからの仕事ぶりを聞いたからというのもあります。阿久津係長、変わりましたね。今のあなたなら、自分の身を守りながら正しい選択をしてくれそうな気がします」

澄んで穏やかな目で、中森は告げた。その目を見て、慎は返した。

「元係長。今は室長だ」

中森はふっと笑い、「失礼しました」と頭を下げた。身を翻し、ドアに向かう。

「中森」

呼びかけた慎の目に、ドアを開けた中森と廊下に立つ数名の男が映った。廊下に出た中森を、キャップを目深にかぶった男たちが取り囲む。慎が立ち上がろうとした時、ドアはぱたんと閉じた。


念のために部屋を調べてから、ビジネスホテルを出た。ワンボックスカーは消えており、慎はタクシーを停めて乗り込んだ。運転手に寮への道を告げ、作業服のポケットからスマホを出してキャップを押し込んだ。電話帳を確認すると、中森が言った通り番号が一件だけ登録されていた。慎は電話帳を閉じ、別の番号に電話をかけた。

「はい」

男の声が応えた。見知らぬ番号からの着信に、警戒心を露《あら》わにしている。

「佐原か？　阿久津だ」

「今は無理だ。話なら」

早口で返そうとした佐原皓介を遮り、慎は告げた。

「用意して欲しいものがある」

「断る。お前には、もう協力しない」

声を潜め、どこかに移動する気配を感じさせながら佐原は言った。スマホを持ち直して脚を組み、慎は訊ねた。

「いいのか？　お前の姉の」

「好きにしろ。引きこもりの甥《おい》の存在をばらされるより、今のお前と関わっていると上層部に知られる方が、はるかに危険だ。お前の懲戒処分は決定的だ。もう全部、お終《しま》いなんだよ。いい加減に諦めろ」

慎はスマホを下ろし、通話を打ち切った。協力を拒まれたことより、佐原の憐《あわ》れみを滲《にじ》ませた口調が不快だった。スマホをポケットに戻し、窓の外に目を向けた。午前十一時を過ぎ、傘を差した人たちが雨の街を行き来している。

中森と連絡手段ができたのは大きいが、このままではただの使い走りだ。持井との取引に食い込む材料を見つけなくては。

中森。お前の短所はキャパシティのなさではなく、半端な誇りと使命感だ。以前から気づいていたし、いずれ伝えてやろうと思っていたが、手遅れだな。

「えっ。何か言いました?」

ハンドルを握ったまま、運転手が振り返った。知らないうちに、頭に浮かんだことを声に出していたようだ。三雲みひろのくせがうつったのか。また不快になり、慎は、

「いいえ。何でもありません」

と返し、シートに体を預けようとして閃《ひらめ》いた。

そうか。三雲がいた。あいつは使える。

身を乗り出して胸の前で腕を組み、慎はこれからの算段を始めた。

## 2

天井のスピーカーから、午後五時を告げるチャイムが流れた。みひろは抱えていた

段ボール箱を別の段ボール箱の上に載せた。息をついて手の埃《ほこり》を払い、室内を見回す。

今朝「今後のことは、また知らせるから」と言った豆田益男は、あれきり姿を現さなかった。気持ちが落ち着かず、パソコンに触れる気にもなれなかったので、ずっと自分の机と窓の前に積まれた荷物の片付けをしていた。ただし窓の前の荷物はゴミかゴミでないかの見分けが付かないものばかりなので、置き場所を変えただけだ。

バッグを持ってエアコンと電気を消し、職場環境改善推進室を出た。廊下を進み、一階に降りて別館の外に出た。

傘を差して内堀《うちぼり》通りを歩き始めて間もなく、ジャケットのポケットでスマホが鳴った。取り出して見た画面には、覚えのない番号が表示されている。みひろは怪訝《けげん》に思いながら歩道の端に寄り、スマホを耳に当てた。

「はい」

「阿久津です」

「し」

室長と言いかけて慌ててやめ、みひろは周囲を見回した。慎が言う。

「今、内堀通りに出たところですか？　では、本庁から離れて」

なんでわかるのよ。まあ、ほとんど毎日五時きっかりに退庁してるから、察しが付くんだろうけど。みひろは早歩きで内堀通りを西に進んだ。国会議事堂の前の交差点を渡り、本部庁舎が見えなくなったところで足を止める。

「言うとおりにしました。休暇を取ったって聞きましたけど、大丈夫ですか？」

「『大丈夫』の解釈に迷いますが、健康面を指しているならイエスです」

「私も話したいと思ってました。気になるものを見ちゃって。伊丹さんが使っていた、フリーメールの下書きフォルダなんですけど」

みひろは早口の小声で訴えた。「下書きフォルダ？」と問うた慎は一旦口をつぐみ、改めて言った。

「三雲さん。僕の寮に来て下さい。お願いしたい買い物もありますので」

「買い物？　なんですか？」

「その前に謝罪します。一昨晩、堤のアパート前での会話についてです。僕の発言に過誤はありませんが、主観的表現に一部自省を必要とする箇所が認められました」

「……早い話が、『言い過ぎた』ってことですか？」

「そう受け取っていただいて構いません」

なんで素直に「すみません」って言えないのよ。癪《しゃく》に障《さわ》るが、それどころではない。

みひろは傾きかけていた傘を立て直した。

「わかりました。買い物って？」

「ノートパソコンを一台。メーカーやスペックはお任せしますが、支払いはキャッシュで。移動はタクシーを使って下さい」

「給料日前でお金がないんですけど。財布に七千円、銀行にも二万円ちょっとしか」

肩にかけたバッグを覗きながら告げると、慎はため息交じりに返した。

「一度帰寮して、誰かに借金すればいいでしょう。こちらに来たら、すぐ清算します」

「あ、そうか。ついでに服も借りて変装しましょうか？　室長は見張られてるんですよね？　私が訪ねて行ったら、怪しまれるかも」

背中を丸め、さらに声を潜めて訊ねたみひろに、慎は即答した。

「必要ありません。自分の私服で来て下さい」

「でも」

「三雲さんの場合、私服がほぼ変装です。意味がわからなければ説明しますが、またの機会に。他に質問は？」

勢いに圧《お》され、みひろは答えた。

「いえ」

「結構。では、迅速かつ慎重に行動を開始して下さい」

# 3

言われた通りに一度帰寮し、私服に着替えて友だちから借金して外出した。タクシーをつかまえ、渋谷の家電量販店でノートパソコンを買って再びタクシーに乗った。

慎が暮らす寮は、港区の麻布十番《あざぶじゅうばん》にあった。十八階のタワーマンションの十七階だ。みひろはタクシーを降り、雨のなか歩道を横切って寮の敷地に進んだ。通りには車が数台停まっていたが、敢《あ》えて目を向けずにガラスのドアから寮の玄関に入る。オートロックのパネルがあったので、慎の部屋番号とインターフォンのボタンを押した。すぐに慎が応え、エントランスに通じるドアを開けてくれた。

エレベーターで十七階に上がり、教えられた部屋のチャイムを押すとドアが開き、慎が顔を出した。

「お見事」

慎が言った。片手でドアハンドルを摑み、メガネ越しの視線をみひろの全身に走らせている。つられて、みひろも自分の体を見下ろした。

トップスは、前身頃と両袖に赤い染料を血しぶきを浴びたように散らした白い長袖Tシャツ。ボトムスは裾がアシンメトリーな赤いタータンチェックのミニスカートと、ところどころ穴の開いた加工がほどこされた黒いレギンス。加えて、顔にはオーバル型でフレームの黄色い大きなサングラスをかけている。

「なにがですか？」

意味がわからずサングラスを外しながら問うと、慎は「独り言です。どうぞ」とみひろを室内に招き入れた。慎は、仕立てのよさそうなシャツにスラックス姿だ。

慎の後から廊下を進み、居間に入った。フローリングで広々として、天井も高い。

「さすが幹部用宿舎。ここって1LDKですか？　まだ新しいし、いいなあ」

みひろは、室内をうろついた。ベランダに通じる掃き出し窓にはカーテンが引かれているが、眺望も抜群だろう。午後七時近くなり、雨のせいもあって外は暗い。

「築三十年近いし、新しくもないですよ」

隣接するキッチンから、両手にペットボトルの緑茶を持った慎が出て来た。ローテーブルに緑茶を置き、ソファに座る。ソファは白い革張りで、ローテーブルは黒いガラス製。他の家具もモノトーンを基調としたモダンスタイルで、いかにも慎らしい。

「でも、私が住んでる世田谷の寮なんて築五十年以上経《た》ってますよ。リフォームしたって言うけど、エアコンは効かないしトイレはすぐ詰まるし」

ボヤいていると、慎が手を差し出した。みひろはソファに向かい、提げていた家電量販店の紙袋を慎に渡した。慎は紙袋からノートパソコンの箱を出し、みひろは向かいのソファに座った。それから、みひろは今朝堤和馬が職場環境改善推進室を訪ねて来てからの流れを伝え、慎はノートパソコンをセッティングしながらそれを聞いた。

三十分ほどしてみひろが話し終えると、慎は言った。

「仲間内でユーザーアカウントとパスワードを共有し、作成したメールを下書きフォルダに保存して閲覧し合う。Uh-huhメールはどこからでもチェックできるし、送信しなければ第三者に傍受される恐れはない。元CIAの長官が不倫相手の女性と連絡を取り合う際に使い有名になった手法で、テロ組織なども この手法を用いていたと聞いています。しかし十年近く前の話で、今さらというか時代錯誤というか。まあ、伊丹や持井さんの年齢を考えれば、さもありなんという気もしますが」

冷ややかに言葉を締め、ペットボトルの緑茶を取って口に運ぶ。その間ももう片方の手は、ローテーブルの上のノートパソコンを操作している。まだセッティング中だがネット接続は済んでいるようで、ノートパソコンの脇には黒いスマホが置かれていた。いつも慎が使っているものとは違うので、さっきはこのスマホで電話をしてきたのだろう。

「そうだったんですか。滅茶苦茶《めちゃくちゃ》焦りましたよ。あの下書きの内容、何なんでしょうね。沢渡暁生さんは、『画期的でセンセーショナルな計画』『人員の有効利用』って書いてましたけど」

敢えて沢渡暁生の名前を出して問いかけてみたが、慎は液晶ディスプレイを見たまま無表情に「さあ」とだけ答えた。流れを伝えた際、沢渡のメールについて触れても、慎はノーリアクションだった。

「とにかく、買い物と情報提供をありがとうございました。いま、代金を払います」

ペットボトルをローテーブルに戻し、慎は立ち上がった。口元にはいつもの笑み。みひろは返した。

「用は済んだから帰れって言いたいんでしょうけど、そうはいきませんよ。この後、伊丹さんの下書きフォルダを調べるんでしょ？　でも私、まだユーザーアカウントもパスワードも教えていませんよ」

「三雲さん。一昨晩『僕たちはお終いですね』と言ったのは、あなたを巻き込みたくないからです。職場環境改善推進室はじきに閉鎖され、あなたも赤文字リスト入りは避けられません。今後も警視庁に勤務するつもりなら、もう僕に関わらない方がいい」

「今さら？　伊丹さんのメールにログインした時点で、私はハッキング犯ですよ。赤文字リスト入りどころか、刑務所送りだわ」

そう捲《まく》し立て、みひろはソファにふんぞり返って脚を組んだ。慎はわざとらしくため息をつき、前髪を掻《か》き上げた。

「確かに三雲さんの行為は、不正アクセス行為の禁止等に関する法律、通称・不正アクセス禁止法に抵触します。しかし、他人のメールにログインした程度で刑務所送りにはなりません。せいぜい」

「なんでもいいけど、私も一緒に下書きフォルダを調べます。OKしない限りここを動かないし、ユーザーアカウントとパスワードも教えませんから」

そう宣言し、みひろは脇に置いたボール形の黒革のバッグを引き寄せて開けた。中から袋入りのパンを二つ取り出し、ばん、とローテーブルに載せた。ここに来る途中で買ったものだ。

「『しみ旨《うま》フレンチトースト』と『焼きそばドッグ』ですか。コンビニパンの鉄板ですね。念のため訊《き》きますが、僕の分は」

「ありません！」

嚙《か》みつくように言い返し、みひろはローテーブルの上の袋を取って封を開け、焼きそばドッグにかぶりついた。しばし無言でみひろを見てから、慎は頷《うなず》いた。

「わかりました。二人でやりましょう。ただし、何か気づいたらすぐに言って下さい。独断は禁止」

「了解です。じゃあ、室長も知っていることを教えて下さい」

焼きそばドッグを食べながらみひろが言うと、慎は胸の前で腕を組んで顎を上げ、

「いいでしょう」と応えてソファに戻った。

慎はノートパソコンのセッティングを再開し、話し始めた。内容は、中森がデータの抜き取りを行うまでのいきさつと、東京プロテクトとされていた計画は実は全くの別物であったこと。そして今日慎の身に起きたことと、中森が慎を仲介役に持井と取引を望んでいることを話した。

「下書きフォルダのメールにあった『計画』イコール、レッドリスト計画ですね。赤文字リスト入りして飛ばされても働き続ける職員は結構いるらしいから、キツい仕事をさせて辞めさせようとか？　だったら退職強要で不法行為ですよ」

食べ終えたパンの袋を片付けながら、みひろは言った。

「確かに不法行為ですが、中森や伊丹の様子からして、そういうレベルの問題ではありません」

「それにしても、室長の今日一日が濃すぎっていうか、展開が早すぎ。室長がすごいのか、それだけ切羽詰まった状況なのか。どっちだと思います？」

「どちらもですね。他にも僕が東京プロテクトがダミーだと気づいたプロセスや、中森の潜入先など疑問はあるかと思いますが、ノーコメントで。情報提供者と中森の安全確保のためです」

「わかってますよ。中森さんは辛《つら》かったでしょうね。中学の同級生に、猛勉強して名門高校に入ったものの周りについて行けずに退学した子がいましたけど、似たような感じかな。監察係に配属されることがゴールで、その先を考えていなかったのかも」

「お得意の分析ですか。国民の血税から報酬を得る公僕である以上、職能のない人員は淘汰《とうた》されるべきです。赤文字リスト入りした職員についても同様……まあ、赤文字リスト入り目前のお前が言うなという話ですが」

そう言って慎は薄く笑ったが、みひろは笑っていいのかわからない。すると慎は、「お待たせしました。セッティング完了です」とノートパソコンから手を下ろした。

みひろはペットボトルを手に、慎の隣に移動した。ノートパソコンの液晶ディスプレイには、Uh-huhのユーザーアカウントとパスワードを入力する枠が表示されている。ノートパソコンを自分の前にずらし、みひろはキーボードに手を伸ばしてユーザーアカウントの枠に、「qaz7410」と入力した。

「qazは、キーボードのアルファベットキーの左端。7410は、テンキーの左端。覚えやすく、年配者が選びそうな文字列ですね」

隣から、慎が冷ややかに私見を述べる。

さっきから持井さんたちを年寄り扱いしてるけど、私からすれば室長も立派な「おじさん」ですよ。そう返したくなったが我慢し、みひろはパスワードの枠にも「qaz7410」と入力してエンターキーを叩《たた》いた。

画面が切り替わり、フリーメールの受信フォルダが表示された。慎がノートパソコンを自分の前に戻し、今度はみひろが隣から覗く。

慎はムダのない動きで下書きフォルダを開き、一覧に並んだメールを見ていった。一時間以上かけて四十八件のメールを読み、ファイルが添付されているものはそれにも目を通した。

「文面にはいろんな人の名前が出て来ますけど、メールを書いているメンバーは持井さん、伊丹さん、沢渡さんですね。あとは公安部公安総務課の第五公安捜査係と第六公安捜査係、外事第三課の人がちょろっと。ここって、テロの取り締まりや捜査をする部署でしょう？」

「ええ。文面に記されている『人員』は、赤文字リスト入りした職員ですね。彼らを集めて『特別守護隊』という部隊を結成し、各方面に配置する計画のようです。特別守護隊は英語で『Special Guard』とし、通称は『ＳＧ』。添付されたファイルに各方面の部隊の予算概算要求書もあったので、間違いありません」

慎は液晶ディスプレイに開いた複数の文書に視線を走らせながら、栄養補助食品のバーを囓《かじ》っている。壁の時計の針は、午後九時を指していた。

「でも、レッドリスト計画の具体的な内容がわかるメールはないですね。手がかりは、室長が中森さんに見せてもらった表？　さっき第六、第七、第八方面の人員配置が多いのが気になったって言ってましたよね」

みひろはスマホを出し、画面に東京都の地図を表示させた。

「ええと、第六方面が台東区と荒川区、足立区。第七方面は江東区、墨田区、葛飾区、江戸川区ですよね。繁華街や観光名所はありますけど大半は住宅街で、確かに各五十名も配置する意味がわかりませんね。第八方面も同じ――いや、東村山市には東京都立健康サイエンス研究所があるな。あれ？　そう言えば」

ある記憶が蘇《よみがえ》り、みひろは地図を見直した。確信を得て、隣を振り向く。

「三つの方面に共通するものを見つけました！」

「そうですか。なんでしょう？」

みひろは勢い込んで答えた。

「『実話ハッスル』ですよ。最新号は『ここが危ない！　東京デンジャラスゾーン』って特集なんですけど、荒川区と足立区は地震が発生した時に建物の倒壊や火事で危険度が高いって書いてありました。あと、江東区、墨田区、葛飾区、江戸川区は海抜ゼロメートル地帯で、洪水が起きた時に浸水したり水没したりする可能性があるとか。それと、東村山市の郊外にある東京都立健康サイエンス研究所。感染症の研究に熱心で炭疽菌《たんそきん》、天然痘ウィルス、ペスト菌などを保有していて、生物兵器テロの標的になる恐れありだそうです。人員配置が多いのは、デンジャラスゾーンだからですよ！」

地図を見せ、身振り手振りも交えて訴えたが慎は無言。片手でこめかみを押さえて俯いている。

「どうしたんですか。何か言って下さいよ——ああ。いつもの『予想や推測でものを言わない主義』？」

「いいえ。呆《あき》れて言葉が浮かばないんです。三雲さん。レッドリスト計画は都市伝説でも陰謀論でもなく、現実の施策ですよ」

「わかってますよ！　じゃあ訊きますけど、第五方面に配置される隊員の数を覚えていますか？」

みひろがムキになって問うと、慎は俯いたまま答えた。

「ええ。確か六十名。それが何か？」

「第五方面に区分されるのは、豊島《とし》区と文京区の七つの警察署だけですよね。しかも、池袋を除けば住宅街ばかりですよ。そこに六十名。なんでだと思います？」

指を突き出して迫ると、慎は鬱陶しそうに眉をひそめて脇に避《よ》けた。

「さあ」

「目白《めじろ》に東都工科大学があるからですよ。工学部の原子力研究室に小型だけど原子炉が設置されてて、ここもテロや事故の危険があるって書かれてました」

すっ、と慎が真顔に戻り、みひろを見た。

「一理ありますね」

そう呟《つぶや》き、ノートパソコンに向き直った。メールやデータをめまぐるしく切り替え、目を通していく。やがて慎は動きを止めた。茫然《ぼうぜん》とした様子でゆっくり片手を上げ、液晶ディスプレイを指す。

液晶ディスプレイには、大きな表があった。一番上の枠に「防護装備」と書かれ、下の枠に「全面マスク」「防護服（二重）」「作業靴」「ゴム手袋」等々の品名が並び、横に「40」「15」といった数字が書き込まれている。

「予算概算要求書の第五方面の調達装備品です。どれも放射線環境下で使用されるものですが、重汚染が起きた場合、これでは装備が軽すぎて数も足りない。さらにこれ」

慎は言い、別の表を表示させた。こちらも調達装備品らしく、「抗ウイルス薬」「簡易抗体検査キット」「フェイスシールド」などの品目と数字が並んでいる。

「第八方面の調達装備品ですね。もし東京都立健康サイエンス研究所からウイルスが漏れ出た場合、この装備では軽すぎて数も足りないんじゃないですか？」

「その通り。第六、第七方面の装備品も確認しましたが、同様でした」

「なんでそんな……わかった。配置される隊員は、災害やテロのスペシャリストなんじゃないですか？　だったら自分で装備を用意できるし、リスクも避けられるでしょう。じゃなきゃ、これから訓練するとか」

みひろは訴えたが、慎は前を向いたまま首を横に振った。

「名簿を見ましたが、そんなスキルの持ち主はいません。訓練の計画書などもありませんでした」

「室長。この計画、何なんですか？　おかしいですよ。これじゃまるで」

話しだそうとすると、慎に片手を挙げて止められた。慎は再びノートパソコンに向かい、みひろはじっと見守った。

また慎が動きを止めた。キーボードに両手を乗せて前を見たまま、固い声で告げた。

「今回ばかりは自分の予想と推測が誤りであって欲しいと願いましたが、叶《かな》いませんでした……これは沢渡暁生、僕の父親のメールです。読んで下さい」

促され、みひろは液晶ディスプレイに表示された文面を読んだ。


「一つ発見したのでお報《しら》せします。


特別守護隊、通称・ＳＧ。実はこれ、今回の計画から想起される存在と頭文字が同じなんです。

その存在とは、『Scapegoat』。音節で区切ると『Scape・Goat』になります。ね、面白いでしょう？

持井さんから『そんな意図はない』とお叱りを受けそうですが、赤文字リストに名を刻まれた警察官たちは、『贖罪《しょくざい》の山羊《やぎ》』になる運命だったということでしょうか。

沢渡暁生」

読んでいる途中から、動悸《どうき》がした。怒り、焦り、恐怖。押し寄せるものに耐えきれず、みひろは隣を見た。

「スケープゴートって、身代わりとか生け贄《にえ》って意味ですよね？　持井さんたちは赤文字リスト入りした職員を集めて、自然災害や事故、テロの現場の最前線に送るつもりなんですね。第五、第六、第七、第八以外の方面も同じで、何か起きたら一番危険な職務を与えられる。しかもろくな装備もなく、犠牲者が出ても仕方ないって考え。これがレッドリスト計画の正体なんでしょう？」

「はい。中森は人員配置の数に疑問を呈した僕に、『答えは既に阿久津さんの頭の中にあります』と言いました。いま三雲さんが述べたのが、その答えなんでしょう」

強い目でこちらを見て、慎が答えた。拳を握り、みひろは立ち上がった。

「下書きフォルダの中身を、マスコミに渡しましょう。新聞とテレビ、ネットにも」

「ムダです。メールやデータは『ねつ造だ』と突っぱねられればそれまでですし、こんな計画が報道されたらパニックになりますよ」

「じゃあ、どうすれば」

「僕に任せて下さい。中森は、言い逃れやごまかしが利かない証拠を持っているはずです。相談して、レッドリスト計画を中止させる方法を考えます」

「そんなことできるんですか？」

「僕ならできます」

いつもの、冷静で自信に満ちた慎に戻っていた。それでも気持ちが収まらず、みひろは「でも」と呟いた。

「コーヒーを淹《い》れます。体が温まれば、気持ちも落ち着きますよ」

微笑《ほほえ》みを浮かべ、慎は立ち上がってキッチンに向かった。

4

和服を着た仲居が、店から出て来た。慎はハンドルに乗せていた手を下ろし、フロントガラス越しに前方を見た。

仲居に続き、スーツ姿の男たちが店から出て来た。打ち水された石畳のアプローチを進み、店の前に横付けされた黒塗りのハイヤーに乗り込む。その中に目当ての男はおらず、慎は息をついて周囲を眺めた。

赤坂《あかさか》通りから一本入った通りで、バーやクラブ、料亭などが並んでいる。時刻は間もなく午後十時。街灯と店の看板の明かりが照らす通りをサラリーマンやOL、「迎車」の表示を出したタクシーが行き交っている。

視線を上げ、バックミラーを見た。映っているのは、慎の車の三十メートルほど後方に停車した白いセダン。警察車両で、運転席と助手席の男は監察係の係員だ。一時間ほど前に寮を出た慎を尾行して来た。

昨夜は、「今後の対策を考えて連絡します」とみひろに伝えて帰寮させた。それから中森と電話で話し、二十四時間後の今、通りの先の料亭を見張っている。

男たちがハイヤーで去り、仲居は店に戻った。黒い板塀が目を引く日本家屋で、いわゆる「一見《いちげん》さんお断り」の料亭だ。政治家や財界人の客が多いことで知られ、慎も監察係にいた頃に何度か入ったことがある。

しばらくすると、店の前にハイヤーが数台列を作った。さっきの仲居が再び姿を見せ、慎は前方に注目した。

どやどやと、店から三、四名のスーツ姿の男が出て来た。その後ろに持井亮司を見つけ、慎の緊張が高まる。持井の隣には沢渡暁生、一歩遅れて柳原喜一もいた。

スーツ姿の男たちはハイヤーに乗り込み、持井、沢渡、柳原と仲居が頭を下げて見送った。ハイヤーが走り去り、そこに黒塗りのセダンが近づいて来て停まった。運転席から男が降りて来て後部座席のドアを開け、沢渡がセダンに乗る。男は運転席に戻ってセダンを発車させ、それを持井と柳原、仲居が見送った。セダンが通りの奥に消えるのを確認し、慎は車を降りた。スーツの襟を整えながら通りを進む。

「持井さん」

声をかけると持井が振り返った。が、先に柳原が口を開く。

「何してるんだ。自宅待機中だろ」

尖《とが》った口調で言い、行く手を阻むように慎の前に立った。後ろから、慎を尾行して来た監察係の係員も駆け寄って来る。

「中森に会いました。お話があります」

慎が告げると、持井の眉がぴくりと動いた。柳原と監察係の係員もはっとする。何か言おうとした柳原を止め、持井が進み出て来た。

「いいだろう……きみたちはここで待て」

前半は慎、後半は柳原たちに言い、持井は歩きだした。慎は背中に柳原たちの視線を感じながら、後に続いた。

少し歩いて路地に入り、持井は立ち止まった。振り向いてこちらを見たので、慎は言った。

「一緒に店から出て来たのは、警察庁警備局の理事と東京都の副知事、他は本庁公安部の幹部ですね。伊丹の一件のフォローでしょうか。間もなく施策審査会が開かれますし、是が非でも計画を採用させて、年内に施行したいところですね」

「先制攻撃のつもりだろうが、今のきみは私と同じリングに立っていない。さっさと本題に入れ」

見下すように告げられたが、想定内だ。「失礼しました」と返し、慎は話を始めた。

「中森はある新興宗教団体と取引し、匿《かくま》われています。国外脱出を希望しており、『外国籍の航空機に搭乗し、離陸したら抜き取ったデータと計画の証拠を渡す』と言っています。追跡の中止も条件だそうです」

「計画の証拠？　何の話だ？」

「無論、レッドリスト計画です。警備部にデータが流れた理由が、やっとわかりました。伊丹に特別守護隊を統括させるつもりだったんですね。災害やテロが発生した場合、現場の機動隊やSATの隊員に、特別守護隊の意味を理解させておく必要がありますから……中森はレッドリスト計画の実施要綱の他、持井さんや日山人事第一課長の署名・押印がされた関係書類のコピーを所持していますよ」

感服したように語ったあと声を低くして伝え、慎はジャケットのポケットからスマホを出して画面を持井に見せた。中森が抜き取ったのはレッドリスト計画の実施要綱で、画面にはそれ以外の企画書や稟議書《りんぎしょ》などコピーの画像が表示されている。昨夜中森がメールして来たもので、持井や日山の他にも警務部や警備部、公安部の幹部の署名・押印がされた書類があった。

厳しい表情で画像を確認し、持井は顔を上げた。

「きみの意見を聞こうか」

「非常にショックでした。倫理的にも人道的にも認許できません。断固阻止すべき計画で、中森の行動を全面的に支持し、協力します」

「中森にはそう伝えたんだな。本意は？」

当然のように問われ、慎は苦笑しながらも快感を覚えた。

「ショックだったのは事実ですが、持井さんはついに英断されたんだなと察しました。赤文字リスト入りした職員の処遇は、以前から我々の課題でしたから」

「その通り。赤文字リストに名を連ねた職員は、五百名弱。規律違反を犯し処分を受けながらも、警察組織に居座り続けている。許しがたい了見で、相応の処置を執るべきだ」

目を光らせ、持井は断言した。慎が「はい」と頷くと、持井はこう続けた。

「で、どうする？」

「取引に応じるふりをして、中森が逃れる前に抜き取ったデータと計画の証拠を入手してお渡しします」

昨夜から考えてきたことを、一気に告げた。出国手続きを終えた後でも、国内の空港内であれば日本の法律が適用される。一方外国籍の飛行機は離陸するとその国の法律が適用され、日本の司法機関の手は及ばなくなる。ゆえに、中森が航空機に乗り込んでも離陸前なら身柄を拘束できるはずなのだが、外国籍の航空機の扱いは難しく、また今回は逮捕状も発付されていない。現実的には、中森が搭乗した航空機のドアが閉じられるまでがタイムリミットだろう。

「きみのことだ。既に具体的な策があるんだろうな」

「はい」

そう返しながら、慎は強い高揚感を覚えた。満足げに頷き、持井は問うた。

「引き換えに、何が欲しい？」

「監察係への復帰。レッドリスト計画は座視しますが、持井さんには、これまで以上に目をかけていただければと。僕をそばに置けば裏切らないか見張れますし、持井さんにとっても悪い話ではないでしょう」

含みたっぷりに答えると、持井は鼻を鳴らして口の端を上げた。

「つくづく、きみは策士だな……首尾を整えて実行しろ。失敗は許されない。いいな？」

「わかりました」

慎が頭《こうべ》を垂れると、持井はその前を通って店の前の通りに戻っていった。

体に力がみなぎり、視界が開けたような気がして慎は笑った。

もう少しだ。俺は元いた場所に戻り、さらに高みを目指す。


店の前の通りに戻ると、持井たちの姿はなく尾行の車も消えていた。自分の車に向かおうとした矢先、後ろから車が近づいて来た。

「よう」

振り向くと、黒いセダンの後部座席から沢渡が顔を出していた。慎は立ち止まり、セダンも停車した。

「どうも。帰宅したと思っていました」

言いながら、柳原が電話で呼び戻したなと察する。運転席から男が降りて来て慎に一礼し、後部座席のドアを開けた。

「乗れよ。ドライブだ」

後部座席の奥に移動しながら沢渡が告げる。ここは従った方がいいと判断し、慎は沢渡の隣に乗り込んだ。男がドアを閉めて運転席に戻り、セダンは走りだした。

「今度は自宅待機だって？　お前、どんどん面白くなってるな」

沢渡が顎を上げて笑った。ゴルフにでも行ったのか、少し日焼けをしている。質問には答えず、慎は前を向いて言った。

「レッドリスト計画は、沢渡さんのアイデアでしょう。『Scapegoat』。いかにもあなたが考えつきそうなことです」

「画期的だろ？　自分の創造したものが現実とリンクし、公儀を動かす。作家として、これ以上の快感はないぞ」

「赤文字リスト入りした職員たちは、あなたの快感の生け贄ですか。クリエーターというのは、残酷な人種ですね」

冷ややかに返すと沢渡も真顔に戻り、ライトグレーのスラックスの脚を組んだ。

「生け贄になったからと言って、殺されるとは限らない。それに国民の奉仕者になるのは、公務員の義務だ……お前らしくないな。出世コースに戻りたくて、血眼で這《は》いずり回ってたんだろ。余計な謀《はかりごと》はせず、中森からデータを取り返せ。持井に尻尾《しっぽ》を振ってりゃ、間違いない」

なるほど。俺に釘《くぎ》を刺すために呼び戻されたのか。納得するのと同時に、慎は苛立《いらだ》ちと反抗心を覚えた。

「自宅待機を面白いと評したそばから、上司にへつらい、出世コースに戻るのをよしとするんですか。矛盾していますね……ああ。こういうことを言うから、あなた方に『つまらない』『頭が固い』と煙たがられるんですね」

「リカも天も元気だ。たまには顔を見せろ。みんな心配してるぞ」

声を低く静かなものに変え、沢渡が言う。家族の名前を挙げたのは、「あなた方」と言った慎をたしなめているつもりか。

「ウソだ」

慎の呟きに、沢渡は動じなかったが、運転席の男は前を向いたまま小さく肩を揺らした。慎は続けた。

「クリエーティブであること、エキセントリックで『面白い』ことが何よりも重んじられるあの家で僕がどんな存在だったか、あなたも知っているでしょう」

言いながら、小学生の時に算数のテストで九十八点、国語のテストで九十二点を取った慎より、算数のテストで〇点、国語のテストで百点を取った二歳上の兄の天が両親に「振り切れてる」と褒められたこと、中学生の時両親が、生徒会長になった慎ではなく、グレて裏番長になった天を友人に「自慢の息子」と紹介したこと、さらに高校生の時は名門大学に合格した慎を差し置き、高校中退後、フリーターを経てマンガ家デビューした天に両親がはしゃいでいたことを思い出した。

無から有を生み出すことができず、面白いことも言えない自分が意味のない人間に感じられ、一方外では「頭がいい」「優等生だ」ともてはやされて混乱した。最後は「うちの家族は『面白い』んじゃなく、『おかしい』んだ」と思うことで自分を保ち、ひたすら勉強して警視庁に入庁した。今は必要がない限り、家族と連絡は取らない。「お前はつまらなくはないよ。俺たちとはタイプが違うだけで、十分エキセントリックだ」

笑顔に戻り、肩をすくめて沢渡は返した。

それでフォローしているつもりか。クリエーターと呼ばれる人間の、こうした根拠のない自信に満ちた態度を、慎は忌々しく思う。だが、まともに相手をするのも腹立たしい。黙っていると、沢渡はさらに言った。

「持井は、お前もレッドリスト計画の主要メンバーに加えるつもりだったんだ。中森の件を上手くやれば、再起用されるだろう。息子と仕事ができるのは、親冥利《みょうり》に尽きる。楽しみだ」

沢渡は腕を伸ばし、慎の肩に手を置いた。振り払いたい衝動に駆られる一方、沢渡の口調と眼差《まなざ》しは偽りとは思えなかった。

セダンが停まった。気づけば、元いた場所に戻っている。慎はドアを開け、セダンを降りた。

「危ない橋を渡る時は、前だけを見ろ。周り、とくに足下でなにか言ってくるやつに、耳を貸すな」

背中で沢渡の声を聞きながら、ドアを閉めた。

5

同日同時刻。みひろは独身寮の近くのコンビニにいた。カゴを手に商品棚の前に佇《たたず》み、並んだパンを見ている。

昨夜、慎の部屋を出る時には落ち着いていたが、一人になるとまた胸が騒ぎだした。慎に「怪しまれるので、仕事はちゃんとして下さい」と言われたのに、今日は一日上の空だった。

夕方退庁してからも帰る気になれず、渋谷に出てアパレルショップやドラッグストアを覗いたり、カフェに入ったりしていたら午後九時を過ぎた。最寄り駅に戻ったもののスナック流詩哀《ルシア》で飲む気は起こらず、夜食でも買おうとコンビニに入ったのだ。「僕ならできます」とか言ってたけど、例の目が笑ってない笑顔だったのよね。みひろはジャケットのポケットからスマホを出した。慎から電話やメールがあった形跡はない。

気を取り直し、棚からカレーパンと練乳パンを取ってカゴに入れた。レジに行って代金を払い、肩にかけたバッグにパンを押し込んでコンビニを出た。ようやく帰寮する気になり通りを歩きだした時、声をかけられた。

「三雲みひろさん」

振り向くと、男がいた。黒ずくめで、暑いのに長袖のパーカーを着てフードをすっぽりかぶっている。みひろが身構えると、男はフードを少し上げた。隠れていた、くりっとした目が現れる。

「中森翼さん？」

みひろもフルネームで呼んでしまう。「はい」と返し、中森は歩み寄って来た。うろたえ、みひろは周囲を見回した。

「なんで？　大丈夫なんですか？」

「あんまり大丈夫じゃないんですけど、話があって来ました。あっちへ」

中森はコンビニの隣の駐車場を指し、歩きだした。みひろもついて行く。

照明が一つだけの薄暗い駐車場の真ん中に立ち、中森はフードを脱いでみひろと向き合った。

「はじめまして、ですよね。話は聞いていたので、そんな気はしませんけど」

「話って？」

驚いて問うと、中森は前髪に手をやってから答えた。

「僕はある宗教団体の施設に隠れていて、そこの信者に、三雲さんと阿久津さんの動きを追ってもらっていたんです」

「そうだったんですか」

返しながら、みひろは後ろを振り向く。それらしい人影や車はないが、きっとどこかにいるのだろう。

「ご存じだと思いますが、阿久津さんに持井との取引の仲介を頼んでいます。さっき阿久津さんから、『持井は明日中に施策審査会にレッドリスト計画の取り下げ書を提出し、お前の追跡も中止するそうだ』と連絡がありました。それを確認して、僕は明後日の朝、宗教団体の施設を抜け出して羽田《はねだ》空港で持井にデータと証拠を渡し、国外に脱出します」

「はい」

持井さんは取引に応じたんだ。よかった。だけど、なんで私に？　疑問が顔に表れていたのか、中森はこう続けた。

「でも、僕は信じていません。とくに阿久津さん。恐らく、僕とデータを持井に渡すつもりでしょう」

「そんな。私には、『レッドリスト計画を中止させる』って言いましたよ」

「だって、上しか見ていない人ですよ。監察係だって、阿久津さんにとっては通過点に過ぎない。ずっと一緒にいたから、わかるんです」

「確かに」

つい頷くと、中森は「でしょ？」と笑った。みひろは訊ねた。

「じゃあ、どうするんですか？　取引は中止？　それとも別の策があるとか」

「策はありません。はったりで宗教団体に協力させていますが、信者たちが僕を疑い始めました。外出できるのも、これが最後でしょう」

「だったらなんで、私なんかのところに。もっと他に」

「柿沼也映子に、三雲さんたちが調査に来ると知らせたのは、なぜだと思います？」

「えっ？」

「阿久津さんを試したかったからです。以前の彼なら、調査対象者にどんな事情があろうと即処分していた。でも、三雲さんが一緒にいれば、違う結果になるんじゃないかと思ったんです。その通りに、阿久津さんは柿沼の信仰の報告を待ち、事件を解決した。三雲さんなら、阿久津さんを変えられますよ」

熱の籠《こ》もった声で、中森は言った。気持ちは動いたものの戸惑いが大きく、みひろは首を横に振った。

「室長は個より組織、気持ちより規律が大切なんです。がんばったけど、それは変えられなかった。ましてや明後日までなんて、絶対不可能」

「僕からすれば、三雲さんはこの二ヵ月で『絶対不可能』を何度も可能にしていますよ。むしろ奇跡って感じ……まあ、ここまで好き放題やったし、運を天に任せます。それ、パンですか？　三雲さんの奇跡は、パン好きっていう阿久津さんとの共通点があるのが大きかったのかな」

最後はまた笑顔になり、中森はみひろのバッグの口から覗くパンの袋を指した。パンを取り出し、みひろは返した。

「それはどうかなあ。あ、食べます？　食事とか、ちゃんと摂《と》れてますか？」

「ありがとうございます。でも僕、パンは苦手で」

「えっ。そんな人、この世にいるんだ」

驚いて返すと、中森はあはは、と笑った。

「阿久津さんにも、同じことを言われました……会えてよかった。お元気で。僕のしたことに巻き込んでしまって、申し訳ありません」

ぺこりと頭を下げてフードをかぶり、中森は歩きだした。みひろは言葉を返そうとしたが浮かばず、足早に駐車場を出て行く黒いパーカーの背中を見送るしかなかった。

# 6

持井と明後日の打ち合わせをして、慎は電話を切った。明日、本当に施策審査会にレッドリスト計画の取り下げ書を出すが、ほとぼりが醒《さ》めた頃に細部を変更し、ほぼ同じ内容の施策を提出するという。

みひろに計画は中止になり、中森は脱出できると連絡しようとした矢先、本人が寮にやって来た。

「私服に着替えないで来ました。もう、見張りもいないみたいだし」

身につけたベージュのスーツを指して告げ、みひろは部屋に上がった。怪訝に思いながら、慎はみひろを居間に通した。

「さっき、中森さんに会いました」

ソファに向かい合って座るなり、みひろは言った。「そうですか」と返し、慎は目の端で壁の時計を確認した。間もなく午前零時だ。

「中森さんをだまして、レッドリスト計画のデータと証拠を持井さんに渡すつもりでしょう。昨夜私に言ったことは、全部ウソだわ」

「ウソではありません。中森がしたことと、レッドリスト計画は別問題です。データと証拠を取り戻した上で、持井さんに計画の中止を訴えます」

「それもウソ。室長の頭には、監察係に戻ることしかないんです。中森さんがどんな気持ちでデータを抜き取ったか、わかりますか？　これまでの生活を全部失うだけじゃなく、二度と日本に戻れなくなるかもしれないんですよ。それでもいいからレッドリスト計画を阻止したい、警視庁の仲間を守りたいって考えたんです。どうしてわからないんですか？」

身を乗り出し、みひろは訴えた。慎はため息をつき、メガネにかかった前髪を払った。

「またですか？　僕は規律違反者の気持ちに関心はありません。ましてや、中森の行為は犯罪です。規律に従い、法を守ってこその警察官。それができない者の主張に、耳を貸す必要はありません。赤文字リスト入りした職員についても、同様です」

「室長にとって、この二カ月は何だったんですか？　不倫相手を守ろうとウソをついたり、先輩に義理立てするために借金をしたり、残り少ない命を信仰に捧《ささ》げたり、夢や志よりも愛する人を選んだり。規律を破ったり組織にそぐわなかったりするかもしれないけど、みんな必死に生きていました。あの人たちに会って、私も生きることに手を抜いちゃダメだ、調査対象者を赤文字リスト入りさせるとしても、その意味と重みを受け止めようと考えるようになったんです。室長だって同じでしょう？　レッドリスト計画が施行されれば、あの人たちはみんな危険な現場に送られて、捨て駒にされるんですよ」

途中で立ち上がったみひろの目を見返す慎の頭に、記憶が蘇った。

着飾った星井愛実と、うなだれる黒須文明。里見洋希が流した涙に、「自分と似たものを感じるよ」と告げた柿沼也映子の声。揺るぎのない眼差しを向け合う、堤和馬と泉谷太郎。

頭は冷静を保っていたが、胸は大きく揺れた。

あいつらが何だと言うのだ。監察係にいた時には、もっと多くの規律違反者を処分したじゃないか。俺は間違っていない。必死に言い聞かせる慎の頭に、みひろの声も蘇る。

「警察って規律はすごく大事にするけど、人の気持ちを無視するのは平気なんですね」「ルールは絶対じゃない」「理由は愛かお金」「自分を見失っていることに気づいて下さい」

間違っていたり、非常識だったりしても、みひろは常に本気だった。策を講じたり、謀《はかりごと》をしたりせず、剝《む》き出しの心で自分と調査対象者にぶつかっていた。

「今のあなたなら、自分の身を守りながら正しい選択をしてくれそうな気がします」

最後に中森の声がして、穏やかで澄んだ目を思い出した。

気がつくと、慎は俯いて拳を握っていた。みひろは続けた。

「私も赤文字リスト入りするんでしょう？　でも、退職しませんよ。みんなと一緒に、災害やテロの現場に行きます」

顔を上げ、慎はみひろを見た。みひろも慎を見ている。迷いのない強い目をしていた。

「私は絶対に逃げない。職務からも、自分からも」

みひろは言い、バッグを摑んで居間を出ていった。慎の耳に遠ざかって行く小さな足音と、玄関のドアが閉まる音が聞こえた。

7

最後のワンフレーズを歌い終え、みひろは頭上のおしぼりを一際大きく振り回した。その拍子におしぼりは手を離れ、向かいのソファに座っていた摩耶ママの肩に当たり、床に落ちた。

曲が終わり、みひろは「イエーイ！」と叫んで両腕を突き上げた。店内にまばらな拍手と、エミリの気の抜けた「イエーイ」という声が響く。みひろはマイクスタンドにマイクを差し、ステージを降りてソファのママの隣に座った。

「相当煮詰まってるわね」

おしぼりをつまみ上げてローテーブルに載せ、ママはコメントした。ソファの端に座ったエミリとハルナが頷く。みひろはグラスのビールで喉を潤し、返した。

「なにそれ」

「タオル代わりにおしぼりを振り回して、湘南乃風《しょうなんのかぜ》の『睡蓮花《すいれんか》』を熱唱。あんたが煮詰まってる時のパターンでしょ。原因は言わずもがな。この間の美人絡みの元エリートね」

「決めつけないでよ」

顔をしかめたみひろだが、その通りなので否定はしない。洗い物でもするのか、エミリとハルナはソファを離れ厨房《ちゅうぼう》に入った。珍しく客はみひろ一人。吉武と森尾は、商店会の旅行らしい。

慎の寮を訪ねてから一夜明け、みひろは今日も書類整理をして過ごした。定時で退庁し、スナック流詩哀に来た。時刻は間もなく午後八時だ。

「なんかもう、何をどうしたらって感じ」

ため息をつき、みひろはもう一口ビールを飲んだ。

中森の件を思い直させようと慎を訪ねたのに、自分の気持ちをぶつけてしまった。後悔はしていないが事態は変わらず、中森と持井の取引は明日だ。まだ自分にできることはあるのか。考えすぎて、訳がわからなくなってきた。

「悩め悩め。これまでがお気楽過ぎたのよ。人生、そう甘くないから」

煙草《タバコ》をくわえたママが、無表情に言う。袖がフリル付きで大きく広がったペパーミントグリーンのドレス姿は、本人曰《いわ》く「これぞ夜の蝶《ちょう》」だが、イメージ的には「南米あたりの巨大な蛾《が》」の方が近い。

「わかってるわよ。でも荷が重すぎっていうか、手に余るっていうか。かといって、このまま放っておけないし」

ぼやくと、ママは二重顎を上げて煙草のけむりを吐いた。

「煮詰まってる時って、意外ともう答えは出てるのよね。行動に移すのをためらってるだけ。要はビビってんのよ」

「違う。私はビビってなんか」

「ビビって当たり前。初めてのことをやるのに、自信満々じゃ困るから。本気で考えて出したのなら、正解かどうかは別として、それも一つの答えよ。やってみなきゃわかんないでしょ」

「なにそれ。人ごとだと思って」

「人ごとよ。だから面白いんじゃない」

あっさり返され、みひろは黙った。雑で乱暴だが、ママが自分を励まし、背中を押してくれているのがわかった。

「はい。お待たせ～」

間延びした声とともに、エミリとハルナがソファに戻って来た。二人ともドレスの腕にトレイを抱えている。トレイに載っているのは、ガーリックトーストとナンドッグ、ピザトーストにホットサンド。

「えっ。頼んでないけど」

次々とテーブルに並べられていく品にみひろが戸惑うと、ママは言った。

「不景気な顔で居座られても迷惑なのよ。それ食べたら、さっさと帰りなさい。もちろん、奢《おご》りじゃないわよ」

「ママ」

さらに背中を押された気持ちになり、みひろは隣を見た。そっぽを向いて煙草をふかし、ママはさらに言った。

「ダメならダメで、酒の肴《さかな》になるじゃない。みんなで待ち構えてて、笑い飛ばしてやるから……あと、その元エリート。一度連れて来なさい。約束よ」

「賛成！　やっと会える～」

エミリが目を輝かせ、ハルナも、

「私も賛成！　みひろちゃん。食べて食べて」

とみひろの肩を叩く。「うん」と頷き、みひろはピザトーストに手を伸ばした。

8

同じ頃、慎も寮のキッチンでパンを手にしていた。ただしハムチーズエッグマフィン。電子レンジで加熱したばかりなので、ほかほかだ。

一昨日みひろが食べるのを見てコンビニのパンが食べたくなり、昨日は三食そうした。いま手にしているハムチーズエッグマフィンも、コンビニで買ったものだ。

慎はハムチーズエッグマフィンを買った時入っていた袋に戻し、セロハンテープで封をした。そろそろ、やつが来る頃だ。

午前中から電話をしたが、中森は出なかった。何度もかけ続けると、一時間ほど前に知らない男が出て、「何の用だ」と言われた。とっさに「中森に渡したいものがある。きみたちにも関係のある、重要なものだ」と返したところ、男は「使いの者に渡せ」と告げて電話を切った。

中森は「盾の家の信者に疑われ始めている」と言っていたし、はったりがバレたのかもしれない。だとしたら、好都合だ。

ハムチーズエッグマフィンをコンビニのレジ袋に入れ、キッチンを出た。居間に入り、レジ袋をローテーブルに載せた。隣には、A4サイズの封筒が置かれている。ソファに腰掛けると、レジ袋と封筒越しに向かいのソファが目に入り、昨夜のみひろとのやり取りを思い出した。

俺は選択したんだ。それは間違っていない。再確認し、頭と胸の雑念を振り払った。と、壁の端末からチャイムが流れた。歩み寄ってボタンを押し、来訪者をエントランスに迎え入れた。

部屋のチャイムが鳴り、ドアを開けると一昨日慎を迎えに来た男がいた。今日も水色のキャップと作業服姿だ。慎は男を玄関の中に入るように促し、ドアを閉めた。

「新海弘務以外に公安のスパイはいない。中森は虚偽の情報で、きみたちを利用している」

三和土に立つ男に向かい、慎は告げた。

「やっぱりか。だが、なぜばらす？　お前は中森の協力者じゃないのか？」

男は問うた。キャップを目深にかぶっているが、目鼻立ちも少し慎と似ているようだ。

「そうだったが、やつは裏切る気だ。俺たちは、警視庁のこの計画を阻止するつもりだった。東京プロテクト。防犯カメラを利用した、特定個人の監視システムだ」

言いながら、慎は手にした封筒を差し出した。もう片方の手には、レジ袋を持っている。

男は封筒を受け取り、中の書類を出して読んだ。その顔がみるみる青ざめ、強ばっていく。慎は手応えを覚えた。

「中森は計画の証拠を持ち出し、きみたちの団体に潜伏した。やつは明朝、きみたちの施設を抜け出す。証拠を回収して何者かに託《たく》し、国外脱出が確実になったら証拠が警視庁の人間に渡るよう、算段している。やつを逃がして尾行し、証拠を託した者を確認して知らせてくれ。警視庁の人間より早く証拠とやつを押さえ、きみたちに渡す」

「俺たちに？　なぜだ？」

「中森は保身のために、盾の家の情報を警視庁の人間に渡すぞ。それに東京プロテクトは、きみたちにとっても脅威なはずだ。今後俺は、きみたちと組みたい。施設に戻り、扇田鏡子に俺の話を伝えて、その書類を見せろ」

「信用できない。お前もおまわりだろ？」

男はそう返したが、迷っている様子だ。慎は頷いた。

「ああ。だが明日、証拠が警視庁の人間の手に渡れば、東京プロテクトは施行されるぞ。俺と組むか組まないか。今夜中に決めろ」

男は無言。しかし、封筒を胸にしっかり抱えている。男が出て行こうとしたので、

「中森に渡してくれ。やつの好物で、電子レンジで温めてある。俺がやつを信用し続

けていると思わせるためのエサだ」

と告げて、慎はレジ袋を差し出した。電子レンジと聞くなり、男はさらに顔を強ばらせて身を引いた。それでも作業服の袖口を伸ばして手を覆い、直接触れないようにしてレジ袋を受け取った。レジ袋を体から離して持ち、男は玄関から出て行った。

慎はドアに施錠して居間に戻り、持井に電話した。

信者の男との会話を伝えると、持井は「東京プロテクトを利用するとは、考えたな。作り込まれているから、盾の家の連中は現実の施策だと信じるだろう」と言い、「よくやった」と付け足した。慎は「ありがとうございます」と一礼し、電話を切った。

9

平日の昼間だが、羽田空港の展望デッキは賑《にぎ》わっていた。夏休み中なので、家族連れと学生風のカップルが多い。

慎はゆっくりと、展望デッキを歩いた。手前はウッドデッキ、奥はタイル張りの広々とした空間で、緩やかなカーブを描く背の高いフェンスに囲まれている。フェンスの向こうの滑走路を、航空機が甲高いジェットエンジンの音を響かせて離着陸していた。手前の駐機場にはボーディングブリッジを装着した機体が並び、日射《ひざ》しを受けた尾翼が鈍く光っていた。その中には、中森が搭乗するフィリピン国籍のマニラ行きの機体もある。

中森がデータと証拠を託した者は羽田空港に来て、中森が航空機に搭乗するのを見届け、展望デッキに移動。航空機が動きだすのを確認したら慎に声をかけ、データと証拠を渡すというのが中森に聞いた段取りだ。ウッドデッキの後ろの建物には外を見渡せるガラス張りのカフェがあり、持井が待機している。他にも監察係の係員ほか特命追跡チームの捜査員が、空港内各所に配置されているはずだ。

慎は歩きながら腕時計を覗いた。マニラ行きの便の出発時刻は午後三時で、今は二時半だ。

今朝午前五時前に、昨夜封筒を渡した信者の男から「中森が施設を抜け出した。尾行する」と電話があった。しかしその後電話はなく、少し前に国際線のターミナルにいる捜査員から無線で、「中森が現れ、手続きを済ませて搭乗ゲートに向かった」と報告があった。

中森が現れたのなら、データと証拠を託された者もここに到着しているはずだ。信者の男は、なぜ連絡して来ない？　よもや、証拠を託された者の確認に失敗したのか？

不安が胸をよぎる。カフェの前を通り過ぎると、ガラス越しに持井の射るような視線を感じた。

スラックスのポケットで、スマホが振動した。素早く端に寄り、慎は無線のイヤホンを抜いてスマホを耳に当てた。

「はい」

「俺だ」

信者の男だった。

「データと証拠を託された者は？」

「中森と接触するのを確認した。これから写真を送る。空港や飛行機は汚染されているから俺はそっちに行かないが、証拠を手に入れたら」

「とにかく写真を送れ」

早口で告げ、慎は電話を切った。間もなく、メールが送られて来た。写真が一枚添付されている。写っているのは、紺色のポロシャツにジーンズの男。中肉中背で年齢は二十代から三十代ぐらいだが、黒いキャップをかぶっていて顔は見えない。他にまともな写真はないのかと言いたくなったが、信者の男の電話は非通知だった。

気持ちを切り替え、慎は写真を持井に送った。持井が他の係員や捜査員に写真を転送し、一斉に証拠を託された者を探し始めるはずだ。慎もスマホをしまい、改めて周囲を見回した。

二十代から三十代ぐらいで中肉中背、紺色のポロシャツにジーンズ姿の男は三人いた。黒いキャップをかぶっている男はいないので、脱いだのかもしれない。三人とも連れと一緒で、こちらを注視している様子はない。

慎は、一番写真の男に似ていると感じた男に歩み寄った。

「中森の使いか？　俺が阿久津だ」

振り向いた男が、きょとんと慎を見た。学生なのかあどけない顔立ちで、同年代の女とフェンスの前に立っている。

「警察だ。中森に託されたものを渡せ」

そう続け、慎は男が持った紙袋に手を伸ばした。空港の売店の名前らしきロゴが入っている。

「おい！　やめろよ」

男は紙袋を抱え込み、慎を睨《にら》んだ。慎は「警察だ」と繰り返したが、今度は女が、

「警察手帳は？　本物なら見せなさいよ」

と睨んできた。自宅待機の命令を受けている最中なので、警察手帳は所持していない。

「中森は犯罪者だ。言うとおりにしないと、きみも罰せられるぞ」

「はあ？　中森なんて知らねえよ」

たちまち押し問答になった。少し離れた場所でも、二人組の捜査員が別の紺色のポロシャツにジーンズの男と押し問答している。

「警察です。捜査に協力して下さい」

脇から腕が伸びて来て、男に警察手帳を差し出した。振り向いた慎の目に、スーツを着た柳原の姿が映る。一転して怯《おび》え顔になり、男は紙袋を差し出した。受け取って、慎は紙袋を開けた。中身は菓子とぬいぐるみ。USBメモリや書類などはない。詫《わ》びを言い、慎と柳原は男の元を離れた。柳原は、まだ声をかけられていない紺色のポロシャツにジーンズの男の元に行く。

慎は小走りで展望デッキを進んだ。データと証拠を託された者を確保したという無線は入らず、慎に声をかけて来る者もいない。腕時計を覗くと、二時四十分。あと十分ほどでマニラ行きの機体はドアを閉じるはずだ。

視界の端に動くものがあり、慎は振り向いた。ウッドデッキに坊主頭の男がいた。こちらに背を向け、ガラスのドアを開けて建物に入ろうとしている。中肉中背でジーンズを穿《は》いているが、上半身にまとっているのは黒いナイロンジャンパーだ。視線を前に戻そうとして、男の上半身がドアに映り込んでいるのに気づいた。ナイロンジャンパーはファスナーを上げているが、下に着たシャツの襟の片方が捲《めく》れ、ジャンパーの襟から飛び出している。色は紺。はっとした瞬間、男が振り返った。目が合うなり男はドアを開け、建物の中に飛び込んだ。慎は素早くターンし、ウッドデッキに向かって走った。

ドアを開けて建物に駆け込む。通路沿いにカフェや玩具店、マッサージ店などが並び、中央に広いホールがある。ナイロンジャンパーの男は、行き来する人の間を縫い、ホールを走って行く。前方には、上りと下りのエスカレーターが並んでいる。

人にぶつかったり、転びそうになったりしながら、慎もホールを走った。ナイロンジャンパーの男はホールを抜け、下りのエスカレーターに乗った。五秒ほど遅れ、慎もエスカレーターの乗り口に着いた。身を乗り出して覗くと、ナイロンジャンパーの男はステップを駆け下りようとしているが、エスカレーターは混み合っており、思うように進めない様子だ。

「どうした⁉」

後ろから柳原と数名の係員、捜査員が駆け寄って来た。

「黒いジャンパーの男です！」

前方を指して、慎は上りのエスカレーターに目を向けた。下りと同じ幅と長さだが、こちらは空《す》いている。

とっさに、慎は上りのエスカレーターに駆け寄り、ステップを降りた。たちまち、逆走防止ブザーがけたたましく鳴りだした。

「すみません！」

声をかけて乗客たちの間を抜け、慎はステップを駆け下りた。しかし上昇するステップを下降するのは難しく、上手く進めない。それでも片手でベルトを摑み、転がるようにしてステップを降り、下のフロアに出た。既に息が上がり、脚ももつれだしている。必死にフロアを移動し、下りのエスカレーターの前に立った。

下から三段目のステップに、黒いジャンパーの男の姿があった。が、慎の姿を見るなり身を翻し、男はエスカレーターを上りだした。またブザーが鳴り、乗客が悲鳴を上げる。

「おい！」

そう叫び、慎も下りのエスカレーターに飛び乗った。しかし二段上がったところで躓《つまず》き、前のめりに倒れそうになる。目の前には、黒いジャンパーの男の背中。慎は倒れながら腕を伸ばし、黒いジャンパーの男の腰にしがみついた。その勢いで黒いジャンパーの男もバランスを崩し、前のめりに倒れ込んだ。エスカレーターは下降を続け、慎と黒いジャンパーの男は重なり合って倒れたまま、降り口に運ばれた。

「阿久津！」

「大丈夫か⁉」

柳原と他の係員、捜査員の声と足音が近づいて来た。伸びて来た腕が、慎と黒いジャンパーの男を引き起こす。黒いジャンパーの男は抵抗せず、倒れた拍子に打ったらしい額を押さえている。

「データと証拠を。時間がない」

捜査員の手を借り、這うようにして降り口からフロアに移動しながら慎は訴えた。

柳原と係員が黒いジャンパーの男のポケットと、体に斜めがけにしているショルダーバッグを調べる。男は額を押さえたまま、「ネットで雇われて、言われた通りにしただけだよ！」と騒いだ。

「ありました」

係員が振り向く。その手には、深緑色のUSBメモリ。続いて柳原も、ショルダーバッグからA4サイズの封筒を取り出した。封筒の口は、粘着テープで念入りに封がされている。

安堵《あんど》したとたん、慎は膝と腕に痛みを覚えた。しかし表には出さず、体を起こしてずれたメガネを直していると、持井がやって来た。

「ご苦労」

慎に告げ、柳原に「証拠を確認しろ」、一緒に来た部下の男に「中森を航空機から引きずり下ろせ」と命じた。部下の男が無線機の通話スイッチを押して話しだそうとしたその時、

「待って下さい！」

と声がして、女が駆け寄って来た。黒いジャンパーの男を含めた、その場の男たち全員が動きを止めて視線を向けた。

胸に白いドクロマークが入った黒いTシャツに、両脚の側面同士を共布《ともぎれ》の細いベルトでつないだ黒いスリムパンツと、底が分厚い黒い紐《ひも》革靴。小さな顔には、黒く大きなマスクを装着している。

「三雲さん」

慎が言うと、柳原とみひろを知っているらしい係員と捜査員が、

「えっ⁉」

と声を上げた。

## 10

慎を見て、みひろはマスクを外し返事をした。

「はい」

「なぜここに？」

「休暇を取りました」

答えてからそういう意味ではないと気づき、慎と隣の持井に改めて言った。

「全部見てました。こんなの間違ってます。だまして捕まえて、もみ消す。結局は力ずくじゃないですか」

「戯《ざ》れ言を聞いているヒマはない」

突き放すように返し、持井は柳原と部下の男を視線で促した。柳原は封筒の粘着テープを剝がすのに手間取っているようだが、部下の男は再び無線機の通話スイッチを押そうとしたので、みひろはさらに言った。

「私は黙ってませんよ！」

近くを通りかかった人が振り向き、部下の男は手を止めた。鬱陶しげに眉をひそめ、持井は慎に命じた。

「何とかしろ」

「分《ぶ》をわきまえなさい」

慎に咎《とが》められたが、みひろは構わず続けた。

「警察官としてふさわしい人間だと思ったから、入庁させたんでしょう？　それを一度の失敗で葬り去っただけじゃなく、見殺しにするんですか？　仲間の命をないがしろにする組織に、市民の平和と安全を守れる訳ないわ」

「お前が組織を語るな」

何かのスイッチが入ったのか、持井はみひろを見据えた。

「オリンピックだインバウンドだと職員を増やし続けた結果、お前のような有象無象《うぞうむぞう》がのさばるようになった。警察は、高い志と自制心を持った人員が集うべき組織だ。そうでない者は厳しく取り締まり、排除しなくてはならない。いいか？　組織は末端から腐るんだ」

最後のワンフレーズはみひろを指さし、きっぱりと告げる。言い返そうとしたみひろを遮り、持井はこう続けた。

「赤文字リスト入りした職員など、厄介者《やっかいもの》。警察官のクズだ。配置された現場で市民と仲間に命を捧げるのは、彼らにとってはむしろ名誉。みじめな人生からの救いだ」

そして最後に、冷たく勝ち誇ったように笑う。以前慎が見せた笑みと似ているが、持井の方が何倍も邪悪で冷酷だった。みひろはたじろぎ、慎や他の係員、捜査員たちも黙る。すると持井は、

「何をしている！」

と怒鳴り、係員と捜査員たちは動きだした。一人の係員がみひろに歩み寄り、部下の男は無線機の通話スイッチを押して話しだした。

係員に腕を摑まれ、エレベーターの方に引きずられながら、みひろはすがる思いで振り返った。

「室長。これでいいんですか？　仲間を見殺しにしてまで、偉くなりたいんですか？」

「あなたに、僕の気持ちはわからない」

前を向いたまま、慎は答えた。

「そうです。だから教えて下さい！」

慎がみひろを見た。メガネの奥の目は揺れている。薄い唇を開き、慎は何か言おうとした。その時、

「持井さん。これはレッドリスト計画の証拠じゃありません！　東京プロテクトの実施要綱です」

と柳原の裏返り気味の声が響いた。何とか封筒を開け、取り出した書類を手にしている。

「なんだと⁉」

声を上げ、持井は柳原の書類を引ったくった。鋭い眼差しが書類の上を動き、部下の男は話すのをやめてそれを見守る。みひろを引きずっていた係員も立ち止まり、振り向いた。

顔を上げ、持井は嚙みつくように慎に問うた。

「おい。どういうつもりだ！」

「阿久津さんですか？」

唐突に、男が割り込んで来た。歳《とし》は四十代前半。ジャージの上下を着て、頭にタオルを巻いている。頷き、慎は返した。

「はい」

「便利屋です。遅くなってすみません。せっかく顔写真を送ってもらったのに、広くて捜すのに手間取っちゃいました」

申し訳なさそうに言い、男は慎に封筒と伝票、ボールペンを差し出した。空気が固まり、その場のみんなが、封筒を受け取って伝票にサインする慎を見守る。伝票とボールペンを手に男が立ち去ると持井は口を開こうとしたが、それより先に慎は言った。

「お待ちかねのデータと証拠です」

封筒を開け、中から黒いUSBメモリと書類を取り出して掲げる。こちらの封筒もA4サイズだが、セロハンテープで簡単に封がされているだけだった。

慎がぱらぱらと捲って見せた書類を目で確認し、持井は再度問うた。

「どういうつもりだ？」

「中森に、あらかじめ手配した者にはダミーを渡し、尾行に気づかれないように、僕が手配した便利屋にデータと証拠を渡せと伝えました。中森の行為は犯罪であり、警察組織に対する裏切りです。しかしレッドリスト計画は、それ以上に看過できません。赤文字リストに名を連ねられ、飛ばされてもなお居座り続ける職員が、大人しく『贖罪の山羊』になると思いますか？　配置された現場を混乱させ、貴重な人員や市民に被害を与えた場合の責任は？」

ＵＳＢメモリと書類を手に畳みかけられ、持井が黙る。慎は持井を見下ろし、きっぱりと告げた。

「赤文字リスト入りした職員は、こちらが考えているよりずっとしぶとく、たくましい。あなたが職場環境改善推進室に飛ばしてくれたお陰で、僕はそれを学びました」

「室長」

胸が熱くなり、みひろは呼びかけた。状況はいまいち飲み込めないが、慎の言葉と眼差しにウソはなかった。耳に入れたイヤホンを押さえ、部下の男が言った。

「中森が搭乗した航空機が、動きだしました！」

はっとして滑走路の方を振り向いてから、持井は鬼の形相で慎に視線を戻した。

「貴様、裏切ったな。よくも」

「データと証拠を奪って、レッドリスト計画を強行しますか？　しかし、犯罪者である部下を取り逃がしたあなたを、上層部が許すでしょうか。過ちは人事に忠実に反映される。それが警察という組織です」

容赦なく言い渡し、慎は中指でメガネのブリッジを押し上げた。それを見て口を開いた持井だが、ぱくぱくと動かすだけで言葉が出て来ない。

「これで済むと思うなよ。おい、行くぞ！」

なんとか捨て台詞《ぜりふ》を吐き、持井は慎の手からUSBメモリと書類を引ったくって歩きだした。部下の男と他の係員、捜査員がそれに続く。腕を摑んでいた係員も続き、みひろは慎に駆け寄った。と、視線を感じて傍らを振り向くと、柳原が慎を見ていた。何か言いたげな、鋭いが怒りや憎しみは感じられない眼差し。慎も同じ眼差しを返すと、柳原は目をそらし、持井たちを追った。みひろが話そうとすると慎は、

「展望デッキに戻りましょう」

と告げて歩きだした。

二人でエスカレーターに乗り、フロアを抜けて展望デッキに出た。慎はデッキを進み、フェンスの前で立ち止まった。その隣に立って、みひろもフェンスの向こうに目をやった。中森が搭乗した航空機が駐機場を出て、誘導路を進んで行くのが見えた。

「僕がどうやって中森に計画の変更を伝えたか、知りたいのでしょう？」

中森が搭乗した航空機を目で追いながら、慎は訊ねた。正直それどころではなかったが、みひろは「はい」と頷いた。

「ダミーの計画を口実に、信者の男を寮に呼んだんです。で、計画の資料と一緒に『中森に』とパンを渡した」

「でも、中森さんはパンが苦手なんじゃ」

「ええ。ですから何かあると気づくと考えて、パンの中に変更後の計画を書いたメモを仕込みました。パンは電子レンジで加熱したので、放射能汚染を恐れる信者たちに調べられる危険はない。持井たちを欺くために、率先してダミーのUSBメモリと書類を持った男を追ったことも含め、完璧です」

自信と自己愛ダダ漏れの顔つきと口調で言い、慎は顎を上げた。

追ったはいいけど、途中でバテてたじゃん。ちゃんと見てたんだから。呆れながら、みひろは「そっすね」とだけ返した。

中森が搭乗した航空機が誘導路の奥に消えるのを見届け、みひろは問うた。

「いつ心変わりしたんですか？　一昨日の夜、私に会った時？」

「改めてレッドリスト計画を精査した結果、施行すべき施策ではないと判断しました。でもまあ、きっかけは三雲さんの言葉です」

「やっぱり？　だったら教えて下さいよ。どれだけ悩んだと思ってるんですか」

みひろが訴えると、慎は前髪を搔き上げ、満を持してといった様子で答えた。

「必ず上手くいくという確信が得られませんでした。お忘れですか？　僕は予想や推測でものを言わない主義なんです」

「忘れてませんよ。忘れられたらどんなにいいかと思いますけど」

満面の笑みを浮かべつつ、嫌みのつもりで返したが、慎は前を向いたまま続けた。

「でも、今後はなるべく言うように努力します。たった二人のチームですから、風通しはいい方がいい」

「『今後』⁉『チーム』⁉」

みひろが声を上げると、慎はさらに言った。

「上司と部下ではありますが、チームです。三雲さんは欠点は多々あれど、愛すべき人物です。今後はさらに経験を積み、自己研鑽《けんさん》に努め……警察という組織になじまないで下さい。それがあなたの、最大にして最強の武器です」

「『欠点は多々あれど、愛すべき人物』ってそれ、褒めてるつもりですか?」

顔をしかめてみひろは不満を申し立てた。そうしていないと、胸がいっぱいで涙が溢《あふ》れそうだった。

室長は、私を受け入れてくれた。キザで素直じゃなくて理屈っぽいけど、精一杯の気持ちで。これ以上ない賛辞も一緒に。

「確かに」

慎は言い、振り向いて笑った。顔をくしゃっとさせて照れ臭そうな、初めて見る笑顔だった。みひろははっとしたが、慎はすぐ真顔になって視線を前に戻した。

展望デッキの前の滑走路を、中森が搭乗した航空機が近づいて来た。白い機体は速度を増しながらみひろたちの視界を横切り、ゆっくり機首を上げて離陸した。そして轟音《ごうおん》を響かせ、機体をわずかに揺らして青空の向こうに飛んでいった。

11

午前七時半。慎は寮を出た。地下鉄麻布十番駅への道を歩きだしてすぐ、路上駐車した黒いセダンに気づいた。傍らには、洒落《しゃれ》たシャツとスラックス姿の沢渡が立っている。運転席には、いつもの男の姿もあった。

「よう」

歩み寄って来る慎に、沢渡は片手を上げた。セダンの脇で足を止め、慎は一礼した。

「おはようございます。早いですね。朝型に変えたんですか？」

「ヒマなんだよ。レッドリスト計画以外の施策の推進委員もやっていたが、下ろされた。お払い箱ってことらしい。しかも近々、週刊誌に俺が最初に書いたレッドリスト計画の草案が載る。売れっ子作家が警視庁幹部に送りつけた、危ない妄想って訳だ」

「そういう形で世に出しておけば、今後レッドリスト計画の情報が漏れてもマスコミは取り合わない。事後処理としては、ベストですね。監察係の発案でしょう」

「ああ。草案の出所は俺が持井たちと使っていたフリーメールの下書きフォルダだが、より具体的な内容に書き換えられている。持井たちは、お前と三雲さんが調べたのを把握していながら、フリーメールのアカウントを消さなかった。こういう事態に備えたからだ。あいつらの方が、何枚も上手だってことだよ」

肩をすくめて話を締め、沢渡はまた笑った。慎が黙っていると、沢渡は真顔に戻って話を続けた。

「しかし、お前も用意周到だな。今回の騒動で自分の経歴にキズが付かないように、公安経由で人事第一課長と取引したんだって？　取引のネタは、中森から聞いた盾の家の情報だろ？」

「ええ。潜入捜査員の生命がかかっていますし、公安係はすぐに動いてくれました」

淡々と説明し、慎はネクタイの乱れを整えた。九月も下旬となり、朝晩はかなり涼しくなってきた。慎は今朝、スーツを秋物に替えた。

羽田空港での一件から、間もなく一カ月。あの後すぐに、警視庁の施策審査会はレッドリスト計画の施策取り下げ書を受理した。中森は「所属長との軋轢《あつれき》で心身のバランスを崩し依願退職」と処理され、その責任を問われた持井も間もなく退職するという噂《うわさ》だ。空いた首席監察官のポストには、柳原が収まるらしい。

「だが、監察係への復帰の話は断ったんだろ？　出世コースを降りたのか？」

「まさか。軌道修正しただけで、目指す場所は同じです。職場環境改善推進室は、日山人事第一課長直属の部署になりましたし」

知られてはいないが、日山との取引の条件には、職場環境改善推進室の存続も含まれている。

所属長は変わっても、職場環境改善推進室が監察係の下部組織であることに変わりはない。いずれ俺は監察係に戻りトップに立つが、力を蓄える時間が必要だ。それまでは柳原たちに、「自分が上だ」と思わせておけばいい。支配されていると見せかけて、支配する。今回の騒動で、そのやり方を学んだ。慎は胸に再び火が点《とも》るのを感じた。背筋に走る高揚感もあり、その感覚に酔いたくなる。

こちらの顔色を読んだのか、沢渡は言った。

「今回の騒動でお前は力を見せたが、敵も作った。とくに盾の家の連中は、だまされて利用されたままではいないだろう。気をつけろよ……まあ、人の心配をしてる場合じゃないけどな。お前にはやられたよ。親父《おやじ》に積年の恨みを晴らせて、満足か？」

まず「僕は自分の仕事をしただけです」と返してから、慎はこう続けた。

「作品という世界を創り上げ、支配できるのがクリエーターの特権。だがあなたは、現実でもその力を行使したくなった。異常な行動のように感じられますが、歳を取ったんでしょう。妄想と現実の区別が付かなくなったという意味です。しかし、最も許せないのはその妄想を受容した持井たちです。誰かの犠牲を前提とした平和など、矛盾を通り越して不条理。人命を軽んじ正義をねじ曲げる警察官こそ、組織から排除すべきです」

「そうか。だが偉業と呼ばれるものも、はじめは誰かの妄想だぞ。それに人は、何かを正そうとする時ほど過ちを犯しやすい。逆に言えば、過ちを恐れていたら何も変えられないし、生み出せないってことだ」

「それは屁理屈《へりくつ》、というより詭弁《きべん》ですね」

冷ややかに告げると、沢渡は「そう追い込むなよ」と笑った。

「お前は家族に煙たがられていると感じていたようだが、俺たちはむしろお前を羨ましく思っていたんだ。俺もリカも天も、世間ってやつに上手くなじめないタイプの人種だ。お前を揶揄《やゆ》することで、自分たちを正当化していたのかもしれない。それがお前をキズつけたのなら、謝る。だが間違いなくお前は家族の一員だし、俺とリカの大部分だ」

ノリは軽く表情も変わらない。しかし沢渡は真剣で、その頬が少しこけたことに慎は気づいた。せき立てられるような思いにかられ、慎は言った。

「お父さん」

そう呼んだのは久々だ。喉が詰まり、咳払《せきばら》いしてから改めて沢渡を見た。

「僕はお父さんやお母さん、天兄さんのようにはなれないし、なる必要もないとわかっていました。それでも、お父さんには認めて欲しかったし、自慢の息子だと言ってもらいたかった。そんな自分を乗り越えるためには、僕は一度、お父さんを殺さなければならなかった。無論『殺す』とは社会的な意味であって、肉体的な殺人ではなく」

「わかってるよ。せっかく文学的で含蓄のある表現だったのに、台無しだ。やっぱりお前は」

「面白くない、ですか？」

慎が先回りすると沢渡は、「まあな」と言って頭を掻き、苦笑した。慎もつい笑い、中途半端に場が和《なご》んだ。

顔を上げ、沢渡は告げた。

「慎。死ぬなよ。それで十分だ」

「はい」

頷いた慎を見て、沢渡は表情を緩めた。

「俺もなんとかやるさ。いっそ今回の騒動を、小説にしちまおうかと思ってるんだ。何でもメシの種にできるのが、物書きの強みだからな。もちろん、お前も登場させる。当然ベストセラーになって映画化されるはずだから、自分の役をどの役者にやらせたいか、考えておけよ」

いつものノリに戻って言い放ち、沢渡は「じゃあな」と告げてセダンの後部座席に乗り込んだ。呆気《あっけ》に取られた慎を残し、セダンは通りを走り去った。

## 12

大あくびをして、みひろは職場環境改善推進室のドアを開けた。明かりを点《つ》け、室内に入る。朝の九時前だというのに、淀《よど》んで湿っぽい空気が顔に当たった。

エアコンやデジタル複合機、湯沸かしポットなどの電源を入れながら室内を進み、自分の机にバッグを置いた。ノートパソコンの電源を入れようとして、机上のオレンジ色の包みに気づいた。包装紙には、有名なチョコレート店の名前が印刷されている。

「あれ」

首を傾《かし》げつつ、みひろは包みの上のカードを開いた。

「三雲みひろ様

職場環境改善推進室の業務再開、おめでとうございます。本当によかった。

詳しい情報は下りて来ないのですが、中森さんの件ではありがとうございました。

私は私の場所でがんばりながら、三雲さんと阿久津室長を見守ります。

阿久津さんのこと、どうぞよろしくお願いします。

追伸：阿久津室長は、パンだけじゃなくチョコレートも好きなんですよ。」

本橋公佳

「ふうん……『どうぞよろしく』って、なにげに上から目線っていうか、張り合われてる気がするんだけど。ここだけ、『室長』じゃなく『さん』呼びだし。パンもチョコレートも好きなんて、室長、要はなんでもいいんじゃないの？」

もやもやとしたものを感じて呟いたとたん、

「おはようございます。また、頭に浮かんだことを声に出すくせですか？」

と後ろから声をかけられた。みひろは「ひっ！」と飛び上がる。スーツ姿の慎が近づいて来て、自分の机にビジネスバッグを置いた。

「おはようございます。今のはくせじゃなく、独り言です。これなんですけど」

そう言ってみひろは包みに手を伸ばそうとしたが、慎は別の話を始めた。

「いよいよ今日から、本格的に業務再開です。夕方には日山人事第一課長も激励に見えるそうですし、気分も新たに職務に取り組みましょう」

「『気分も新たに』って言っても、赤文字リストはなくなっていませんよね。レッドリスト計画が中止になった時に、一緒に廃止されないかと思ったんですけど」

「それはあり得ません。赤文字リストは警察組織に必要なものです。ただし、取り扱いには注意が必要で、誤ると今回のような事態に陥ります。再発を防止するためにも、我々の存在は不可欠です」

「また上手く丸め込まれた気がするなあ。私は、赤文字リストは廃止するべきだと思います。しょうもない規律や処分をなくせば、赤文字リストも必要なくなるでしょ。問題にするべきは、人じゃなくシステムですよ」

身を乗り出して主張すると、慎は「なるほど」と前髪を搔き上げた。

「いいでしょう。異なる見地に立つ者同士が議論しながら推進した方が、問題は発展的に解決します」

受けて立つという態度だ。みひろが言葉を返そうとした時、ドアが開いて豆田益男が入って来た。

「おはようございます」

みひろたちが挨拶を返す中、豆田は、

「知ってる？　職員食堂のカレーが、二十円値上げだって……早速だけど、監察係から調査事案が届いてます」

と朗らかに告げ、慎に歩み寄ってファイルを渡した。さっそくファイルから書類を出して読む慎を横目に、みひろは問うた。

「今度は何ですか？」

「なんか、コスプレの女王とか呼ばれて話題になってる女性職員がいるんだって。イベントや撮影会で大人気で、マスコミの取材も受けてるとか」

「そんなの、趣味じゃないですか。警察官だってことをアピールしたり、コスプレで報酬を得てる訳じゃないなら、好きにさせてあげましょうよ」

口を尖らせてみひろは訴えたが、慎は表情を動かさずに返した。

「いえ。行き過ぎた趣味は問題です。国家公務員法と地方公務員法でも、『全体の奉仕者たるにふさわしくない非行』に該当する行為は、懲戒処分の対象となります」

「だからその、『全体の奉仕者』っていうのが」

「そう来ると思っていました。就業開始時刻まで三分ほどありますが、続きは車の中で……三雲さん、出動です」

そう告げて中指でメガネのブリッジを押し上げ、慎はドアに向かった。

「はい！」

バッグを抱え、みひろは後に続いた。「行ってらっしゃい」と手を振る豆田に、「行って来ます」と手を振り返し、廊下に出る。

いくらがんばっても、赤文字リストはなくならないかもしれない。でも、その意味や目的を変えることは、できるんじゃないだろうか。夢や志を持って入庁しながら、ふとしたきっかけで、警視庁という組織からはみ出してしまった警察官たち。私と室長は彼らの顔を見て声を聞き、今とは違う道に導く。見守っている者がいるからこそ、警察官は事故や事件の現場に飛び出し、悪と闘えるのだから。

そう確信し、力が湧いてきた。みひろはパンプスのヒールの音を響かせ、慎の背中を追って廊下を進んだ。

参考文献

『警視庁監察係』今井　良　小学館
『警察の裏側』小川泰平　イーストプレス

## ――本書のプロフィール――

本書は、「小説丸」で、二〇二〇年六月から一〇月まで連載した同名の作品を加筆・修正したものです。

小学館文庫

# 警視庁《けいしちょう》レッドリスト

著者　加藤実秋《かとうみあき》

二〇二〇年十一月十一日　初版第一刷発行
二〇二〇年十二月七日　第二刷発行

発行人　飯田昌宏
発行所　株式会社　小学館
〒一〇一-八〇〇一
東京都千代田区一ツ橋二-三-一
電話　編集〇三-三二三〇-五九五九
　　　販売〇三-五二八一-三五五五
印刷所 ――――― 大日本印刷株式会社



この文庫の詳しい内容はインターネットで24時間ご覧になれます。
小学館公式ホームページ　https://www.shogakukan.co.jp


ISBN978-4-09-406834-4